Francis Durbridge
Paul Temple
und das Genfer Rätsel

(The Geneva Mystery)

Kriminalroman

aus dem Englischen übersetzt von
Dr. Georg Pagitz

mit einem Vor- und Nachwort des Übersetzers

– Williams & Whiting –

Von Francis Durbridge sind bereits bei Williams & Whiting erschienen (Bandnummer in Klammer):

Coverdesign: Timo Schröder

ISBN 9781917798013

Williams & Whiting (Publishers)
15 Chestnut Grove, Hurstpierpoint,
West Sussex, BN6 9SS, England

The Geneva Mystery
© 1971 by Francis Durbridge

Vorwort, Nachwort und deutsche Übersetzung
© 2025 by Dr. Georg Pagitz

Inhalt

Vorwort
von Dr. Georg Pagitz

Chronologisch gesehen ist der vorliegende Kriminalroman der zweiunddreißigste von insgesamt einundvierzig, die der Brite Francis Durbridge (1912–1998) veröffentlichte. Gleichzeitig ist es das zehnte Buch, in dem der als Privatdetektiv tätige Schriftsteller Paul Temple der Protagonist ist.

Der überwiegende Großteil von Durbridges Romanen basierte auf Hörspielserien oder Fernsehmehrteilern, die er für die BBC geschrieben hatte und die auch in übersetzter Form in vielen Ländern der Welt ein riesiger Erfolg wurden.

Durbridge wurde als junger Autor schlagartig bekannt, nachdem er 1938 Paul Temple für eine Hörspielserie der BBC erfunden hatte. *Send for Paul Temple* wurde zum bis dato größten Erfolg der BBC und zog zahllose Fortsetzungen nach sich. Bis 1968 brachte es der schreibende Detektiv auf insgesamt zweiundzwanzig Hörspielen, wovon nur zwei aus Einteilern bestanden, zwei aus Sechsteilern, eines aus einem Zehn- und der Rest aus Achtteilern. Rasch wurden die Geschichten auch ins Ausland verkauft und so entstanden Temples Abenteuer in vielen Sprachen: Deutsch, Niederländisch, Französisch, Italienisch, Griechisch, Hebräisch, Schwedisch, Norwegisch oder auch Dänisch, um nur einige zu nennen.

Francis Durbridge war ein geschickter Vermarkter seiner Werke und besonders seiner Figur Paul Temple. Diese tauchte bald auch in einem Theaterstück auf (1943), in vier Kinofilmen (1946–1952), in Kurzgeschichten (1946–1952), in einer über zwanzig Jahre langen erfolgreichen Comicserie (1950–1971), in Romanen (1938–1988) und nicht zuletzt in einer zweiundfünfzigteiligen TV-Serie (1969–1971). Insgesamt erstreckte sich Temples Karriere über exakt fünfzig Jahre von der Veröffentlichung des ersten britischen Hörspiels und des ersten Romans *Paul Temple und der Fall Max Lorraine* (bei

Pidax im Jahr 2021 erschienen) bis hin zum letzten Abenteuer in Buchform *Paul Temple und der Fall Madison*.

Francis Durbridge hatte sich von seiner Figur, die ihm so viel Ruhm gebracht hatte, Ende der 1960er eigentlich verabschiedet, weil er andere Wege gehen und sich vor allem auf die Bühne konzentrieren wollte.

Im Fahrwasser der mit Francis Matthews und Ros Drinkwater produzierten TV-Serie *Paul Temple*, die ab 1969 auf Sendung ging (alles zu den Hintergründen dieser Serie in ⇨ Band 28, *Paul Temple: Mord in Serie*), erschienen auch vier Romane mit Paul Temple und die Comicserie wurde optisch auf den Fernseh-Temple umgestellt.

Francis Durbridge hatte für die Serie den Schauspieler Francis Matthews (1927–2014) ausgesucht und sich die Rechte an den zwanzig Jahre zuvor produzierten Paul-Temple-Spielfilmen zurückgeholt, damit diese nie wieder aufgeführt wurden. Einerseits gefielen sie ihm nicht sonderlich, andererseits wollte er nicht, dass dadurch ein »verstaubtes« Bild seines Helden geprägt wurde.

Die Serie wurde von der BBC zwischen dem 23. November 1969 und dem 1. September 1971 ausgestrahlt. Genau in diesen Zeitraum fielen die letzten fünf Cartoon-Abenteuer, die zwischen dem 23. Januar 1970 und 1. Mai 1971 in Fortsetzungen fast täglich in der Zeitung erschienen. Darin hatten Paul und Steve nun das Gesicht von Francis Matthews und Ros Drinkwater.

Die zweite Staffel endete am 26. Juli 1970 in der BBC. Danach legte die Serie ein halbes Jahr Pause ein. Genau in dieser Zeit erschien es marketingtechnisch klug, zwei Temple-Romane auf den Markt zu bringen, die – wenig überraschend – Francis Matthews auf dem Cover zeigten.

Der Verlag Hodder & Stoughton brachte im Juli 1970 zwei ganz neue Temple-Abenteuer heraus, die – im Gegensatz zu früheren und späteren Romanen – auf keinen Hörspielen beruhten: *Paul Temple and the Kelby Affair* (*Paul Temple – Der Fall Kelby*) und *Paul Temple and the Harkdale Robbery* (*Paul Temple – Banküberfall in Harkdale* bzw. *Paul Temple und der Harkdale-Raub*). Was damals niemand wusste, war, dass diese beiden Geschichten eigentlich auf zwei Drehbüchern beruhten, die Durbridge als Pilotfolgen der TV-Serie geschrieben hatte, die aber unverfilmt blieben (mehr dazu in ⇨ Band 28, dort sind die beiden Drehbücher auch komplett übersetzt und abgedruckt).

Ein Jahr später, während die vierte Staffel ausgestrahlt wurde, brachte Hodder & Stoughton erneut etwas auf den Markt, das man heute als »Buch zur Serie« bezeichnen könnte: *The Geneva Mystery*, die Romanfassung des Hörspiels *Paul Temple and the Geneva Mystery* (als Hörspiel: *Paul Temple und der Fall (in) Genf*). Vier Monate nach Ausstrahlung der letzten Folge der englisch-deutschen Temple-TV-Serie in Großbritannien wurde im Januar 1972 von Hodder & Stoughton ein vierter Roman veröffentlicht, der im Fahrwasser der Serie Erfolg hatte: *The Curzon Case*. Dieser beruhte auf dem 1948/49 ausgestrahlten achtteiligen Hörspiel *Paul Temple and the Curzon Case*, das 1950 auch in den Niederlanden sowie 1951/52 in der Bundesrepublik Deutschland mit René Deltgen unter dem Titel *Paul Temple und der Fall Curzon* vertont wurde und als ⇨ Band 36 unter dem Titel *Paul Temple und der Curzon-Fall* erschien.

Während die Fälle Kelby und Harkdale in der Bundesrepublik Deutschland bereits 1970 – also lange vor dem deutschen Serienstart der Reihe am 1. Februar 1972 im ZDF – auf den Markt kamen, erschienen sowohl *The Curzon Case* wie auch der Roman *The Geneva Mystery* 1972 im Goldmann-Verlag, als die Reihe mit Francis Matthews vierzehntägig im Hauptabendprogramm gezeigt und bundesweit auf Plakaten beworben wurde.

Alle vier Romane, die man im Zuge der Serie veröffentlichte, wurden von John Garforth (1935–2014) auf Basis der von Francis Durbridge verfassten Drehbücher bzw. Hörspielmanuskripte verschriftlicht. Diese Vorgangsweise wandte der britische Autor bei fast allen seinen Romanen an, da er sich stets als Stückeschreiber, aber nie als Schriftsteller sah. Außerdem hatte er aufgrund ständiger Aufträge für Radio, Fernsehen, Kino und Theater gar nicht die Zeit, seine Manuskripte in Romane umzuwandeln. Die von ihm dafür beschäftigten

Autoren wechselten im Laufe der Jahre. Mit John Garforth hatte Durbridge einen erfahrenen Profi ausgewählt, der 1967 bereits vier *The-Avengers*-Episoden in Romane verwandelt hatte (dt.: *Mit Schirm, Charme und Melone*) und auch für Bücher zu *The Champions* und *Sexton Blake* verantwortlich zeichnete.

Durbridge gab Garforth genaue Vorgaben, wie er die Romanfassung anzulegen hatte und überwachte und verbesserte ständig den Schreibprozess. Der Großteil der Dialoge aus den zugrundeliegenden Manuskripten wurde dabei fast immer wörtlich übernommen.

Wer die vier im Fahrwasser der TV-Serie erschienenen Romane liest, bemerkt schnell, dass sie alle das Flair der 1970er-Jahre haben. Es gibt Coca-Cola und Popmusik und die Polizeizentrale befindet sich nun in New Scotland Yard. Auch die Freizügigkeit der 1970er und die Studentenrevolution schwingen an manchen Stellen mit.

Am auffälligsten sind mit Sicherheit die Veränderungen im gewohnten Temple-Universum, die damit zu tun haben, dass man die Romane an die modernisierte Temple-Welt der TV-Serie anpassen wollte.

Die Temples wohnen nun in einer Wohnung in der Half Moon Street, Paul hat sein großes Arbeitszimmer über der Garage (übrigens ein autobiographisches Detail, auch Durbridge hatte seinen großen Schreibtisch über der Garage seines Hauses aufgestellt) und die wesentlich jüngere Steve ist als Designerin tätig.

Im Haushalt der Temples fehlt ein wichtiges Faktotum: der allseits beliebte Diener Charlie, der mit seinem »Okay« seinem Dienstgeber regelmäßig zur Weißglut brachte. Charlie war zumindest im Drehbuch zur geplanten TV-Pilotfolge *The Kelby Affair* noch vorgesehen, wurde dann aber auch von Durbridge in der zweiten geplanten Folge *The Harkdale Robbery* durch Kate Balfour ersetzt, die es letztlich auch in die TV-Serie schaffte und ihren ersten Auftritt in Folge 1 der zweiten Staffel, *Right Villain / Das Gangsterspiel* hatte. Sie ist eine konservative, resolute, schlagkräftige und korpulente Haushälterin, die früher Polizeibeamtin war und Temple gelegentlich bei seinen Ermittlungen hilft.

Sir Graham Forbes, der mit dem Paul-Temple-Universum unweigerlich verknüpft ist, wurde von Durbridge in seinen fünf Geschichten, die er für die TV-Serie schrieb (und die mit einer Ausnahme unverfilmt blieben), komplett gestrichen. In der ersten Episode *The Kelby Affair* wurde nur noch erwähnt, dass er in Pension ist. Im Roman *Paul Temple und der Curzon-Fall* kommt er jedoch nochmals vor, allerdings auch als Rentner. In *The Geneva Mystery* fehlt er gänzlich und wird nur an vier Stellen kurz namentlich erwähnt.

Interessant ist auch die Veränderung, die Inspektor Charlie Vosper durchgemacht hat. Auch er kam in den ursprünglichen Drehbüchern von Durbridge noch vor, wurde jedoch aus der TV-Serie eliminiert. In den Romanen taucht er allerdings auf. Vosper, den wir im siebten Temple-Hörspiel *Paul Temple and the Gregory Affair* (1946) erstmals begegneten, war bisher stets ein treuer Gefolgsmann von Sir Graham, der Temple bereitwillig Auskunft gab, und ihn um seine Hilfe bat. In den vier Romanen, die parallel zur Serie erschienen, ist er nun ein etwas ruppiger, fast zwei Meter großer Beamter, der nichts von Temples Einmischung hält und auch die gute Beziehung zwischen Sir Graham und Temple eher verabscheut.

Eine weitere Serienfigur, die es nur in den Romanen gibt, ist Pauls Verleger Scott Reed, der erstmals im Fall Kelby auftaucht (sowie im zugrundeliegenden Drehbuch) und fand auch in den Folgeromanen Erwähnung.

Paul Temple and the Geneva Mystery, auf dem der vorliegende Roman basiert, war 1965 das einundzwanzig Paul-Temple-Hörspiel der BBC. Es nimmt insofern einen besonderen Stellenwert ein, als dass es prinzipiell auch als die letzte neue Radiogeschichte mit dem Detektiv betrachtet werden kann. Zwar folgte 1968 noch *Paul Temple and the Alex Affair* zum Abschluss, dieser Achtteiler war jedoch eine überarbeitete Fassung des fünften Temple-Krimis *Send for Paul Temple Again* aus dem Jahr 1945 mit keinen gravierenden Änderungen in der Handlung.

Seit 1952 arbeitete Francis Durbridge auch für das Fernsehen und konzipierte Jahr für Jahr einen packenden Krimi-mehrteiler. Parallel arbeitete er über ein Jahrzehnt hinweg auch im Jahresrhythmus an einem neuen Paul-Temple-Hörspielabenteuer, hinzu kamen Kurzgeschichten und Romane. Als das Radio zugunsten des Fernsehens immer mehr an Bedeutung verlor, war es klar, dass Temples Aktivitäten weniger wurden. Ein Fernsehautor bekam außerdem eine bessere Gage als ein Radioautor. So kam es nach *Paul Temple and the Margo Mystery* 1961 auch erstmals zu einer langen Pause, bis 1965 *The Geneva Mystery* entstand.

Dieser Krimi, der bei der BBC wie immer von Durbridges Entdecker Martyn C. Webster produziert und inszeniert wurde, wurde in England mit Peter Coke und Marjorie Westbury in den Titelrollen vertont. 1966 entstanden vier ausländische Fassungen: *Paul Vlaanderen en het Milbourne-mysterie* (Regie: Dick van Putten, mit Jan van Ees und Eva Janssen) in den Niederlanden; *Paul Temple und der Fall Genf* (WDR, Regie: Otto Düben, mit René Deltgen und Irmgard Först) und *Paul Temple und der Fall in Genf* (SR, Regie: Wilm ten Haaf, mit Siegfried Dornbusch und Ricarda Benndorf) in der Bundesrepublik Deutschland; פול טמפל ופרשת ז'נבה (lateinische Umschrift: *Pol Tempel Ve-Parashat Genevah*, Regie: Reuven Morgan, mit Bezalel Levi und Nili Keynan) in Israel. 1971 folgte eine finnische Produktion namens *Paul Temple ja Milbournen tapaus* (Genaueres unbekannt), 1973 eine norwegische Produktion unter dem Titel *Paul Temple og Milbourne-saken* (Regie: Paul Skoe, mit Knut Risan und Anne-Lise Tangstad).

Erstmals war diese Produktion ein Sechsteiler (nur das dritte Abenteuer 1939, *News of Paul Temple*, hatte auch so wenige Folgen). Inhaltlich hat *The Geneva Mystery* die Besonderheit, dass es das einzige Hörspielabenteuer ist, in dem Sir Graham Forbes von Scotland Yard nicht vorkommt. Dramaturgisch greift Durbridge in dem Krimi auf ein Motiv zurück, das er in den 60er-Jahren gerne verwendete, und zwar jenes des Toten, der anscheinend noch lebt und immer wieder Lebenszeichen von sich gibt. Diese Idee verwertete Durbridge unter anderem auch in seinen beiden TV-Krimis *Melissa*

(1964, BRD-Fassung 1966) und *Bat Out of Hell* (1966, BRD-Fassung 1970 als *Wie ein Blitz*).

Finanziell zahlte sich *Paul Temple and the Geneva Mystery* für Durbridge aus: am 27. Januar 1965 erhielt er dafür 1134 Pfund und im selben Jahr nochmals 1663 Pfund allein für die englischen Rechte. Für die Vertonung beim WDR erhielt er 1965 eine Anzahlung von rund 138 Pfund und 1966 im Juni 276 Pfund, für die Fassung des Saarländischen Rundfunks nochmals 163 Pfund.

Francis Durbridge notiert eigenhändig in seinem Einnahmenbuch den Erhalt
von 1134 Pfund für *Paul Temple and the Geneva Mystery*
(Harvey Unna war sein Agent)

27. Oktober 1965: 138 Pfund Anzahlung
für die deutsche Fassung

11. Juni 1966: 276 Pfund für die WDR-Fassung

28. Juli 1966: 163 Pfund für die SR-Fassung

Der Roman folgt dem Hörspiel recht detailgetreu, mit einigen kleineren Änderungen bei Namen, Orten und Kleinigkeiten in der Handlung (z. B. wird auf Paul nicht während einer Schlittenfahrt, sondern auf der Skipiste geschossen, und ein anderer Inspektor statt Vosper kommt vor). Im Gegensatz zu *Paul Temple und der Curzon-Fall* (bereits als Band 36 erschienen) wurde die Geschichte nicht so stark modernisiert. Dies war in diesem Ausmaß auch nicht nötig, denn Curzon entstand Ende der 1940er und der Roman erschien Anfang der 1970er. Bei *Geneva* liegen zwischen Spielzeit des Hörspiels und des Romans nur drei Jahre. Dass das Buch im Jahr 1968 spielt, wird durch eine Referenz auf den Sechstagekrieg im Juni 1967 klar, der laut Aussage einer Figur ein Jahr zurückliegt.

Wer sich mit der Figur Paul Temple genauer beschäftigt, der wird feststellen, dass es in vorliegendem Roman einige Widersprüche in der Biographie des Helden und in der Art und Weise wie sich Paul und Steve kennengelernt haben gibt. Lassen wir außer Acht, dass Paul 1968 eigentlich bereits siebzig Jahre alt gewesen sein müsste, wenn man davon ausgeht, dass er in seinem ersten Abenteuer 1938 vierzig war. Einige Ungereimtheiten gibt es in *The Geneva Mystery* bezüglich Temples erstes Theaterstücks, das kein großer Erfolg gewesen sein soll. Zwar trifft dies tatsächlich zu, denn schon in *Paul Temple und der Fall Max Lorraine*, dem ersten Roman (erschienen bei Pidax), hieß es in Kapitel 2: »Während [Temple] noch in der Fleet Street war, versuchte er sich an einem Schauspiel. Sein Theaterstück *Tanz, kleine Dame* wurde 1929 im Ambassadors-Theater uraufgeführt. Es lief sieben Vorstellungen lang. Aus Ärger über das unerwartete Scheitern seines Stücks begann Paul Temple seinen ersten Krimi zu schreiben.« Allerdings war Temples erstes Theaterstück – anders, als in diesem Buch suggeriert – kein Krimi. Auch die Art und Weise, wie Paul und Steve sich kennenlernten, wird in *The Geneva Mystery* abweichend geschildert. Eigentlich war es so, dass Steves Bruder von einem gefährlichen Kriminellen ermordet wurde, und Steve ihren späteren Mann Paul um die Klärung des Falles bat. In *The Geneva Mystery* hatte Temple vor Steve eine Liebschaft mit einer Französin namens

14

Hélène.

Bleiben wir abschließend noch beim Handlungsort. Neben Großbritannien ist dies in vorliegender Geschichte hauptsächlich die Schweiz. Dies ist nicht zufällig gewählt, denn Francis Durbridge liebte es Zeit seines Lebens zu reisen und die Eidgenossenschaft war eines seiner Lieblingsziele. Er und seine Frau liebten die Berge und kamen bis ins hohe Alter regelmäßig in das Alpenland.

Nicholas Durbridge, Sohn des Autors, erzählt diesbezüglich: »Mein Vater mochte die Schweiz sehr, vor allem das Berner Oberland. Wir verbrachten viele Sommerferien in Grindelwald und wohnten im *Grand Hotel Regina*, das damals das eleganteste und beliebteste Hotel des Ortes war. Mein Vater war sehr gut mit dem Hotelbesitzer befreundet. Die beiden erzählten sich gerne Geschichten. Mein Vater war kein Sportler. Ich kann mich nur an einen einzigen Wintersporturlaub erinnern, als wir zu Weihnachten nach St. Moritz fuhren, wahrscheinlich 1957 oder 1958. Er fuhr nie Ski, sah aber [meinem Bruder] Stephen und mir zu, wie wir versuchten, Skifahren zu lernen – in meinem Fall eher erfolglos. Später, als wir von zu Hause ausgezogen waren, fuhren meine Eltern weiterhin jedes Jahr in die Schweiz, blieben aber hauptsächlich in Gstaad, das ihnen sehr gut gefiel, vor allem weil es etwas niedriger lag und meiner Mutter große Höhen zu schaffen machten. In Gstaad gab es schöne Cafés, Geschäfte und Restaurants und sie hatten mehrere Freunde in der Nähe. Sie fanden dort ein schönes Appartement, das sie jedes Jahr mieteten.«

Durbridge verwendete die Schweiz als Handlungsort mehrfach in seinen Werken, unter anderem auch in der Kurzgeschichte *Paul Temples weiße Weihnacht* (*Paul Temple's White Christmas*) und in dem TV-Krimi *Die Puppe* (*The Doll*).

Der Roman *The Geneva Mystery* erschien im Juli 1971 erstmals bei Hodder & Stoughton in London. Er wurde unter anderem ins Französische (*Le secret d'une actrice*), Italienische (*Il mistero di Ginevra*) und Niederländische (*Paul Vlaanderen en het Genève-mysterie*) übersetzt. In der Bundesrepublik Deutschland erschien das Buch erstmals 1972 in der Übersetzung von Fried Holm unter dem Titel *Zu jung zum Sterben* und wurde seither nicht mehr neuaufgelegt. Vorliegende Neuübersetzung, die den Titel *Paul Temple und das Genfer Rätsel* trägt, macht diesen spannenden Krimi nach über 50 Jahren wieder zugänglich und präsentiert ihn erstmals komplett, denn die alte, durchaus lesenswerte Version war teilweise gekürzt. Zudem wurden viele nur in der damaligen Zeit verständliche Namen von Personen, Zeitungen, Firmen und historische Ereignisse ausgelassen, die nun im Text wieder auftauchen und in Fußnoten erläutert werden.

Im Anhang finden Sie eine Auflistung mit Besetzung und Stab zu den einzelnen Hörspielversionen des *Geneva*-Stoffs, Ausschnitte aus dem Originalmanuskript sowie einen Aufsatz mit dem Titel *Das Paul-Temple-Universum*.

Nun aber spannende Lektüre bei einem packenden Temple-Abenteuer.

Francis Durbridge
Paul Temple und das Genfer Rätsel

Die handelnden Personen

PAUL TEMPLE	Kriminalschriftsteller
STEVE TEMPLE	seine Frau
CHARLIE VOSPER	Inspektor bei Scotland Yard
MAURICE LONSDALE	Finanzier
MARGARET MILBOURNE	ehemalige Schauspielerin
CARL MILBOURNE	Verleger
VINCE LANGHAM	Regisseur
JULIA CARRINGTON	Schauspielerin
DANNY CLAYTON	Julia Carringtons Privatsekretär
KATE BALFOUR	Haushälterin der Temples
EMLYN JENKINS	Kriminalbeamter in Bray-on-Thames
SCOTT REED	Paul Temples Verleger
DOLLY BRAZIER	Tänzerin und Hostess
NORMAN WALLACE	Verlagslektor für Belletristik
BEN SAINSBURY	Verlagslektor für Sachbücher
WALTER NEIDER	Kriminalbeamter in Genf
TULLY	Nachtclubbesitzer
KRONER	Kaufhausdirektor in St. Moritz
FERDY	italienischer Skiläufer aus Verona
FREDA SANDS	Inhaberin einer Agentur
MICKEY STONE	Krimineller
DEN ROBERTS	Autodieb
LUCAS	Autodieb

Die Handlung spielt 1968 in London, Genf und St. Moritz.

Kapitel eins

Paul Temple war nach zehn langen Wochen, in denen er sich auf nichts Anderes als auf Tod, Chaos und Deduktion konzentriert hatte, in die reale Welt zurückgekehrt. Zu seiner Erleichterung stellte er fest, dass sich die Welt nicht im Krieg befand, man ihn nicht wegen Verleumdung verklagt hatte und seine Frau immer noch strahlend schön war. Lauter gute Gründe für eine Feier.

»Darling, wie schön«, murmelte Steve, als sie das *L'Harchoire* betraten, »hier bin ich noch nie gewesen.«

»Sie machen die besten Schweinsfüßchen in ganz London«, sagte Paul. »Mein Verleger hat mir das Lokal empfohlen.«

»Ah, Scott Reed. War er mit dem neuen Roman zufrieden?«

Es war eines dieser exklusiven kleinen Restaurants, die mit geringem Aufwand rustikale Einfachheit erreichten. Es gab echtes provenzalisches Dekor und Mobiliar und echte Köche und Kellner aus der Provence. Viel unlackiertes Holz, ein Herd, der so groß wie drei Tische war, und ein Hund, der drei weiteren möglichen Gästen den Platz wegnahm. Das Lokal war überfüllt mit Londonern, die jeden Trend mitmachten, und ein paar leicht überraschten französischen Touristen. Der Oberkellner führte sie zu einem Tisch in der Ecke, auf dem »reserviert« stand.

»Nein, nein, wir haben keinen Tisch bestellt ...«, begann Paul.

»Es gab eine Stornierung, Mr. Temple. Bitte setzen Sie sich. Madam.«

Die Schweinefüßchen wurden auf der Speisekarte als *pieds de porc Sainte Menehould* bezeichnet und Paul fühlte sich verpflichtet, sie zu bestellen. Der Weinkellner brachte sofort die gewünschten Sherrys und später einen Burgunder Jahrgang 1953, den sie nicht bestellt hatten. Paul hoffte, dass Steve nicht bemerken würde, wie bevorzugt man sie behandelte. Das hätte sie misstrauisch gemacht.

»Du hast meine Frage nicht beantwortet, Darling«, sagte sie. »Hat sich Scott vor Freude über das Buch seine Hände gerieben?«

»Er hat es noch nicht gelesen, aber ich nehme an, er wird es als einen Klassiker seiner Art bezeichnen. Das tut er immer.«

»Du klingst ziemlich erschöpft und kraftlos.« Steve lachte spitzbübisch. »Immer, wenn du einen Roman fertig hast, verhältst du dich wie eine Frau, die gerade Liebe gemacht hat – ziemlich müde und leicht deprimiert. Das einzige Mittel dagegen ist, von vorne anzufangen oder Urlaub zu machen. Ach, Darling, das ist eine gute Idee – warum machen wir nicht Urlaub?«

Paul hob spöttisch überrascht eine Augenbraue. »Fühlst du dich wirklich deprimiert nachdem wir …?«

»Du bist in einer gefährlichen Stimmung. In solchen Momenten neigst du dazu, dich in die Verbrechen anderer Leute einzumischen oder darüber nachzudenken, eine schwergewichtige psychologische Studie über Mord zu schreiben. Lass uns wegfahren, solange du noch in Gedanken bei mir bist.«

»Ja, warum nicht?« Er machte eine gedankenvolle Pause und sagte dann: »Wie wäre es mit einer Reise in die Schweiz?«

»Gstaad?«

»Gstaad oder Genf, wo immer du hinwillst.«

»Lass mich mal darüber nachdenken.« Steve füllte schnell ihre Gläser nach. »Ja! Ich habe darüber nachgedacht. Aber wenn wir in die Schweiz fliegen …«

Paul beendete den Satz für sie. »… dann brauchst du eine unglaubliche Menge neuer Kleider, Liebling.«

»Nun«, lachte Steve, »es stimmt doch, oder? Du willst

doch nicht, dass ich dort mit der Mode vom letzten Jahr herumrenne.«

»Das wäre schlimmer als der Tod«, stimmte Paul zu. Aber er wusste, dass er mit seinen Scherzen über ihre Kleidung ermüdend männlich wirkte. »Ich möchte, dass du immer so elegant aussiehst wie heute Abend«, fügte er galant hinzu.

In der nächsten halben Stunde diskutierten sie über die Schweiz. Steve wollte sofort ein Hotel buchen und einen Flug arrangieren. Paul wollte jedoch nicht vor Freitag abreisen. An diesem Tag hatte er ein Interview mit einer Dame von einer der vornehmen Sonntagszeitungen und er wollte es nicht verschieben. Sie würde bestimmt über die Symbolik in seinem Werk und den Platz von Gut und Böse im englischen Kriminalroman sprechen und damit die Art von Artikel schreiben, die Scott Reed gefiel.

»Scott ist immer der Meinung, dass es ein Fehler war, einen Roman zu veröffentlichen, wenn er beim Publikum gut ankommt«, lachte Paul. »Aber ein Stück überheblicher Kritik wird meine Verkaufszahlen um zehntausend verringern und er wird seiner Buchhaltung erzählen können, dass es sich dabei um Literatur handelt.«

Er hätte die Sache noch gerne weiter besprochen, aber Steves Aufmerksamkeit war auf einen unscheinbaren Mann am Tisch neben der Tür zur Küche gerichtet. Er trug einen gut geschnittenen grauen Anzug und maßgefertigte Schuhe. Die Nelke in seinem Knopfloch verlieh ihm einen einzigen Hauch von Extravaganz.

»Paul, der Mann da drüben starrt uns ständig an.«

»Ich dachte«, sagte er schnippisch, »dass elegante Frauen an anerkennende Blicke gewöhnt sind.«

»Weißt du denn, wer das ist?«

Paul nickte. »Ich habe sein Foto in den Wirtschaftsbeilagen der Zeitung gesehen. Er ist ein Finanzier namens Maurice Lonsdale. Ihm gehören viele Immobilien im West End, darunter mehrere Restaurants. Ich glaube sogar, dass ihm dieses

Lokal auch gehört.«

»Wie enttäuschend. Ich dachte, der Mann, dem das hier gehört, würde eine Baskenmütze tragen und ständig eine *Gauloise* an seiner Lippe hängen haben.«

Der Finanzier nahm eine Zigarre aus seiner Westentasche, rief den Oberkellner zu einer kurzen Beratung herbei und verließ dann das Lokal durch die Tür zur Küche. Es war nur eine kurze Ablenkung gewesen, denn Steve war schnell wieder beim Thema Skihose.

»Mr. Temple?« Es war der Oberkellner. »Entschuldigen Sie, aber Mr. Lonsdale fragt, ob Sie ihm nach dem Essen ein paar Minuten schenken könnten. Vielleicht dürfte ich Sie dann in sein Büro bringen ...«

Paul blickte zu seiner Frau hinüber und zuckte mit den Schultern. »Ich freue mich immer, wenn ich Millionäre treffe, du nicht auch? Das hilft mir immer, mich damit abzufinden, dass es mir finanziell gut geht.«

»Was will er denn bloß?«, fragte Steve streng. »Paul, ich lasse niemanden zwischen dich und meinen Urlaub in Gstaad kommen. Sei bloß vorsichtig!«

Maurice Lonsdale war nicht der traditionelle unglückliche, asketische Millionär. Sein Büro im obersten Stockwerk des Gebäudes war luxuriös und roch nach Zigarrenrauch. Er schenkte Paul und Steve große Brandys ein und deutete auf ein antikes Sofa und zwei Lehnstühle.

»Bitte setzen Sie sich, Mrs. Temple, Mr. Temple. Ich bin Ihnen sehr dankbar, dass Sie gekommen sind. Ich hoffe, Sie verzeihen mir, dass ich Sie vorhin so angestarrt habe, aber als ich Sie an diesem Tisch sitzen sah, konnte ich kaum meinen Augen trauen.«

»Es ist ein erstklassiges Restaurant, Mr. Lonsdale«, sagte Steve. »Da gibt es keinen Grund, überrascht zu sein ...«

»Für mich war es ein bemerkenswerter und außergewöhnlicher Zufall«, sagte Lonsdale. »Erst gestern habe ich mit Scott Reed über Sie gesprochen. Ich wollte Sie schon anrufen.«

Paul ließ sich in den tiefen Lehnstuhl zurücksinken und wärmte das Brandyglas in seinen Händen. Er wich dem scharfen Blick von Steve aus. »Weshalb wollten Sie mich anrufen, Mr. Lonsdale?«

Der Mann zögerte schuldbewusst und setzte sich hinter den alten Eichenschreibtisch. »Wahrscheinlich klingt es für Sie ganz unglaublich, Mr. Temple, und ich verschwende nur Ihre Zeit damit.« Trotz seines guten Geschmacks, seiner gepflegten Kleidung und seiner guten Manieren hatte Maurice Lonsdale eine gewisse Rücksichtslosigkeit an den Tag gelegt, die nur schwer auszumachen war. Vielleicht lag es an der Stimme, in der ein leichter Manchester-Akzent lag, oder an den wachsamen Augen. Sein schuldbewusstes Verhalten war jedoch offensichtlich gespielt.

»Ich wollte über meine Schwester Margaret sprechen. Sie erinnern sich vielleicht an sie unter dem Namen Margaret Beverley. Sie war Schauspielerin, bis sie vor sechs Jahren Carl Milbourne heiratete.«

»Ja, ich erinnere mich an sie«, sagte Paul. »Ich wusste allerdings nicht, dass sie Carl Milbourne geheiratet hat. Er ist doch vor vierzehn Tagen bei einem Autounfall ums Leben gekommen.«

»Ja, er starb dabei«, sagte Lonsdale. »Aber natürlich mussten Sie Carl kennen. Ich nehme an, als Schriftsteller kennen Sie die meisten Verleger in London.«

Paul wollte gerade bestätigen, dass er Carl Milbourne ein- oder zweimal auf literarischen Partys getroffen hatte, als Steve sich einmischte. »Wo ist der Unfall denn passiert?«, fragte sie misstrauisch.

»In Genf.«

Paul schaute angemessen erstaunt über diesen Zufall. Ihr Blick war jedoch undurchsichtig.

»Es war eine furchtbare Sache«, fuhr Lonsdale fort. »Margaret, der arme Schatz, ist in einem schrecklichen Zustand,

23

seitdem es passiert ist. Ich kann Ihnen sagen, Mrs. Temple, die letzten zwei Wochen waren die reine Hölle für sie.«

»Das muss ein furchtbarer Schock für sie gewesen sein«, sagte Steve zögernd. »War sie an der Seite ihres Mannes, als es passierte?«

»Nein, er war allein in der Schweiz und befand sich auf einer Geschäftsreise. Eines Nachmittags ging er spazieren und wurde beim Überqueren der Straße niedergefahren. Ich musste Margaret nach Genf bringen, da sie die Leiche identifizieren musste.« Er leerte sein Cognacglas und erschauderte. »Glauben Sie mir, das war eine ziemliche Tortur. Die Leiche war kaum zu erkennen. Carl war entsetzlich entstellt, sein Kopf war zerschmettert worden …«

»Das muss für Sie beide eine ziemliche Qual gewesen sein«, warf Paul ein.

Er nickte. »Die arme Margaret war schon immer nervlich sehr angespannt. Ich fürchte allerdings, dass Sie diese Sache komplett aus dem Gleichgewicht gebracht hat. Deshalb wollte ich über den Fall auch mit Ihnen sprechen, Temple. Wissen Sie, sie hat diese fixe Idee in ihrem Kopf, dass … nun, dass Carl gar nicht tot ist.«

»Nicht tot ist?«, wiederholte Paul erstaunt. »Aber Sie haben sich doch beide sicherlich davon überzeugen können, oder? Sie haben die Leiche doch gesehen, oder?«

»Ja, ich habe sie gesehen.« Lonsdale schenkte ihnen allen noch mehr Brandy ein. »Die Leiche war entstellt, aber es war mit Sicherheit Carl. Ich bin mir sicher, dass er es war.« Er stellte das Glas wieder auf das Tablett und blieb dort stehen, um die Flaschen neuanzuordnen. »Abgesehen von allem anderen habe ich den Anzug erkannt, den er trug. Carl hatte absolut keinen Geschmack, was Kleidung betraf. Niemand sonst hätte einen senffarbenen Anzug wie seinen getragen.«

»Warum«, fragte Steve, »sollte Ihre Schwester dann denken, dass es nicht ihr Mann war, der getötet wurde?«

Lonsdale seufzte und kehrte zu seinem Schreibtisch zurück. »Nun, zum einen hat sie ein Medium konsultiert. Ein sehr bekanntes Medium, glaube ich, unter Leuten, die sich da gut auskennen. Margaret bat die Frau, mit Carl in Kontakt zu treten, aber es gelang nicht. Leider glaubt Margaret, dass dies beweist, dass Carl noch lebt. Das ist natürlich lächerlich, aber Sie wissen ja, wie es ist, wenn man sich etwas in den Kopf gesetzt hat.«

Das klang logisch, dachte Paul, wenn auch nicht sehr vernünftig.

»Zu allem Überfluss scheint sich Margaret auch noch mit Carl gestritten zu haben, kurz bevor er nach Genf abreiste. Normalerweise kamen sie gut miteinander aus, aber ausgerechnet damals stritten sie sich …«

Es war eine böse Ironie, stimmte Paul zu.

»Ich fürchte, meine Schwester wird von dieser Idee völlig beherrscht«, sagte Maurice Lonsdale. »So sehr, dass sie sich entschlossen hat, Sie zu konsultieren, Mr. Temple.«

Das war das zweite Mal, dass Lonsdale eine Verbindung zwischen geistigem Ungleichgewicht und der Notwendigkeit eines Gesprächs mit Paul Temple hergestellt hatte. Paul kam zu dem Schluss, dass er Vorbehalte hinsichtlich der Sensibilität des erfolgreichen Geschäftsmannes hatte. »Warum sollte sie mich konsultieren wollen?«, fragte er.

»Können Sie sich das denn nicht denken?« Lonsdale war hochmütig. »Sie will, dass Sie ihren Mann für sie finden.«

Paul stand auf. Er bedankte sich bei dem Mann für die Warnung und für den ausgezeichneten Brandy. Es war Zeit, den Abend anders fortzusetzen.

»Ich hoffe, Sie sind nett zu Margaret«, sagte Lonsdale. »Hören Sie ihr zu, hören Sie sich alles an, was sie zu sagen hat.« Er öffnete die Tür und streckte seine Hand aus. »Aber bitte, nehmen Sie sie nicht allzu ernst. Die Ärmste ist nicht mehr sie selbst.«

Steve schüttelte seine Hand und lächelte eisig. »Das ist nicht wirklich überraschend, oder, Mr. Lonsdale? Sie wissen doch, wie wir Frauen sind – wir nehmen uns die Dinge manchmal sehr zu Herzen.« Sie ging aus dem Raum und ließ Lonsdale mit starrem Blick zurück.

Paul folgte ihr schweigend zur Straße hinunter. Es war Vollmond und die Themse sah ruhig aus, die Lichtreflexe im Wasser bewegten sich kaum. Er nahm Steves Arm und sie gingen auf der Suche nach dem Auto das Embankment entlang. Sie waren schon an der Nadel der Kleopatra vorbei, als er es wagte, etwas zu sagen.

»Ich liebe Westminster im Januar ...«

»Mit dir rede ich kein Wort mehr!«

»Oh.«

Sie gingen an der Stelle vorbei, wo Paul den Rolls vermutet hatte. Er war nicht da. Er erinnerte sich, dass er bei einem Briefkasten geparkt hatte. Vielleicht war es aber auch ein anderer gewesen.

»Der ganze Abend war eine ausgemachte Sache«, sagte Steve. »Du wusstest von diesem Verleger und seinem mysteriösen Unfall. Scott Reed hat das Treffen mit Lonsdale arrangiert und ich wurde für dumm verkauft!«

Paul blieb stehen und hielt ihre Hand fest. »Moment mal, Liebling, das stimmt nicht ganz. Scott ist nicht so schlau. Außerdem scheint das Auto verschwunden zu sein.«

»Tja, dann sage ich dir eines: Bei mir ist die Lust verschwunden, nach Genf zu fahren. Ich will Urlaub in den schottischen Highlands machen.«

»Na gut«, sagte Paul und schaute die Straße hinauf und hinunter. »Wir fahren in die schottischen Highlands.«

»Und ich mochte diesen Mann nicht ...«

»Das habe ich bemerkt.«

Steve fing an, Lonsdales Auftreten teuflisch genau nachzuahmen. »Sie wissen doch, wie Frauen sind, wenn sie sich etwas in den Kopf gesetzt haben«, sagte sie wütend. »Natürlich weiß ich, wie Frauen sind! Paul, hörst du mir überhaupt zu?«

»Ja, Liebling. Aber ich fürchte trotzdem, dass das Auto verschwunden ist.«

»Das geschieht dir recht.« Sie gluckste unfreundlich. »Ich hoffe, die Zeitungen machen sich morgen früh über dich lustig. *Paul Temples Rolls gestohlen*, so werden die Schlagzeilen lauten, *Privatdetektiv muss Scotland Yard um Hilfe bitten.*« Der Gedanke daran schien sie aufzuheitern und sie nahm wieder seinen Arm. »Es tut mir leid, Darling«, sagte sie sanft.

»Das ist sehr merkwürdig. Was sollen wir jetzt tun?«

Sie gingen über die Straße zu Scotland Yard.

Die M1 lag wunderschön klar vor ihnen, wie ein gelbes Band, das sich in die Unendlichkeit erstreckte. Es gab ein paar Fernlastwagen auf dem Weg nach Edinburgh, die sich gegenseitig zuhupten, ein gelegentliches Auto, aber Den Roberts fuhr problemlos an allen vorbei. Es war schon immer sein Ziel gewesen, einen Rolls Royce zu stehlen.

»Fährt wie geschmiert«, murmelte er zum fünften Mal.

»Ja«, sagte Lucas. »Hör zu, fahr nicht schneller als siebzig. Wir wollen doch nicht, dass sie uns anhalten.«

Er war vorsichtig. Den Roberts hingegen wäre gerne durch die Tore des Buckingham Palace gefahren, nur um den Wachposten beim Salutieren zuzusehen. Sie hätten um den Paradeplatz herum und wieder hinausfahren können, niemand hätte einen Rolls Royce angehalten. Aber Lucas wollte bis Mitternacht in Birmingham sein.

»Ich finde immer noch, wir hätten ein normales Auto nehmen sollen«, brummte Lucas. »Ich meine, einen Mini kann man umlackieren und für ein paar hundert Pfund wieder verkaufen. Aber einen verdammten Rolls! Du leidest an Größenwahn!«

Den grinste fröhlich. Er versuchte nicht zu erklären, warum. Lucas war ein kleiner Dieb, und er würde bis zu seinem Lebensende Minis klauen und zwischendurch immer wieder hinter Gitter wandern. Aber Den war ein Künstler, er hatte eine Seele. Die zwei Jahre, die er als Jugendlicher in der Erziehungsanstalt abbrummen musste, hatte er nur durch die Vorstellung überstanden, dass er eines Tages seinen eigenen Rolls fahren und jeder Polizist auf der Wache vor ihm salutieren würde.

»Bei einem Rolls braucht man sich keine Gedanken über den Kilometerstand zu machen«, sagte Den. »Es ist egal, in welchem Jahr er gebaut wurde. Das ist britische Qualitätsarbeit!«

»Halt die Klappe. Wir werden verfolgt.«

Den schaute in den Rückspiegel und sah die grellen Scheinwerfer hinter ihnen. Es war unmöglich, den Wagen zu erkennen. Seine Augen wurden geblendet, wenn er nur hinsah. »Sollen wir ihn abhängen?«, fragte er. »Wir könnten einfach …«

»Ich weiß nicht. Vielleicht versucht er, uns zu überholen.«

»Ja, vielleicht«, murmelte Den. »Andererseits … Er ist uns schon seit ein paar Meilen auf den Fersen.«

Die Sache war beunruhigend. Die andere Alternative war, einfach anzuhalten. Falls es jedoch ein Polizeiwagen war … Das Auto hinter ihnen wurde ebenfalls langsamer. Den seufzte und machte sich auf einen Kampf gefasst.

»Jetzt versuchen Sie, zu überholen«, zischte Lucas. »Schnell, tu doch etwas, Den, um Himmels willen. Zwinge sie zum Anhalten und versuche dann, zügig Gas zu geben und davonzurasen. Vielleicht können wir den Wagen hinter uns lassen.«

Den warf einen Blick über die Schulter, als das Auto auf sie zukam. Es war eine große schwarze Limousine – wahrscheinlich ein Rover –, aber es war zu dunkel, um sich dessen sicher zu sein. Er konnte die Personen darin nicht genau erkennen, aber es schienen zwei zu sein. Die zweite lehnte sich aus dem offenen Beifahrerfenster. Sie richtete einen Revolver auf Dens Kopf.

»Um Himmels!«, schrie Lucas. »Vorsicht, er hat eine Waffe!«

Den trat auf die Bremse und riss das Lenkrad nach links. In diesem Moment flackerte ein gelber Funke aus dem Revolver und die Windschutzscheibe des Rolls zerbarst. Den kämpfte mit dem Auto, als es über den Seitenstreifen der Autobahn schlitterte und gegen eine Notrufsäule prallte. Eine zweite Kugel schlug in den Wagen ein und riss Den Roberts eine Gesichtshälfte weg. Dann beschleunigte der Rover in Richtung Birmingham.

»Bist du in Ordnung?«, wimmerte Lucas. »Den, bist du in Ordnung? Was ist los mit deinem …? Oh mein Gott!«

Paul ging gereizt zum Frühstück hinunter. Er war mit dem Wissen aufgewacht, dass etwas nicht stimmte, und er hatte einige Sekunden gebraucht, um sich zu erinnern, was es war. Dann war es ihm klar geworden. Als er sich ankleidete, schaute er zwanglos aus dem Fenster und tat so, als ob er damit rechnete, dass das Auto in der Mews geparkt war. Es stand dort aber nicht.

Steve hatte den Porridge schon hinter sich und war bei den Eiern und dem Speck angelangt. Ein ausgiebiges Frühstück war ihr größtes Laster. Danach würde sie Toast mit Marmelade essen. Paul versuchte, all das zu ignorieren. Er steuerte auf die Tür zu, die in die Garage führte, riss sich dann jedoch zusammen. Er goss sich stattdessen einen schwarzen Kaffee ein.

»Das Bad und die Rasur haben dich aber nicht sehr aufgeheitert«, sagte Steve.

»Die helfen auch nicht, um den Wagen zurückzubekommen«, sagte er. »Man hat letzte Nacht den Rolls gestohlen, falls du dich erinnerst.«

»Ich weiß, ich habe gerade darüber gelesen.« Sie warf die Zeitung zu ihm hinüber. »Siehst du, sie haben dieses alte Foto von dir benutzt, auf dem du aussiehst wie ein schlanker und glamouröser Schnüffler.«

Paul las den Artikel vor: »*Mr. Temple, der sonst so beherrscht ist, war sehr gereizt, als unser Reporter ihn gestern Abend auf den gestohlenen Wagen ansprach.* »*Fragen Sie mich nicht, was passiert ist*«, *schnauzte Großbritanniens Privatdetektiv Nummer eins,* »*ich habe keine Ahnung.*« *Die Polizei betrachtet die Sache als gewöhnlichen Autodiebstahl ...*« Er sah zu Steve auf, die ein prustendes Geräusch kaum unterdrücken konnte.

»Das habe ich nie gesagt«, beschwerte er sich. »Ich habe nie ein Wort darüber verloren, dass ich keine ...«

Kate Balfour stürmte durch die kleine Diele herein. »Entschuldigen Sie die Unterbrechung, Mr. Temple, aber Inspektor Vosper möchte Sie sprechen.«

»Vosper?«, er starrte die Haushälterin ungläubig an. »Aber Charlie Vosper würde sich doch nie mit einem gewöhnlichen Autodiebstahl ...« Er hielt inne, als sie mit einer Geste darauf hinwies, dass der Inspektor hinter ihr stand. »Oh, gut, bitten Sie ihn herein, ja, Kate?«

Vosper folgte ohne Umstände dem Kaffeegeruch und setzte sich an den Tisch zu den beiden, an dem schon eine zusätzliche Tasse stand. »Guten Morgen, Temple. Das kommt mir sehr gelegen, danke. Ich trinke ihn mit Milch. Drei Stückchen Zucker, bitte. Guten Morgen, Mrs. Temple.« Er war offensichtlich mit sich selbst zufrieden. Entweder hatte er schlechte Nachrichten für Paul oder seine Pensionierung war nächste Woche fällig.

»Was gibt es Neues über mein Auto?«, fragte Paul.

»Ach ja, Ihr Auto. Es ist schon traurig, dass man einen Rolls Royce nicht einmal mehr den ganzen Abend in einer Londoner Straße stehen lassen kann, nicht wahr?« Seine grauen Augen glitzerten bösartig. »Wie viele tausend Pfund kostet so ein Auto? Oder war das der, den man Ihnen als Bestechung geschenkt hat?«

»Er wurde mir als Anreiz angeboten, einen Fall anzunehmen«, stimmte Paul steif zu. »Aber ich habe ihn gekauft, weil meine Frau ihn nicht zurückgeben wollte. Steve genießt es, hinten zu sitzen und Pläne zu schmieden, wie man ihn neu dekorieren kann.«

Vosper trank seinen Kaffee aus und sagte dann beiläufig: »Tja, wir haben ihn gestern Abend gefunden. Er muss jedoch mehr als nur neu dekoriert werden. Leider ist er in einen scheußlichen Unfall auf der anderen Seite von Newport Pagnell verwickelt gewesen.«

»Erzählen Sie mir Genaueres«, sagte Paul mit einem Blick auf Steve.

»Wir haben ihn in einem Graben neben der M1 gefunden. Der Wagen scheint von der Straße abgekommen zu sein, ist gegen eine Notrufsäule geprallt und dann die Böschung hinuntergerollt. Der Kühler ist beschädigt und die Windschutzscheibe zertrümmert.«

»Irgendeine Spur von dem Fahrer?«

»Leider ja«, sagte Vosper, »er saß noch hinter dem Lenkrad, mit einer Kugel im Kopf. Ich habe vergessen, die blutverschmierte Polsterung zu erwähnen.«

Steve war aufgestanden. »Oh, Paul!« Sie wandte sich ab und schenkte sich neuen Kaffee ein. »Deshalb sind Sie also hier.«

»Wer war der Mann?«, fragte Paul. »Kennen Sie ihn?«

»Ja, wir kennen ihn. Er war ein kleiner Autodieb namens Den Roberts. Hinten im Auto lagen gefälschte Nummernschilder. Ich wage zu behaupten, dass er vorhatte, sie in Birmingham zu wechseln.«

»War Roberts allein im Auto?«

»Er war allein, als wir ihn fanden.«

Paul dachte einen Moment lang, Roberts könnte sich mit seinem Komplizen gestritten haben, obwohl es unwahrscheinlich war, dass jemand den Fahrer des Wagens, in dem er fuhr, erschießen würde. Das war unlogisch.

»Wo ist mein Auto jetzt?«, fragte Paul.

»Es steht in der Pentagon-Garage in Newport Pagnell.

Man wird Sie anrufen, wenn es repariert ist.« Charlie Vosper erhob sich schwerfällig vom Stuhl, hob seinen Filzhut und verkündete mit Bedacht, dass alles diesbezüglich unternommen worden war. »Wenn es sonst nichts gibt, Temple ...«

»Ich bringe Sie hinaus.«

Paul führte den Inspektor in die Diele und schloss die Küchentür. Er warf einen Blick die Treppe hoch in den vorderen Teil des Hauses, um sich zu vergewissern, dass Kate Balfour nicht zuhörte. »Charlie«, sagte Paul, »da ist noch etwas.«

»Was denn?«

»Dieser Roberts. Ich frage mich nur –, ob man ihn mit mir verwechselt hat.«

Vosper war überrascht. »Nun, er sah Ihnen nicht besonders ähnlich, aber es war Nacht. Jeder, der das Auto überholte, könnte den Eindruck gehabt haben, dass ... Ich denke, das ist möglich. Glauben Sie, dass es ein Anschlag auf Ihr Leben war, Temple?«

»Nein«, sagte Paul leichthin, »ich habe keinen einzigen Feind auf der Welt. Aber lassen Sie es mich wissen, wenn es weitere Entwicklungen gibt.«

Er sah zu, wie Inspektor Vosper die gepflasterte Mews hinunterging und in den Chester Square einbog. Dann kam Paul zurück in die Küche. Er lächelte Steve beruhigend zu und schenkte Kaffee nach.

»Wir müssen heute Vormittag einen Flug nach Genf oder in die schottischen Highlands buchen ...«

»Darling, ich nehme an, es ist Inspektor Vosper nicht in den Sinn gekommen, dass derjenige, der den Autodieb erschossen hat, vielleicht unter dem Eindruck stand, er würde auf dich zielen?«

»Großer Gott, Steve, wie kommst du denn auf diese Idee?«

»Erzähl mir bloß nicht, dass Großbritanniens Privatdetektiv Nummer eins nicht auch schon auf diese Idee gekommen ist«, sagte sie ernst. »Es war dein Auto, es war dunkel, und die Nummernschilder waren nicht gewechselt. Jeder, der das

Auto verfolgte, muss gedacht haben, dass du es fährst.«

»Du machst dir zu viele Gedanken, Liebling. Ich nehme an, du machst dir nur Sorgen, weil du die ganze nächste Woche mit dem Bus fahren musst.« In diesem Moment klingelte das Telefon und Paul hoffte, dass es jemand war, der Steve von dem Thema ablenkte.

»Mr. Temple«, rief Kate Balfour. »Scott Reed möchte Sie sprechen!«

»Ich nehme das Gespräch im Arbeitszimmer entgegen«, sagte Paul.

»Ja, eine klassische Geschichte. Ich war bis drei Uhr morgens auf und konnte sie nicht aus der Hand legen. Absolut fesselnd, obwohl ich immer noch nicht weiß, wer den Mord begangen hat. War das beabsichtigt? Auf alle Fälle wird mich das Buch ein weiteres Jahr zahlungsfähig halten«, schloss Scott Reed. »Vielleicht entschädigt es mich sogar für diese akademische Studie über Geschichte und den Mythos der Macht, die ich eben veröffentlicht habe.«

»Worum ging es dabei?«, fragte Paul höflich.

»Ich habe keine Ahnung.«

Paul saß im Drehstuhl an seinem Schreibtisch und wandte sich mit dem Fuß in der Luft um. Scott war ein Mann, den man nur schwer an einem Thema halten konnte. Und die Idee einer Studie, die beweisen sollte, dass Politiker nationale Sexsymbole waren, schien absurd.

»Bevor du auflegst, Scott«, unterbrach er, »bleib noch kurz dran. Ich möchte dich etwas über Carl Milbourne fragen.

»Wie kommst du darauf, dass ich mich in den Fall einmischen soll? Hat sein Tod etwas Mysteriöses an sich?«

»Großer Gott, nein«, sagte Scott nervös. »Er war ein Freund von mir, das ist alles – und als seine Frau mir sagte, sie wolle mit einem erfahrenen Ermittler sprechen …«

Paul lachte. »Ich glaube dir kein Wort, aber das macht nichts. Steve schleppt mich Ende der Woche in den Urlaub. Du bist ein hinterhältiger alter Teufel. Wir sehen uns dann, wenn wir wieder da sind.«

Er legte den Hörer auf und drehte sich mit seinem Stuhl zum Schreibtisch, als Kate Balfour an die Tür klopfte. Sie führte eine äußerst attraktive Frau herein. Man brauchte Paul nicht zu sagen, dass es sich dabei um die ehemalige Schauspielerin Margaret Beverly und Witwe von Carl Milbourne handelte. Sie trug ein malvenfarbiges Kostüm und trat mit der verzweifelten Ausstrahlung auf, mit der sie in den Nachkriegsjahren in jedem Theaterstück die Premierengäste begeistert hatte. Als Paul ihre behandschuhte Hand schüttelte, begann sie, ihren Kummer zu schildern.

»Es hat keinen Zweck, Mr. Temple«, sagte sie besorgt, setzte sich auf den von Paul angebotenen Stuhl und zog die Handschuhe aus, »je mehr ich darüber nachdenke, desto sicherer bin ich, dass der Tote, den wir an jenem Vormittag gesehen haben, nicht mein Mann war.«

Paul nickte verständnisvoll und fragte, warum sie das nicht schon damals gesagt hatte.

»Ich war ganz durcheinander. Verwirrt.« Sie warf Paul einen schnellen Blick zu und sah dann wieder auf die Hände in ihrem Schoß hinunter. »Ich wusste wirklich nicht, was los war.«

»Aber Ihr Bruder war doch bei Ihnen, Mrs. Milbourne, und er hat auch die Leiche identifiziert. Das hätte er doch sicherlich nicht getan, wenn …«

»Maurice war auch aufgeregt«, warf sie ein. Ihr Tonfall änderte sich plötzlich. »Soll das heißen, dass Sie Maurice gesehen haben? Haben Sie mit ihm gesprochen?«

»Meine Frau und ich haben gestern Abend im Restaurant *L'Hachoire* gegessen. Ihr Bruder war dort und hat uns auf einen Drink in sein Büro eingeladen.«

»Was hat er über mich gesagt?«, fragte sie misstrauisch.

»Er sagte, dass Sie immer noch sehr aufgewühlt sind, Mrs. Milbourne, und dass Sie sich einfach weigern, sich mit dem Tod Ihres Mannes auseinanderzusetzen.« Paul setzte sich auf das Sofa. »Ich kannte Ihren Mann nicht gut, Mrs. Milbourne. Ich bin ihm nur einmal richtig begegnet und das ist schon einige Jahre her. Ich glaube nicht, dass er damals schon verheiratet war.«

»Wir haben vor sechs Jahren geheiratet.«

»Ich habe ihn als einen sehr charmanten Mann in Erinnerung. Es überrascht mich nicht, dass es Ihnen schwerfällt, sich eine Welt ohne ihn vorzustellen. Sie müssen sich jetzt sehr einsam fühlen. Ich nehme an, Sie haben keine Kinder?«

Margaret Milbourne hatte in genug Problemstücken mitgespielt, um die Bedeutung von Pauls Frage zu verstehen. »Das ist richtig. Wir wollten beide Kinder, aber es hat nicht sein sollen.« Sie seufzte. »Mr. Temple, Sie denken vielleicht, dass das alles zu viel für mich war und dass ich vielleicht – ein wenig aus dem Gleichgewicht bin. Aber ich versichere Ihnen, dass …«

»Kümmern Sie sich nicht darum, was ich denke, Mrs. Milbourne. Konzentrieren wir uns erst einmal auf die Fakten. Was hat Ihr Mann in Genf gemacht?«

Sie war leicht betroffen von dieser direkten Art und Weise. »Carl war geschäftlich unterwegs, um Julia Carrington zu treffen.«

Paul kannte die Legende von Julia Carrington, der schönen amerikanischen Schauspielerin, die sich nach ihrem zehnten Film zurückgezogen und ihre Dollars in die Schweiz gebracht hatte. Die Skandale, die noch immer mit ihrem Namen in der Traumfabrik verbunden waren, deuteten auf Disziplinlosigkeiten am Set und Orgien zwischen den Filmen hin.

»Carl hatte das Gerücht gehört, sie würde ihre Memoiren schreiben«, erklärte Margaret Milbourne. »Er wollte unbedingt herausfinden, ob das stimmt.«

Ja, das passte gut, dachte Paul. Julia Carringtons Memoiren wären ein Knüller für jeden Verlag. Eine Erfolgs- und Sexgeschichte mit berühmten Namen. Schöne Frauen, temperamentvolle Stars und Banker, bei denen mehrere Millionen

Dollar auf dem Spiel standen. Die einzigen, die mehr Interesse daran haben konnten als ein Verlag, waren die berühmten Namen selbst, die Produktionsfirmen und die Bankiers.

»Ich wollte nicht, dass er hinfliegt«, sagte Margaret Milbourne. »Ich hatte so ein Gefühl, ich weiß nicht, warum. Julia Carrington bringt anderen Menschen kein Glück. Sie hat eine unheilvolle Aura.«

»Mrs. Milbourne, ich zweifle nicht an Ihrer Aufrichtigkeit. Ich bezweifle nicht, dass Sie wirklich glauben, dass Ihr Mann noch am Leben ist. Aber Gefühle und Aura und die Aussage eines Mediums sind keine Beweise.«

Sie lächelte ironisch. »Ich habe Beweise.« Sie holte ein Stück Papier aus ihrer Handtasche und reichte es Paul hinüber. »Ist dieser Beweis für Sie ausreichend, Mr. Temple?«

Als sie und ihr Bruder aus der Schweiz nach dem Unfall zurückkehrten, fand Mrs. Milbourne bei sich zu Hause ein Paket vor, das an Carl Milbourne von einem Geschäft in St. Moritz adressiert war. Es enthielt den Hut, den Milbourne bei seiner Abreise getragen hatte.

»Den Hut Ihres Mannes?«, wiederholte Paul.

»Carl hatte eine Schwäche, Hüte zu kaufen. Ständig kaufte er neue. An seinen Kleidungsstil konnte ich mich nie ganz gewöhnen, auch nicht nach sechs Jahren Ehe. Ich wusste sofort, was passiert war. Carl hatte in St. Moritz einen neuen Hut gekauft und das Geschäft gebeten, seinen alten nach Hause zu schicken.«

»Aber offensichtlich«, murmelte Paul, »muss dies vor dem Unfall gewesen sein.«

Sie hob eine gebieterische Hand. »Dazu komme ich gleich, Mr. Temple. Sehen Sie, der Hut war nicht mehr zu gebrauchen, und ich habe ihn verschenkt. Ich habe ihn dem Gärtner gegeben. Vorgestern kam er dann damit zu mir. Er hatte dieses Stück Papier in der Krempe des Hutes gefunden.«

Paul untersuchte das Papier. Es war eine Notiz, datiert auf den sechsten Januar. »Mach dir bitte keine Sorgen«, stand darauf. »Ich habe Randolph getroffen. Es geht alles in Ordnung. Melde mich später bei dir.« Paul sah Mrs. Milbourne fragend an.

»Der sechste Januar, Mr. Temple, war zwei Tage nach dem Unfall.«

Er nickte. »Sind Sie sicher, dass dies die Handschrift Ihres Mannes ist?«

»Absolut.«

»Wer wurde dann jedoch Ihrer Meinung nach von diesem Auto getötet, Mrs. Milbourne?«

»Ich habe nicht die leiseste Ahnung.«

Paul seufzte. »Und wahrscheinlich kennen Sie auch niemanden namens Randolph. Alles, was wir wissen, ist, dass dieser Brief, an wen auch immer er adressiert war, nie abgeschickt wurde, sonst wäre er nicht im Hut Ihres Mannes gewesen.«

»Sie sind der Privatdetektiv, Mr. Temple.«

Paul zuckte zusammen. Es klang so, als ob er ein Mann im Regenmantel war, der Ehebrechern nachspionierte, und sich eines Tages, wenn er einen Bart hatte und alt und grau war, als Kriminologe bezeichnen würde. »Was soll ich tun, Mrs. Milbourne?«

»Ich möchte, dass Sie und Mrs. Temple mit mir in die Schweiz kommen.« Sie fuhr in einem verwirrten Ton fort: »Ich würde gerne wissen, was Carl in St. Moritz gemacht hat. Er hat mir nicht gesagt, dass er dorthin wollte, und er hasst Wintersport.«

Sie wurden durch das Klingeln des Telefons unterbrochen. »Entschuldigung«, murmelte Paul. Er nahm den Hörer ab.

»Spricht dort Paul Temple?«, fragte die besorgte Stimme. »Mein Lieber, Sie werden sich wahrscheinlich nicht mehr an mich erinnern …«

»Dolly! Natürlich erinnere ich mich an Sie. Wie läuft es mit dem Tanzen? Arbeiten Sie wieder?« Er zuckte Mrs. Milbourne entschuldigend mit den Schultern zu. »Oje, tut mir leid, das zu hören. Kann ich irgendetwas für Sie tun?«

»Ich würde gerne mit Ihnen sprechen, Mr. Temple, Lieber. Es ist furchtbar wichtig.«

»Natürlich. Warum kommen Sie nicht vorbei?«

»Nein, nein«, sagte die Stimme besorgt, »ich treffe Sie lieber woanders. Irgendwo im Freien, im Park oder so.«

»Warum nicht gleich im Zoo?«

»Das ist eine wunderbare Idee! Genau der richtige Ort! Ich werde in etwa vierzig Minuten am Haupttor sein. Bis dann, mein Lieber.«

Paul legte den Hörer auf und wandte sich wieder an Mrs. Milbourne. »Es tut mir leid, eine alte Bekannte von mir scheint in Schwierigkeiten zu stecken.«

»Das ist schon in Ordnung, Mr. Temple«, sagte sie. »Ich glaube, es gibt dann auch nichts mehr zu sagen, oder? Ich werde dann den Flug buchen ...«

»Es gibt da noch eine Sache. Eine persönliche Frage. Haben Sie sich mit Ihrem Mann gestritten, bevor er nach Genf flog?«

Sie lachte abschätzig. »Ja, in der Tat, ich habe mich mit ihm gestritten. Wahrscheinlich hat Ihnen Maurice davon erzählt?« Sie stand auf und zog sich ihre Handschuhe an. »Es gab nur ein einziges Thema, über das wir uns immer wieder gestritten haben. Leider kamen wir kurz vor seiner Abreise darauf. Carl war bestrebt, keine Erbschaftssteuer zu zahlen. Er ging immer davon aus, dass er zuerst gehen würde, und ...« Sie sprach schneller und dramatisch. »Er bestand einfach darauf, über den Tod zu sprechen. Ich hasste das Thema, ich hasste es einfach, Mr. Temple. Ich habe ihm immer gesagt »Du bist doch erst achtundvierzig!«, aber er bestand darauf, darüber zu sprechen.«

»Er sprach am Abend vor seiner Abreise nach Genf über den Tod und die Erbschaftssteuer?«, fragte Paul nachdenklich.

»Ja, das tat er.«

Kapitel zwei

Paul Temple bezahlte sein Taxi vor dem Haupteingang des Londoner Zoologischen Gartens. Es war ein berauschender Januarmorgen, an dem die tief stehende Sonne durch die Wolken brach. Paul ging hinein und kaufte eine Tüte Erdnüsse für die Affen, die bei diesen Temperaturen einen Leckerbissen verdient hatten, obwohl sie trotzdem ganz fröhlich aussahen.

Das letzte Mal, als Paul Dolly Brazier gesehen hatte, saß sie wegen ihrer Beteiligung an einem Drogenskandal auf der Anklagebank. Er kannte sie seit vielen Jahren. Sie hatte die Rolle einer Popsängerin in einem Bühnenkrimi gespielt, den er geschrieben hatte. Das Stück war eine Katastrophe gewesen, weil der Regisseur die meisten Hinweise auf den Täter und alle Erklärungen herausgestrichen hatte. Dolly war jedoch trotzdem seine Freundin geblieben. Als sie ein paar Jahre später verhaftet wurde, hatte Paul Arnold Waldron überredet, sie zu verteidigen, und Arnold hatte es geschafft, dass sie mit einer Bewährungsstrafe von zwölf Monaten davonkam.

Noch gab es keine Spur von ihr, also ging Paul zu einer Telefonzelle, um die Pentagon-Garage in Newport Pagnell anzurufen. Die Fahrt quer durch London mit einem redseligen Taxifahrer, der mit starkem Cockneyakzent sprach, hatte Paul überzeugt, dass er den Rolls dringend wieder brauchte.

Die Antwort am Telefon war nicht gerade verheißungsvoll. Sein Auto war ins Werk zurückgeschickt worden, wo ein neuer Kühler und eine neue Windschutzscheibe eingebaut und auch sonst einige Ausbesserungsarbeiten durchgeführt werden sollten. Die fröhliche Gleichgültigkeit des Mechanikers war deprimierend, vor allem, als er zu dem Schluss kam, dass es etwa zehn Tage dauern würde, bis die Arbeiten abgeschlossen waren. Paul legte auf und ging zurück, um die Affen zu füttern.

»Hallo, Paul! Ich bin hier, mein Lieber!«

Dolly Brazier rannte durch den Westtunnel und winkte mit ihrer Handtasche. Sie war eine temperamentvolle kleine Rothaarige mit einem schwarzen Maximantel, der die wohlgeformten Beine einer Revuetänzerin enthüllte. Sie umarmte ihn und hinterließ einen Abdruck ihres Lippenstiftes auf seiner Wange.

»Schön, Sie wiederzusehen«, sagte Paul. »Sie sehen aber nicht so aus, als hätten Sie große Sorgen.« Sie hatte immer ein fröhliches Gesicht. »Wo arbeiten Sie zur Zeit?«

»Oh, ich habe seit der Sommersaison in Scarborough letztes Jahr alles Mögliche gemacht.« Sie lachte und nahm seinen Arm. »Ich habe sogar als Sekretärin gearbeitet, bis sie herausfanden, dass ich nicht einmal buchstabieren kann.«

»Sie haben meine Frage nicht beantwortet«, sagte Paul. »Wo arbeiten Sie jetzt?«

Sie versuchte, zwanglos zu klingen. »Ich bin … Na, Sie wissen schon … Ich bin Hostess in einem Nachtclub. Das ist doch auch Arbeit, nicht wahr?«

»Wo?«

»Ach, in Soho.« Sie nahm eine Erdnuss und warf sie einem müden Orang-Utan zu. »Sollen wir rüber in die Cafeteria am Pinguinpool gehen? Ich brauche unbedingt einen Kaffee.«

Sie spazierten durch die Gärten, vorbei an den kreischenden Gibbons, den Löwen und einem liebeskranken Panda, bis sie das Café erreichten. Paul kaufte zwei Kaffee und eine Packung Schokoladenkekse für Dolly.

»Jetzt«, sagte er, als sie sich vor die Pinguine hingesetzt hatten, »arbeiten Sie also in einem Club in Soho und stecken in Schwierigkeiten. Erzählen Sie mir mehr.«

»Oh nein, ich habe nicht gemeint, dass ich in Schwierigkeiten stecke, mein Lieber. Ich mache mir Sorgen um Sie. Wissen Sie, Sie waren immer sehr nett zu mir, auch wenn ich im ersten Akt Ihres Stücks ermordet wurde ... Also: Sie sind in schrecklicher Gefahr. Hören Sie, Mr. Temple, ich wünschte, Sie würden sich nicht in diese Schweizer Affäre hineinziehen lassen.«

»Sie meinen Mrs. Milbourne und ...«

»Ich möchte nicht, dass Ihnen oder Ihrer Frau etwas zustößt. Sie war immer furchtbar lieb und ...« Ihre Stimme wurde leiser.

»Kennen Sie Mrs. Milbourne, Dolly?«

»Nein«, sagte sie. »Aber ich habe von ihr gehört, auf Umwegen. Sie hat mit Ihnen gesprochen und behauptet, dass ihr Mann nicht tot sei.« Sie legte ihre Hand auf die von Paul. »Werden Sie ihr helfen?«

Paul zuckte mit den Schultern. »Sie hat erst heute Vormittag mit mir gesprochen.«

»Helfen Sie ihr nicht, Mr. Temple. Mischen Sie sich nicht ein, mein Lieber, das ist es nicht wert.«

»Ich bin Ihnen dankbar, dass Sie so besorgt sind«, sagte Paul leicht amüsiert, »aber wissen Sie, Steve und ich haben es schon öfter mit einigen skrupellosen Leuten zu tun gehabt – und wir leben immer noch.«

Dolly warf einen nervösen Blick über ihre Schulter. »Tja, auf jeden Fall können Sie später nicht behaupten, ich hätte Sie nicht gewarnt. Ich hätte es mir nie verziehen, wenn ich nicht Bescheid gesagt hätte. Aber ich muss jetzt wieder zurück. Wenn mich jemand mit Ihnen sieht ...«

»Aber Sie haben kein Wort gesagt, Dolly! Sie haben mir nicht das Geringste erzählt.« Als er neben ihr zum Südtor ging, fragte er: »Ist Carl Milbourne tot? Ist er wirklich bei diesem Unfall ums Leben gekommen?«

»Ich weiß es nicht«, sagte sie. »Ich weiß nichts über Carl Milbourne. Ich weiß nur, dass eine bestimmte Person nicht will, dass Sie Mrs. Milbourne helfen.«

»Wer, Dolly?« Er nahm sie bei den Schultern und zwang sie, ihn anzuschauen. »Warum wollen Sie mir nicht alles sagen, was Sie wissen?«

»Weil ich Angst habe.« Sie lächelte hilflos. »Wissen Sie, mein Lieber, ich bin zu jung zum Sterben. Tut mir leid.« Sie riss sich von ihm los und rannte durch das Tor.

Paul ging gedankenversunken an den Wölfen vorbei. Es gab zu viele Dinge, die er wissen musste, zum Beispiel, ob der im Auto getötete Mann allein gewesen war und ob es Zeugen des Unfalls gab. Paul mochte die Wölfe, sie waren elegant und wild und sie rochen im Winter nicht so stark. Er bewunderte den einen, der auf dem Dach des Luftschutzbunkers Wache hielt. Angenommen, der tote Mann war nicht Carl Milbourne, überlegte Paul. Bedeutete das, dass Milbourne einen Unfall arrangiert hatte, damit er verschwinden konnte? War Milbourne dann in einen Mord verwickelt, denn es gab ja definitiv eine Leiche?

Paul schaute auf seine Uhr. Es war fast zwölf Uhr. Er beschloss, Steve anzurufen und sie zu bitten, ihn zu einem frühen Mittagessen zu treffen.

Kate Balfour beobachtete vom Küchenfenster aus, wie ein schwarzer Wolseley in die Mews einfuhr. Sie hörte, wie Steve die Treppe herunterkam und selbst die Tür öffnete.

»Mrs. Temple? Mein Name ist Stone, von der Pentagon-Garage.«

»Ach ja«, hörte sie Steve sagen, »das Auto meines Mannes ist bei Ihnen.«

»Richtig, Mrs. Temple. Aber es wird ein paar Wochen dauern, bis es repariert ist, deshalb hat Ihr Mann das hier für die Zwischenzeit gemietet.«

Kate war eine ehemalige Polizeibeamtin und freute sich, dass Paul etwas Passenderes als einen Rolls Royce fahren würde. Zu ihrer Zeit waren alle schwarzen Wolseleys Polizeiautos gewesen. Sie wusste, wie leistungsstark sie waren. Nicht, dass dieser Mr. Stone wie ein Polizist aussah. Er stand mit Steve neben dem Auto, überreichte die Schlüssel und

42

zeigte auf das Fahrtenbuch.

»Kate«, sagte Steve aufgeregt. »Ich treffe mich mit Paul zum Mittagessen. Ich bin wieder mobil.«

»Ist gut, Mrs. Temple.«

Während Kate beobachtete, wie Mr. Stone in Richtung Chester Square ging, brummte der Wolseley und schnurrte dann leise davon.

Schöne Autos sind das gewesen, dachte sie, wie schade, dass die Polizei heutzutage mit allen möglichen Fahrzeugen herumfährt, mit all den Blaulichtern und ohrenbetäubenden Sirenen. Ihre Träumerei wurde durch das Klingeln des Telefons unterbrochen.

»Hallo, Kate. Ist meine Frau da?«

»Nein, Mr. Temple, sie ist gerade mit dem neuen Auto losgefahren, um sich mit Ihnen zum Mittagessen zu treffen.«

»Oh gut, Sie muss Gedanken lesen können.« Am anderen Ende der Leitung gab es eine Pause. »Was sagten Sie da von einem neuen Auto?«

»Das von der Pentagon-Garage, das Sie gemietet haben. Es wurde vor ein paar Minuten geliefert und Mrs. Temple ist sofort losgefahren ...«

»Die Pentagon-Garage ist in Newport Pagnell, Kate. Ich habe weder von dort noch von jemand anderem ein Auto gemietet!«

Kate Balfour knallte das Telefon auf die Gabel und rannte aus dem Haus. Sie hatte ihren Mini in der Mews geparkt und nahm die Verfolgung auf, als hätte sie Sirene und Blaulicht. Sie raste über den Chester Square und durch die Straßen von Chelsea, während wütende Autofahrer ihr hinterherjohlten. Welchen Weg Steve genommen hatte, war reine Spekulation, aber Kate nahm an, dass sie die Kensington Church Street hinauf- und dann durch Sussex Gardens und die Marylebone Road entlanggefahren war. Erst vor kurzem hatte man die Fahrtrichtung geändert, aber Kate fuhr trotzdem mit vierzig Meilen pro Stunde in die falsche Richtung, die neue Einbahnstraße entlang und auf einen Bus zu. Sie knirschte mit den Zähnen und beschloss, einen Herzinfarkt des Busfahrers zu riskieren. Kate hatte es zu eilig, um dieses Feiglingsspiel zu verlieren.

Der Bus wich in eine Garageneinfahrt aus und erschreckte einen Postboten. Sie raste weiter, fuhr über rote Ampeln, wo es nötig war, und zeigte gelegentlich mit der Hand selbstgefälligen Taxifahrern ein unanständiges Zeichen. Sie hatte die Baker Street erreicht und dachte schon, sie sei in die falsche Richtung gefahren, als sie den schwarzen Wolseley an der Ampel vor sich sah.

Kate umrundete eine Verkehrsinsel auf der falschen Straßenseite. Mit der Hand fest auf der Hupe fuhr sie weiter, bis ein Bus knapp vor ihr hielt. Sie sprang aus dem Wagen und rannte die zwanzig Meter weiter bis zu dem schwarzen Wolseley.

»He, Missis, hier darf man aber nicht parken, während man einkauft«, brüllte der Busfahrer. Vier Taxifahrer stimmten in den Refrain ein.

Kate riss die Tür des Wolseleys auf, als Steve gerade losfahren wollte. »Steigen Sie aus, Steve«, sagte sie eindringlich. »Vielleicht ist eine Bombe im Auto …«

Steve sprang schnell heraus, ohne sich aufzuregen. Das war es, was Kate an ihr bewunderte: Sie war gleichzeitig attraktiv *und* vernünftig. Steve stellte Schlussforderungen an. »Autovermieter sind doch nicht so unverantwortlich«, begann sie.

»Mr. Temple rief an, gleich nachdem Sie weggefahren waren. Er sagte, er habe gar kein Auto bestellt.«

Jetzt gab es zwei Staus: einen vor dem leeren Mini und einen weiteren hinter dem Wolseley. Ein Polizist stapfte zielstrebig auf sie zu. »Was ist hier los?«, fragte er. »Sie können doch nicht einfach so mitten auf der Straße Ihr Auto stehen lassen!« Die Leute auf dem Bürgersteig hielten an, um sich den Spaß anzusehen, und eine Politesse bahnte sich ihren

Weg durch den Stau.

»Warten Sie im Mini, meine Liebe«, sagte Kate. »Ich fahre den Wolseley um die Ecke.«

»Madam, Sie behindern den Verkehr«, sagt der Polizist. »Sie müssen das Auto sofort wegfahren.«

»Ich möchte es erst untersuchen«, sagte Kate. »Ich habe nämlich Grund zu der Annahme …«

Plötzlich ging die Motorhaube des Wagens hoch, es ertönte ein lauter Knall und die Front des Wolseley explodierte. Steve duckte sich instinktiv. Metallsplitter flogen in alle Richtungen, zerschmetterten Scheiben und zerkratzten andere Autos. Ein Taxifahrer warf sich neben seinem Taxi zu Boden. Zwischen dem furchtbaren Knall und der anschließenden Stille schien fast eine halbe Minute zu vergehen. Dann schrie jemand, der Taxifahrer begann vor sich hin zu fluchen und die Menschen auf dem Bürgersteig bewegten sich zwischen dem Metall und dem zerbrochenen Glas weiter.

Mit ihrem riesigen Verband auf der Stirn sah Steve sowohl komisch als auch reizvoll aus, wie sie so in ihrem Bett saß. Als Paul ins Schlafzimmer stürmte, grinste sie ihn entschuldigend an. Aber Paul war zu schockiert, um es lustig zu finden. Er saß sich angespannt und ängstlich an das Bett.

»Wie geht es dir jetzt, Steve?«

»Mir geht es sehr gut, Darling. Ich habe leichte Kopfschmerzen, die verschwinden würden, wenn du mich aufstehen und eine Kanne Tee kochen lassen würdest.«

»Den Tee macht schon Kate.«

Steve schaute etwas verschämt. »Ist Kate in Ordnung?«

»Natürlich ist sie in Ordnung, sie ist immerhin früher Polizistin gewesen. Erst war sie etwas aufgewühlt, aber ich habe ihr dann das Gehalt erhöht. Das hat sie sofort aufgeheitert. Der einzige andere Verletzte war ein Taxifahrer. Man hat ihn aber gleich wieder aus dem Krankenhaus entlassen, nachdem man ihm ein paar Pflaster ums Knie geklebt hat. Du kannst also ganz entspannt sein, bleib einfach im Bett und lass dich verwöhnen.«

Kate kam emsig mit Tee und Keksen herein. Der Hauch des Verbrechens lag immer noch greifbar nah und ihr Tee entsprach nicht dem üblichen Standard. Während er zog, hatte sie mit der Pentagon-Garage telefoniert, um sich zu vergewissern, dass man dort keinen Mr. Stone kannte.

»Nun, das musste ja überprüft werden«, sagte Paul. »Vielleicht versuchen Sie noch einmal, Mrs. Milbourne zu erreichen?«

»Jawohl, Mr. Temple«, sagte sie und eilte hinaus.

»Paul, was war heute Vormittag?«

Er goss den Tee ein und reichte ihr eine Tasse.

»Heute Vormittag?«, wiederholte er unschuldig.

»Mit Dolly Brazier.«

»Ach, sie hat versucht, sich Geld von mir zu leihen. Arme Dolly, sie hat immer irgendwelche Probleme.«

»Hast du es ihr geliehen?«

»Natürlich nicht. Sie wollte hundert Pfund. Du weißt ja, wie sich diese Dinge weiterentwickeln. Sobald man anfängt, Leuten Geld zu leihen …«

»Ich glaube dir kein Wort«, unterbrach Steve. »Wenn Dolly Geld gebraucht hätte, hättest du es ihr gegeben. Ich kenne dich, Paul. Was hat sie wirklich gewollt?«

Paul ordnete die Blumen zurecht, die er für sie mitgebracht hatte. Es waren Gladiolen und er fragte sich abwesend, woher die Blumen um diese Jahreszeit kamen. »Sie sagte, ich solle aufpassen«, sagte er leise. »Ich soll mich nicht hineinziehen lassen.« Vielleicht wurden sie von den Bahamas importiert. Wenn es auf den Bahamas Gladiolen gab.

»Worin hineinziehen?«, fragte Steve. »In die Milbourne-Affäre?«

»Eigentlich wollte ich es dir nicht erzählen, Steve«, sagte er. »Nicht heute. Du musst dich ausruhen …«

»Ich werde mich ausruhen, wenn ich weiß, was vor sich

geht. Ich muss auf dem Laufenden gehalten werden – merk dir das, Temple!«

Paul lachte und sagte: »Natürlich, wenn du willst, Liebling.« Er küsste sie und zerzauste ihr Haar, so dass es teilweise den Verband verdeckte. »Ich erhole mich auch viel besser, wenn ich weiß, was los ist.« Er ging zur Tür und hauchte ihr einen Kuss zu. »Schlaf gut, mein Schatz.«

Er fand Kate in seinem Arbeitszimmer, wo sie an seinem Schreibtisch saß und lebhaft telefonierte. Beängstigend, dachte Paul bei sich, sie muss zu ihrer Zeit das Verbrechen wie ein Schlachtschiff bekämpft haben. Er hatte ein kurzes Bild vor Augen, wie sie Gangster durch die Polizeiwache schleuderte und ausgewachsene Schläger zu Tränen rührte.

»Leider keine Spur, Mr. Temple«, sagte sie, als sie auflegte. »Mrs. Milbourne hat niemandem von ihrem Besuch erzählt, außer ihrem Bruder. Sie hat nicht mehr viele Leute getroffen, seitdem ihr Mann …«

»Das wundert mich nicht. Kate, bleiben Sie hier und passen ein paar Stunden auf meine Frau auf? Ich glaube, es ist besser, wenn ich Mrs. Milbournes Bruder besuche. Und danach könnte ich noch etwas mehr über Dolly Braziers aktuelle Beschäftigung herausfinden.«

Maurice Lonsdale begrüßte ihn wie einen alten Freund und bestand darauf, dass sie gemeinsam zu Abend aßen. »Das ist so viel angenehmer und zivilisierter, als sich im Büro zu unterhalten«, sagte er. »Außerdem hat man mir gesagt, dass die Forellen diese Woche hervorragend sind.«

Paul willigte ein, die Forellen zu probieren.

»Ich bin froh, dass Sie mit meiner Schwester gesprochen haben, Temple.« Er hatte ein gutes Gedächtnis und bestellte den trockenen Sherry, den Paul beim letzten Mal getrunken hatte. »Wissen Sie, Margaret war immer schon sehr nervös und angespannt, sogar als sie noch beim Theater war.«

»Abgesehen davon, dass sie sehr angespannt ist«, sagte

Paul, »ist sie auch sehr intelligent. Ich glaube nicht, dass wir alles, was sie sagt, einfach völlig so abtun können.«

»Meine Güte, natürlich nicht«, sagte er schnell. »Das war auch nicht meine Intention, Temple. Nicht eine Minute lang. Aber ich bin mit ihr in die Schweiz gefahren. Ich habe Carl nach dem Unfall gesehen und ich habe ihn identifiziert.« Er hielt inne, während der Kellner das Essen vor sie stellte. »Tja, Sie sind ein vielbeschäftigter Mann. Ich bin sicher, Sie hatten einen besonderen Grund, mich heute Abend zu besuchen.«

Paul nickte. »Ich möchte wissen, mit wem Sie über diese Angelegenheit noch gesprochen haben. Wer, abgesehen von Ihrer Schwester, weiß, dass sie sich an mich gewandt hat?«

»Eine seltsame Frage«, murmelte er nachdenklich.

»Eine wichtige Frage.«

Lonsdale dachte einen Moment lang nach. »Ich habe vielleicht einigen Freunden oder Bekannten gegenüber beiläufig Ihren Namen erwähnt, als wir über meine Schwester sprachen. Ich hätte keinen Grund gesehen, es nicht zu tun.« Er kippte die Schüssel so nach vorne, dass er den letzten Rest Suppe auslöffeln konnte. »Warum ist das so wichtig?«

»Das ist deshalb wichtig«, sagte Paul grimmig, »weil mein Auto gestohlen wurde, während meine Frau und ich gestern Abend mit Ihnen sprachen. Der Mann, der es stahl, wurde erschossen – aus Versehen statt mir. Und heute Mittag gab es einen vorsätzlichen Mordversuch an meiner Frau.«

Lonsdale starrte ihn überrascht an. Als er blinzelte, sah es so aus, als würde er Jalousien über seine kalten grauen Augen herunterlassen, um die Wahrheit zu verbergen. »Und Sie glauben, dass diese beiden …«

»Ich glaube, dass jemand absichtlich versucht, mich daran zu hindern, mich für den Fall Milbourne zu interessieren.«

Lonsdale schüttelte den Kopf und murmelte: »Nein, das ist unmöglich. Nein, niemals.« Er schob den leeren Teller beiseite und blickte wieder zu Paul. »Es gibt nur eine Person, mit der ich gesprochen habe, aber ihr kann ich hundertprozentig vertrauen. Ich habe mit einer sehr guten Freundin ausführlich über meine Schwester und den Autounfall gesprochen, und ich erinnere mich, dass ich dabei Ihren Namen erwähnt habe. Sie hatte mehrere Ihrer Bücher gelesen ...«

»Können Sie mir ihren Namen sagen?«

»Freda Sands.«

Paul hatte von Freda Sands gehört. Sie leitete eine Bürodienstagentur in der Baker Street und wann auch immer Fernseh- oder Zeitungsreporter ein Interview mit einer erfolgreichen Geschäftsfrau führen wollten, wandten sie sich an sie. Sie war dynamisch, attraktiv und glaubte nicht an die Gleichheit der Geschlechter, denn sie wusste, dass sie jedem Mann überlegen war. Sie gab einen guten Stoff für Geschichten ab und war außerdem sehr fotogen. Paul fragte sich, woher sie sich die Zeit nahm, um seine Bücher zu lesen.

»Sie müssen sie kennenlernen«, sagte Lonsdale, »ich bin mir sicher, dass Sie und Mrs. Temple ihre Gesellschaft genießen werden. Irgendwann gebe ich eine kleine Dinnerparty für Sie beide und Freda.«

»Das wäre schön«, murmelte Paul.

Er fragte sich, ob dies der Makel in Lonsdales Charakter war – der gesellschaftliche Ehrgeiz eines Millionärs, die im Augenblick wichtigen Leute zu kennen und mit ihnen gesehen zu werden. Während Paul darüber nachdachte, kam der Kellner mit einer Nachricht an den Tisch.

»Entschuldigen Sie, Mr. Lonsdale«, sagte er, »aber ich habe eine Nachricht für Mr. Temple. Ein Inspektor Vosper hat angerufen. Er möchte Sie sofort sehen, Sir, im Middlesex-Hospital.«

»Hat er gesagt, warum?«, fragte Paul und stand besorgt auf.

»Nein, Sir. Aber es klang dringend.«

Lonsdale erhob sich ebenfalls. »Gaston, schicken Sie meinen Chauffeur zum Eingang. Es tut mir leid, Temple, ich hoffe, es hat nichts mit dem Unfall Ihrer Frau zu tun. Mein

Chauffeur wird Sie zum Krankenhaus bringen. In zehn Minuten sind Sie dort.«

»Das ist sehr nett von Ihnen.«

Charlie Vosper saß im Korridor der Unfallstation und rauchte ungeduldig eine Zigarette unter einem Rauchverbotsschild, als Paul eintraf. Er drückte die Zigarette auf dem glänzenden Boden aus. »Sie haben also meine Nachricht erhalten«, sagte er. »Ich habe bei Ihnen zu Hause angerufen und Kriminalsergeant Balfour ...«

»Sie meinen doch Kate?«, unterbrach er ihn. »Was ist passiert? Wer ist verletzt worden?«

»Vor etwa einer Stunde fand einer unserer Leute eine Frau namens Dolly Brazier in einer Sackgasse an der Kilburn High Road. Man hat sie leider übel zugerichtet.«

»Was heißt übel?«, schnauzte Paul.

»Ganz übel«, seufzte er. »Aber nicht so übel, dass sie sterben wird. Sie war offensichtlich ein attraktives Mädchen, bevor man ...« Er lächelte traurig. »Das arme Kind hat nur zweimal den Mund aufgemacht – und beide Male hat sie nach Ihnen verlangt.«

Paul betrat die kleine Station. Als der Arzt sagte, er habe ihr eine Spritze gegeben, hörte er es kaum. Er schob den Sichtschutz beiseite und setzte sich an das Bett. Als er sah, mit welcher Brutalität ihre Angreifer vorgegangen waren, wurde ihm schlecht.

»Können Sie mich hören, Dolly?«, fragte er leise. »Ich bin's, Paul.« Ihre Hand bewegte sich leicht und Paul nahm sie in seine. An ihrem Arm hing ein Schlauch, durch den ihr eine Bluttransfusion verabreicht wurde. Ihr Gesicht war in weiße Bandagen gehüllt. Im Zimmer war es still. Nur Dollys schweres Atmen unter ihren gebrochenen Rippen war zu hören.

»Wer war das?«, fragte er. »Wer hat Ihnen das angetan, Dolly?«

»Ich weiß es nicht«, flüsterte sie.

»Sie müssen es mir sagen«, sagte Paul ernst. »Ich werde dafür sorgen, dass Ihnen nichts zustößt.«

Sie hörte jedoch gar nicht, was er sagte. »Ich werde doch wieder gesund, nicht wahr, Paul? Ich bin zu jung zum Sterben.«

»Machen Sie sich keine Sorgen, natürlich werden Sie wieder gesund.« Er drückte ihre Hand und wartete, bis sie sich ein wenig von der Anstrengung erholt hatte. Sie schien die Formulierung »zu jung zum Sterben« fest im Kopf zu haben. Es war schon das zweite Mal gewesen, dass sie diese benutzt hatte.

»Ich habe den Arzt nach meinem Gesicht gefragt«, sagte sie und sprach mit Mühe. »Wegen der vielen Nähte. Aber er wollte mir nichts sagen. Ist es so schlimm, Paul?«

»Sie werden bald wieder so schön wie immer sein«, sagte er mit falscher Fröhlichkeit. »Es sieht jetzt ein bisschen böse aus, aber Sie sind in guten Händen. Seien Sie einfach ein gutes Mädchen und erzählen Sie mir, warum man Sie so zugerichtet hat.«

Schließlich flüsterte sie: »Ich habe Ihnen doch gesagt, dass Sie sich aus dieser Sache heraushalten sollen. Sie dürfen nicht …«

Die Krankenschwester klopfte Paul auf die Schulter und wies ihn darauf hin, dass die Besuchszeit vorbei war. Dolly war eingeschlafen und die Spritze würde dafür sorgen, dass sie mehrere Stunden in diesem Zustand bleiben würde. Es gab keinen Grund, dachte er, ihr solche Grausamkeiten anzutun – überhaupt keine Notwendigkeit!

»Sie wird wieder gesund, Mr. Temple«, sagte der Arzt, als sie die Station verließen. »Aber ihre Verletzungen am Kopf und im Gesicht sind ziemlich heikel, diesbezüglich kann ich nichts sagen.«

»Natürlich«, sagte Paul. »Tun Sie bitte alles für sie, was in Ihrer Macht steht. Ich bezahle alles, falls es nötig ist, und wenn eine Schönheitsoperation notwendig sein sollte, dann rufen Sie bitte Sir Thomas Staines an, er ist ein Freund von mir.«

»Keine Sorge, Mr. Temple.«

Keine Sorge. Paul ging den Korridor hinunter. Seine Schritte hallten und in der Ferne machten Krankenbetten Geräusche, die durch die gefliesten Gänge geschoben wurden. Krankenhäuser waren nachts voll von unpersönlichen Klängen. Nein, er würde sich keine Sorgen machen. Die Fahrstuhltüren klapperten, als sie sich schlossen, und er ließ Dolly Brazier fünf Stockwerke hinter sich. Auf dem Schild für Dollys Stockwerk stand »Operationssaal«.

Keine Sorge. Das hatte sie Paul während der Proben zu dem Theaterstück gesagt. Und nach den entsetzlichen Kritiken. Keine Sorge, mein Lieber, es ist dein erstes Stück, du kannst jederzeit ein weiteres schreiben. Sie war loyal und herzlich. Sie hatte es nicht verdient, in einer Straßenecke hinter der Kilburn High Road zu enden.

Paul trat auf die Straße und winkte nach einem Taxi.

Kapitel drei

Margaret Milbourne wünschte dem Hotelportier einen guten Abend, als dieser ihr die Tür aufhielt. Es war zehn nach sechs, also genau zehn Minuten zu spät. Sie hielt nichts von Pünktlichkeit, da sie den Selbstwert herabsetzte. Sie war andererseits sehr darauf gespannt, diesen Danny So-und-so kennenzulernen. Als sie durch das Foyer schritt, warf sie einen Blick auf den Wandspiegel und hob den Kopf noch etwas mehr an. Es war wichtig, selbst inmitten einer Tragödie gelassen und unbeschwert auszusehen.

Danny Clayton, so war sein Name. Er hatte am Telefon jung und amerikanisch geklungen. Er sagte, er hätte einige Informationen über ihren Mann. Sie öffnete die Flügeltüren und betrat die Cocktailbar. Ein paar Kunden, ein Hauch von Opulenz und ein trauriger Mann, der am Klavier eine dezente Melodie spielte. Sie glaubte, dass sie Danny Clayton mithilfe ihres weiblichen Instinkts erkennen konnte. Wahrscheinlich war es der schlanke junge Mann mit der Hakennase, der die anderen Gäste mit so etwas wie belustigter Verachtung beobachtete.

»Kann ich Ihnen etwas bringen?«, fragte der Barkeeper.

»Im Moment nicht, danke«, sagte sie. »Ich treffe mich hier mit einem Mr. Clayton. Ich glaube, er wohnt hier im Hotel.«

Er war tatsächlich der schlanke, junge Mann mit einer Hakennase. Er bestellte zwei Getränke und führte Margaret zu einem Platz in der Ecke. Seine nur oberflächlich guten Manieren verunsicherten sie ein wenig. Er sagte, es sei gut, dass sie sich die Zeit genommen hatte, aber er sprach mit einer so beiläufigen Unaufrichtigkeit, dass sie nicht wusste, wie sie antworten sollte.

»Wer sind Sie eigentlich?«, fragte sie. »Was wollen Sie?«

»Ich bin Danny Clayton, dreißig Jahre alt, in New York geboren, arbeite für Julia Carrington und wollte Sie wegen Ihres Mannes sprechen.«

Sollte das witzig sein oder war es einfach nur ungezogen? »Julia Carrington?«, wiederholte sie und klammerte sich an den vertrauten Namen, in der Hoffnung, ihn in seinem Auftreten zu bremsen.

»Ich bin Julias Privatsekretär«, sagte er mit einem Lachen, »unter anderem. Ich bin auch ihr Geschäftsberater, Prügelknabe und allgemeiner Ja-Sager. Julia hat mich schon fünfmal entlassen und ich kann mich schon gar nicht mehr daran erinnern, wie oft ich ihr gekündigt habe. Sie ist ein Miststück, Mrs. Milbourne, aber zu meinem Glück ein sehr großzügiges Miststück.«

Seine Kleidung war sehr englisch, englisch von heute, dachte Margaret, aber der Stil der jungen Leute war heutzutage so verwirrend. Sie betrachtete sein langes Haar (sie hätte es einen Pagenschnitt genannt) und sein Hemd mit passender Krawatte. »Was hat das alles mit meinem Mann zu tun, Mr. Clayton?«

»Er hat Julia kurz vor dem Unfall besucht.«

»Das weiß ich. Er ist ja überhaupt nur in die Schweiz gereist, um Ihre Miss Carrington zu treffen.«

»Stimmt, nur, dass er sie nicht getroffen hat.« Danny Clayton lachte entschuldigend. »Er hat stattdessen mich getroffen.«

»Ich wünschte, Sie kämen endlich zur Sache«, sagte sie abwesend. Ihre Gelassenheit nahm langsam ab und sie konnte nichts dagegen tun. »Was wollten Sie mir über meinen Mann sagen?«

»Mrs. Milbourne, ich habe da ein paar Fotos in meiner Brieftasche.« Er holte seine Brieftasche hervor und zog die Fotos wie ein Zauberer heraus. »Ich möchte, dass Sie sich diese Aufnahmen ansehen.«

Es waren Fotos von ihrem Mann, der in St. Moritz einen

seltsamen neuen Hut trug. Auf der Rückseite waren der Name des Fotografen und das Datum vermerkt: Die Aufnahmen stammten vom sechsten Januar.

»Kann ich noch einen Martini haben?«, fragte sie.

Clayton winkte mit dem Finger einem vorbeigehenden Kellner zu.

»Was hat Carl in St. Moritz gemacht? Und wenn er nicht bei diesem Autounfall ums Leben gekommen ist, warum hat er mich dann in dem Glauben gelassen, dass er dabei starb?« Sie war den Tränen nahe. Doch Claytons Antwort holte sie in die raue Wirklichkeit zurück.

»Ich kann diese Fragen beantworten, Mrs. Milbourne. Ich kann Ihnen alle Fragen beantworten, die Sie mir über Ihren Mann stellen möchten, aber ich fürchte, das wird Sie eine Menge Geld kosten.«

Sie fühlte sich so, als hätte er ihr in den Magen getreten. »Sie meinen, das ist eine Erpressung?«

Paul Temple telefonierte gerade, als Mrs. Milbourne in das Arbeitszimmer geführt wurde. Es war neun Uhr und er hatte Scott Reed eine halbe Stunde lang geduldig zugehört. »Ja, Scott, ich erzähle den Journalisten immer die Version von den Racheengeln, die kommen, um die Normalität wiederherzustellen. Das stimmt, eine plötzliche melodramatische Aktion stört die Gemeinschaft, aber mit logischem Denken und einem Auge auf den zwielichtigen Butler lässt sich das wieder in Ordnung bringen.« Scott erinnerte sich an das bevorstehende anspruchsvolle Interview, das Temple führen sollte. Er wollte nicht, dass Paul dabei zu bescheiden antwortete.

»Vergiss nicht, deine Theorien über die Identität von Jack the Ripper zu erwähnen«, sagte Scott. »Die Journalistin wird hoffentlich schon einmal etwas von Jack the Ripper gehört haben.«

»Ich habe schon wieder vergessen, was meine letzte Theorie diesbezüglich war.«

Er ließ Scott weiterreden, während Steve sich um Mrs. Milbourne kümmerte. Sie schienen sich über Steves Nachmittag bei Scotland Yard zu unterhalten, wo sie die Verbrecherkartei durchgesehen hatte, um »Mr. Pentagon-Garage« zu identifizieren. Mrs. Milbourne wirkte nicht gerade beruhigt, als sie von dem explodierenden Auto und dem Schicksal von Dolly Brazier erfuhr.

»Haben Sie schon einmal von Dolly Brazier gehört?«, fragte Paul, als er endlich seinen Verleger abgewimmelt hatte.

»Nein, aber natürlich ist es ein Skandal, wenn ein junges Mädchen nicht einmal mehr ...«

»Ganz recht. Sagt Ihnen der Name Freda Sands etwas?«

Mrs. Milbourne sah erschrocken aus. »Ja, natürlich. Sie ist eine gute Freundin meines Bruders.«

»Kannte Ihr Mann sie?«

»Ja, ziemlich gut«, sagte sie abwesend. »Miss Sands hat ihm oft Schreibkräfte und Büroangestellte geschickt.«

Steve hatte die Schärfe in Margarets Stimme bemerkt. »Ist sie eine Freundin von Ihnen, Mrs. Milbourne?«

»Nein. Ich könnte mir vorstellen, dass die meisten von Fredas Freunden Männer sind, vorzugsweise solche, die ihr Aufträge und Geschäfte verschaffen können. Das ist auch der Grund, warum sie so erfolgreich geworden ist.«

Es entstand eine Pause. Paul fragte sich, warum Mrs. Milbourne ihn aufgesucht hatte. Sie hatte es nicht gerade eilig damit, zum Punkt zu kommen.

»Ich hatte immer den Eindruck, dass sie ein Auge auf Carl geworfen hat«, sagte sie. »Carl hat mich immer ausgelacht, wenn ich etwas in diese Richtung angedeutet habe, aber Sie wissen ja, wie das ist, Mrs. Temple. Eine Frau hat oft eine Intuition für solche Dinge.«

»Ich weiß, was Sie meinen«, sagte Steve und lachte.

Woher sollte sie so etwas wissen, fragte sich Paul. »Brandy?«, fragte er. »Dann können Sie mir sagen, warum Sie es so eilig hatten, mich aufzusuchen. Ist etwas passiert?«

Margaret Milbourne zögerte, betrachtete sich im Spiegel, als würde sie einen Auftritt vorbereiten, und begann dann, von ihrer Begegnung mit Danny Clayton zu erzählen. »Ich fühlte mich, als hätte er mir in den Magen getreten«, sagte sie entrüstet.

Eine unelegante Formulierung, aber Paul hörte fasziniert zu. Das war eine Entwicklung, die er nicht erwartet hatte. Selbst wenn man die dramatischen Ausschmückungen berücksichtigte, denen eine Schauspielerin kaum widerstehen könnte (Clayton beschrieb sie in Aussehen und Auftreten wie einen Gangster aus einem B-Film), schien es, als ob es sich tatsächlich um einen ernsthaften Erpressungsversuch handelte.

»Er hat fünftausend Pfund verlangt«, sagte sie.

»Aber wofür genau?«, fragte Paul.

»Ich bin mir nicht sicher. Ich nehme an, er wird es mir morgen sagen. Ich soll ihn um elf Uhr mit fünftausend Pfund in gebrauchten Scheinen treffen.«

»Im Hotel *New Wilton*?«

»Nein, nein, irgendwo in Berkshire.« Sie kramte in ihrer Handtasche, bis sie einen gebrauchten Umschlag fand, auf dessen Rückseite die Adresse gekritzelt war. »Im Hotel *Three Star* in Bray-on-Thames.« Sie zuckte hilflos mit den Schultern. »Das ist in der Nähe von Maidenhead.«

Paul kannte einen Bekannten in London, der früher in Hollywood gearbeitet hatte. Als Mrs. Milbourne gegangen war, rief er Vince Langham an.

Eigentlich war Vince der wichtigste Filmregisseur, den er kannte. Der Film, den er vor vielen Jahren nach einem Roman von Paul Temple gedreht hatte, hatte wohl am wenigsten zu seinem Ruhm beigetragen, aber wohl auch deshalb, weil er damals gerade auf der Flucht vor der Hexenjagd des republikanischen Senators Joseph McCarthys nach England gekommen war und unter einem Pseudonym Regie geführt hatte. Der Film war jedoch überwältigend gewesen. Er nahm Pauls

Geschichte auseinander und verwandelte sie in ein Plädoyer gegen die menschliche Barbarei. Es gab viel Symbolik, Jugendliche auf Motorrädern in einem englischen Dorf, phallische Kirchtürme und Glocken, die ekstatisch läuteten, als die Heldin an Halloween geschändet wurde. Für Vince war es der Beginn einer neuen Karriere und für Paul begannen sich auch intellektuelle Kritiker zu interessieren.

»Er führt Regie bei einem Musical«, sagte Vinces Frau. »Sie finden ihn am Busbahnhof der Victoria Station.«

Ein Heer von Statisten stürmte in die Busse – Schnitt – wieder raus, wieder rein, während Kameraleute und Techniker und all die Leute, die scheinbar nichts zu tun hatten, sich in dem Durcheinander tummelten. Hoch über der Szene thronte Vince Langham, der Regisseur, mit einem Megaphon. Er verlangte von den Statisten, die in den Bus steigen mussten, sieben Wiederholungen der Aufnahme. Danach mussten die Scheinwerfer und die Kameras umgestellt werden. Vince Langhams Kran wurde auf den Boden gesenkt.

»Zwanzig Minuten«, brüllte Langhams Assistent durch ein Megaphon, »alle sind in zwanzig Minuten zurück!«

Vince war ein schroffer Mann Mitte fünfzig mit ungepflegtem Haar, das über den Kragen seines Mantels fiel. Bevor er Regisseur geworden war, hatte er in mehreren Cowboy-Filmen mitgewirkt und sah in seiner modernen Kleidung immer noch unbehaglich aus.

»Gütiger Gott – Paul Temple!«, rief er, als er auf den Boden sprang. »Kommen Sie und trinken Sie einen Kaffee mit mir.« Er führte Paul zu einer unter der Anzeigentafel mit den Abfahrtszeiten der Busse aufgestellten Garderobe.

»Wir haben vier Monate an diesem Epos gearbeitet und heute Abend sind wir fertig, genau nach Plan. Wir drehen nur noch ein paar Massenszenen nach.«

Er sprach eine Weile über den Film, beklagte sich routinemäßig über seine zickige Hauptdarstellerin und fragte dann, was Paul zu dieser späten Stunde noch draußen machte.

»Ich bin hierhergekommen, um Sie nach Julia Carrington zu fragen«, sagte Paul. »Das letzte Mal, als wir uns getroffen haben, wollten Sie in die Schweiz fahren, um sie zu besuchen.«

»Das stimmt. Ich hatte eine wunderbare Rolle für Julia und hoffte, sie zu einem Comeback überreden zu können.« Er lachte. »Aber ich bin nur an einen ihrer Sekretäre rangekommen – und der kleine Bastard hat ihr von der Rolle abgeraten.«

»Das war nicht zufällig ein gewisser Mr. Clayton?«, murmelte Paul.

Er sah überrascht aus. »Ja, genau, Danny Clayton. Kennen Sie ihn?«

»Nein«, sagte Paul, »aber ich habe ein paar Dinge über ihn gehört.«

Vince Langham brauchte keine Einladung, um über Danny Clayton zu sprechen. »Ein echter Mann, der nur auf Erfolg aus ist. Unverschämt und null Talent«, lautete seine Meinung. »Aber bei der armen Julia scheint er damit anzukommen. Sie glaubt, er sei ein echter Wunderknabe.«

»Ist er nur ihr Sekretär, oder …?«

»Er ist alles in ihrem Leben. Er übernimmt sogar das Denken für sie.« Langham goss Brandy in seinen Kaffee und reichte Paul die Flasche. »Wissen Sie, es war eine wunderbare Rolle für Julia, wie geschaffen für sie. Ich hatte diesen Roman selbst entdeckt. Er trug den Titel *Zu jung zum Sterben*. Er hatte alles. Die allererste Szene …«

»Ich glaube nicht, dass ich ihn gelesen habe«, sagte Paul nachdenklich, »obwohl er mir bekannt vorkommt. Wer hat ihn geschrieben?«

Vince zögerte. »Ein Typ namens Randolph. Richard Randolph. Ich bin ihm noch nie begegnet, aber ich nehme an, dass er nächsten Monat, wenn das Buch erscheint, in allen Talkshows zu sehen sein wird.«

»Wer«, fragte Paul nachdenklich, »ist der Verleger?«

»Keine Ahnung, Sie wissen doch, dass ich mir Namen so schwer merken kann.« Vince tat es als Belanglosigkeit ab. »Ich habe ein Exemplar von einer Freundin bekommen, die das Buch in maschinengeschriebener Form las. Sie hat darin sofort erkannt, dass es eine Rolle für Julia war.« Er seufzte. »Und sie hatte recht, bei Gott.«

»Wer war diese Freundin?«

»Eine Frau namens Freda Sands. Ihre Agentur hat den Roman abgetippt, so kam sie dazu, ihn zu lesen. Sie ist eine sehr bemerkenswerte Frau …«

»Das habe ich auch schon gehört.«

»Sie scheinen schon eine Menge gehört zu haben. Was ist los, Temple? Ich weiß, es ist nicht ganz richtig, ein Manuskript vor dem Verleger in die Hände zu bekommen, aber so etwas passiert ständig. Kein Grund, dass man diese Sache näher untersucht. Einige der größten Filmdeals der Filmgeschichte sind auf diese Weise zustande gekommen.«

Jemand klopfte an die Tür der Umkleidekabine. »Alle zurück auf ihre Plätze«, rief der Assistent. »Alle aufs Set!«

Vince grinste. »Ich werde anscheinend gebraucht. Wollen Sie bleiben und zusehen?«

»Nein, ich muss morgen früh raus. Wenn Sie ein komplettes Orchester da draußen auf dem Busbahnhof gehabt hätten, dann wäre ich möglicherweise geblieben«, sagte er lachend. »Ihre Frau sagte, Sie drehen ein Musical. Aber ich fahre morgen Vormittag als Erstes nach Bray-on-Thames, um einen Mann namens Danny Clayton zu treffen.«

»Falls er Ihnen zufällig den Rücken zudreht«, sagte Vince augenzwinkernd, »geben Sie ihm einen Tritt in den Hintern von mir.«

Kapitel vier

Das Hotel *Three Star* in Bray lag an einer Flussbiegung. Paul Temple stand da und beobachtete die Schwäne, die stromaufwärts trieben. Sie wippten anmutig, als ein Motorboot vorbeifuhr und sie mit sich riss. Es war ein ruhiger, kalter Vormittag und die Geräusche des Verkehrs schienen sehr weit weg zu sein. Paul sah zu, wie ein Angler am Ufer ein Rotauge einholte, das mindestens sieben Pfund gewogen haben musste, dann drehte er sich um und ging durch die Glastüren in die Bar.

»Ich bin mit einem Mr. Danny Clayton verabredet«, sagte er zum Wirt. »Er wollte um elf Uhr hier sein.«

»Der amerikanische Gentleman?«, sagte er abrupt. »Er ist nicht mehr da.«

Der Wirt war ein Veteran der Schlacht um England. Er starrte Paul an. »Sind Sie zufällig Mr. Temple?«

»Ja«, sagte Paul, »mein Name ist Temple.«

»Mr. Clayton sagte, dass Sie vorbeikommen würden. Er hat eine Nachricht für Sie hinterlassen.« Der Wirt holte einen Zettel neben der Kasse hervor. »Mr. Clayton hatte eine Reservierung bei uns, aber er ist heute Morgen hier gewesen und hat sie storniert. Wahrscheinlich hat er herausgefunden, dass wir keine Coca-Cola verkaufen.«

Paul faltete die Nachricht mit dem Gefühl auseinander, dass er hinters Licht geführt worden war. Man hatte ihn hereingelegt. Niemand außer Margaret Milbourne hatte gewusst, dass er kommen würde …

»*Sehr geehrter Mr. Temple*«, stand in der Nachricht, »*wenn Sie wissen wollen, was mit Carl Milbourne geschehen ist, schlage ich vor, dass Sie mich auf Peter's Folly treffen, einem Hausboot in der Nähe von Salter's End. Ich empfange Sie nicht, wenn Sie von jemandem begleitet werden. Danny*

Clayton.«

Der Wirt schaute ihm über die Schulter. »Salter's End liegt etwa eine halbe Meile flussabwärts, Mr. Temple. Sie können es nicht verfehlen. Dutzende von Hausbooten.«

»Wer wohnt auf *Peter's Folly*?«

»Ein Kerl namens Peter, Peter Fletcher. Er ist Künstler, also kann er sich wohl ein paar Dummheiten leisten.« Der Wirt machte deutlich, dass Fletcher ein Scharlatan war. »Er wird heute Vormittag wohl nicht auf seinem Hausboot sein. Er hat eine Wohnung in London.«

»Sie waren sehr hilfreich.« Paul lächelte und versuchte, zwanglos zu klingen. »Ich frage mich, ob Sie mir noch einen Gefallen tun würden? Wenn ich in einer Stunde nicht zurück bin, könnten Sie dann Inspektor Jenkins von der Kriminalpolizei in Bray anrufen?«

Der Wirt nickte. »Ich habe mich schon gefragt, ob Sie *der* Paul Temple sind. Sie können sich auf alle Fälle auf mich verlassen, Sir.«

Paul machte sich auf den Weg, den Pfad am Ufer entlang. Nur das Plätschern des Wassers und gelegentliche Kuhweiden begleiteten ihn. Eine raue Brise strich über die flache Landschaft von Berkshire. Er fröstelte, beschleunigte sein Tempo und versuchte, sich einzureden, dass ihm die frische Luft nach den Wochen mit der Zentralheizung in London guttun würde.

Dennoch fragte er sich, was er hier draußen eigentlich tat. Verfolgte er einen Erpresser oder versuchte er, den Ehemann einer neurotischen Frau zu finden? Die einzige Möglichkeit, Carl Milbourne zu finden, bestand darin, in die Schweiz zu fahren und den Unfall zu untersuchen oder zu versuchen, herauszufinden, wer von seinem vermeintlichen Tod profitieren würde. Danny Clayton zu verfolgen war bestimmt nicht der direkteste Weg. Obwohl das Verbleiben in England durchaus Sinn machte: Jemand hatte hier böse Spielchen gespielt und den Rolls Royce beschossen, versucht, Steve in die Luft zu jagen und Dolly Brazier ganz übel zugerichtet. Ich bin hier, dachte Paul, weil ich mich über diese Spielchen ärgere.

Er folgte der Biegung des Flusses und kam zu einem kleinen Ort namens Bidford Creek, der voller Hausboote war. Zu dieser Jahreszeit sahen sie düster und verlassen aus. Das einzige Lebenszeichen befand sich am anderen Ende, wo drei Polizeiautos am Feldweg standen und Männer in blauen Uniformen zu *Peter's Folly* eilten.

»Tut mir leid, dass ich Sie aufhalten muss, Sir«, sagte ein Polizist, als Paul auf das Boot zueilte. »Würden Sie mir bitte verraten, wo Sie hinwollen?«

»Was ist denn passiert?«, fragte Paul.

Der Wachtmeister stellte sich vor ihm auf den Weg. »Bitte beantworten Sie mir zuerst meine Frage, Sir.«

»Ich war auf der Suche nach einem Hausboot namens *Peter's Folly*, aber es sieht so aus, als hätten Ihre Leute es zuerst gefunden.«

Die adrette Gestalt von Inspektor Jenkins kam auf sie zu. »Hallo, Temple«, rief er in offiziellem Ton. »Ich darf doch annehmen, dass Sie gleich wieder umkehren und in die Richtung zurückgehen, aus der Sie gekommen sind? Ich könnte nämlich keinen weiteren Fall ertragen, bei dem meine Leute die ganze Arbeit machen, während Sie hinter meinem Rücken herumschleichen und brillieren. Warum fahren Sie nicht über die Grafschaftsgrenze nach Buckinghamshire hinüber?«

Paul kicherte, als ob der Inspektor einen Scherz gemacht hätte. »Das ist doch schon fünf Jahre her, Emlyn. Es wird Zeit, dass Sie mal wieder einen großen Erfolg in Ihrer Karriere aufweisen können.«

»Einen großen Erfolg? Soll ich etwa Ihr gestohlenes Auto finden?« Er musste über seinen Scherz selbst lachen, während sie beobachteten, wie der Krankenwagen geräuschvoll über den Feldweg fuhr und am Hausboot anhielt. »Ich habe den Pressebericht über Ihr Auto ausgeschnitten. Er hängt am schwarzen Brett in meinem Büro und immer wenn ich deprimiert bin, lese ich ihn.«

Die beiden alten Freunde schlenderten zum Krankenwagen hinüber. Paul erklärte dem Inspektor den Grund seines Besuchs. Sie sahen zu, wie eine in Decken gehüllte Bahre an Land getragen wurde.

»Was ist passiert, Emlyn? Hat es einen Unfall gegeben?«

»Keinen Unfall«, sagte der Inspektor. »Einen Mord.«

»Das läuft ja wieder mal bestens bei mir«, murmelte Paul. »Kennen Sie den Namen des Opfers?«

»Natürlich. Peter Fletcher. Es ist doch sein verdammtes Hausboot, oder?«

»Schon«, stimmte Paul zu, »es ist sein Hausboot. Aber es muss nicht unbedingt seine Leiche sein. Der Mörder ist sehr verschwenderisch.«

Der Inspektor kletterte in den Krankenwagen und lehnte sich über die Bahre. »Es ist Peter Fletcher«, sagte er bitter. »Wir kennen ihn hier in dieser Gegend sehr gut.« Er schlug die Decke zurück und betrachtete das Gesicht. Jemand hatte die Augen des Toten geschlossen, aber der Ausdruck von Schmerz und Überraschung lag noch auf dem Toten.

»Wieso ist der Mörder verschwenderisch?«, fragte Jenkins, während er den Weg über den Steg und zum Boot voran ging. »Sie sagten doch, er sei verschwenderisch.«

»Er verschwendet Menschenleben«, sagte Paul nachdenklich. »Und Autos. Er scheint wie ein destruktives Kind herumzuschlagen, ohne ein ausreichendes Motiv zu haben. Das nenne ich verschwenderisch.«

Jenkins grunzte vor sich hin. »Das können Sie mir später erklären, wenn wir mehr Zeit für philosophische Diskussionen haben.« Er stieg durch die Luke in den Wohnbereich des Bootes hinab.

Ganz vorn gab es eine Koje, achtern befand sich die Kombüse. Der Rest war ein Atelier. Der Wirt des Hotels *Three Star* hatte recht gehabt – Peter Fletcher war ein Scharlatan gewesen. Alle seine Gemälde, die stapelweise an der Reling hingen, waren hübsche Landschaften mit Themse-Szenen. Sie waren reich an Farben und glatt in der Ausführung, herbstlich und ohne Gefühl. Offensichtlich hatte er sie als Meterware an Möbelgeschäfte verkauft.

»Sie sehen«, sagte Inspektor Jenkins, »er war ein Künstler.«

»Ich denke, er hat auch in der Werbung gearbeitet.« Auf dem Zeichenbrett befand sich die Skizze eines schneebedeckten Hügels mit einem Text daneben. Der kühle, frische Geschmack der englischen Landschaft in einer Mentholzigarette. »Normalerweise hätte er so etwas in seinem Büro in London angefertigt. Armer alter Fletcher. Schade, dass er sich entschlossen hat, diese Skizze vor Ort zu machen.«

»Was meinen Sie damit?«

»Nun, es hat ihn sein Leben gekostet. Normalerweise malte er hier an den Wochenenden, aber offensichtlich kam er heute Morgen hierher, um seine Zigarettenwerbung anzufertigen – und hat dabei jemanden überrascht.«

Jenkins starrte ausdruckslos in die kühle, frische englische Landschaft und zündete sich eine Zigarette an, während er über Pauls Theorie nachdachte. »Sie haben vielleicht recht«, sagte er schließlich.

»Natürlich habe ich recht. Wie wurde Fletcher getötet?«

»Er wurde erstochen.« Jenkins setzte sich auf eine Pritsche und rieb sich die kalten Hände an einem Petroleumofen. »Jemand hat sich von hinten an ihn herangeschlichen, während er …« Seine Stimme verstummte, als sein berufsbedingtes Misstrauen die Oberhand gewann. »Hören Sie, Temple, Sie haben mir noch gar nicht gesagt, warum Sie Fletcher besuchen wollten. Warum hatten Sie eine Verabredung mit ihm?«

Paul hob einen mahnenden Finger. »Ich habe nicht gesagt, dass ich eine Verabredung mit Fletcher hatte.«

»Was ich an Ihnen mag, Temple, ist, dass Sie sich nie auf eine naheliegende Erklärung versteifen. Sie versuchen nie, die Dinge zu vereinfachen, stimmt's?«

»Nein.« Paul hatte auf den Kreideumriss in der Mitte des

Bodens geschaut, der vermutlich die Stelle zeigte, an der Fletchers Leiche gefunden worden war. Unmittelbar außerhalb der Linie befand sich noch immer eine Blutlache. Fletcher hatte mit dem Gesicht nach unten gelegen. Die Wunde in seinem Rücken hatte stark geblutet, bis hinunter zu seinen Hüften und dann seitlich auf den Boden. »Haben Sie die Tatwaffe gefunden?«, fragte Paul.

»Nein. Ich denke, dass sie wahrscheinlich auf dem Grund des Flusses liegt.«

Paul stand an der Stelle, an der Fletcher wahrscheinlich gestanden hatte, als er starb. Hinter ihm war die Schwingtür zur Schlafkoje. »Wer hat die Leiche entdeckt?«, fragte er.

»Die Frau vom Hausboot nebenan. Ihr Name ist Harrison. Sie dachte, sie hätte gehört, wie jemand eilig das Boot verließ, also schaute sie hinaus und sah, wie das Verdeck des Hausboots flatterte. Typisch neugierige Frau, sie versuchte nicht zu sehen, wer das Boot verlassen hatte, sondern ging hinüber und fand die Leiche. Die nächste Frage brauchen Sie mir gar nicht erst zu stellen. Sie wollen jetzt wissen, wann das war.« Inspektor Jenkins blickte auf seine selbstaufziehende Automatikuhr, die mit kleinen Edelsteinen verziert war und eine Datumsanzeige hatte. »Er scheint um etwa zehn Uhr fünfundvierzig gestorben zu sein.«

Ein Buch auf der Servierluke zog Pauls Aufmerksamkeit auf sich, erstens, weil es das einzige Buch auf dem Hausboot war, und zweitens, weil es den Titel *Zu jung zum Sterben* trug, verfasst von jemandem namens Richard Randolph.

»Wie kommt dieses Buch hierher?«, fragte Paul.

»Keine Ahnung«, sagte der Inspektor. »Selbst die merkwürdigsten Leute scheinen sich in den Schlaf zu lesen. Es ist doch gar nicht wichtig …«

»Wo haben Sie es gefunden?«

Jenkins kämpfte mit seiner Ehre und gab dann zu: »Jetzt, wo Sie es erwähnen, glaube ich, dass es auf dem Boden neben der Leiche lag, als wir ankamen. Aber warum? Ist es denn von Bedeutung?«

»Ja, es ist ein ganz besonderes Buch. Zum einen ist es noch nicht veröffentlicht worden. Es ist ein Vorabexemplar, das nur an Rezensenten und Leute mit besonderem Interesse an dem Thema verschickt wird. Wo bei der Leiche haben Sie es gefunden?«

Inspektor Jenkins deutete auf die Mitte der Kabine und auf die Kreidemarkierung, die die rechte Hand des Toten anzeigte.

»Das habe ich mir schon gedacht«, sagte Paul. »Sie wissen doch, was heute Vormittag hier passiert ist, oder?«

Der Inspektor blinzelte, drückte seine Zigarette aus und atmete tief durch. »Nein. Erzählen Sie mir, was passiert ist.«

»Fletcher kam heute Morgen unerwartet nach Hause. Er sah das Buch auf dem Tisch liegen und fragte sich, woher es wohl stammte.«

»Sie meinen, das Buch gehörte nicht ihm?« Jenkins kratzte sich an den dünnen Stoppeln seines Schnurrbarts. »Glauben Sie, das Buch wurde hergebracht?«

»Genau. Fletcher sah das Buch, war sofort neugierig und tat genau das, was der Mörder von ihm erwartete. Er drehte der Trennwand den Rücken zu und bückte sich, um das Buch vom Tisch aufzuheben. Meiner Meinung nach hatte er das Buch in der Hand, als er starb.«

»Ja, das ist sehr gut möglich.« Jenkins grinste. »Sie haben wahrscheinlich recht. Jetzt müssen wir nur noch den Mörder finden und dann ist der Fall gelöst, nicht wahr?«

Paul wusste bereits genug in diesem Fall, um zu erkennen, dass das Buch dort platziert worden war, um seine eigene Aufmerksamkeit zu erregen. *Zu jung zum Sterben* war unter einigen merkwürdigen Umständen erwähnt worden, und der Mörder, der sich im Hausboot versteckt hielt, hatte gewusst, dass Paul es aufheben würde. Er hatte nicht gewusst, dass Fletcher es zuerst finden würde.

»Fassen Sie es nicht an«, schnauzte Jenkins, als Paul nach

dem Buch griff. »Wir müssen es auf Fingerabdrücke untersuchen.«

»Dann müssen Sie anfangen, Ihre eigenen Leute zu verhaften, Emlyn. Sie haben es wahrscheinlich alle durchgeblättert, seit der erste Idiot es hochgehoben hat.«

Schwere Schritte kamen den Landungssteg herauf. Während Inspektor Jenkins zur Luke ging, benutzte Paul sein Taschentuch, um die Titelseite des Buches aufzuschlagen. Ja, es passte alles genau zusammen. *Zu jung zum Sterben* von Richard Randolph wurde in London von Milbourne & Co. veröffentlicht. Es war in der Tat alles sehr geschickt gemacht.

»Entschuldigen Sie, Inspektor«, rief der Neuankömmling zu ihnen hinunter. »Wir haben über Funk eine Nachricht für Sie erhalten. Der Wirt des Hotels *Three Star* in Bray hat angerufen und mitgeteilt, dass Paul Temple nicht zurückgekehrt und wahrscheinlich in Gefahr ist.«

Jenkins knurrte vor sich hin, dass ihm kein solches Glück beschieden war.

Der Fischer saß immer noch flussabwärts vom Hotel. Paul sagte guten Tag und riss ihn damit aus seinem Tagtraum. Ein einsamer Schwan beobachtete die verlockenden Fische, die im Netz zappelten.

Paul ging ins Hotel, um dem Wirt zu versichern, dass er noch am Leben sei.

»Ich habe gehört, dass auf dem Hausboot etwas passiert ist«, sagte der Mann. »Jemand ist ermordet worden.«

»Fletcher«, sagte Paul.

»Oh.« Der Wirt sah nachdenklich aus, als er Paul einen Whisky einschenkte. »Und was ist mit Mr. Clayton?«

»Gute Frage. Auf *Peter's Folly* war er jedenfalls nicht.« Paul griff nach einem Truthahnsandwich. »Wie sah Clayton eigentlich aus?«

»Sind Sie ihm denn gar nie begegnet?«, fragte der Wirt überrascht. »Nun, ein Mann um die vierzig. Kräftig gebaut, etwa einen Meter siebzig, vielleicht eins fünfundsiebzig groß. Dunkel, fast schwarzhaarig, mit einem sehr deutlichen Akzent.« Der Schlacht-um-England-Veteran schürzte seine Lippen. »Ein ziemlich zwielichtiger Typ, Mr. Temple, wenn Sie mich fragen.«

»Haben Sie ihn schon früher einmal gesehen?« fragte Paul. »Ich meine, vor heute Morgen, als er mit der Nachricht hier auftauchte?«

»Nein. Clayton hat die Reservierung hier per Telefon vorgenommen. Heute früh hielt dann ein amerikanisches Auto vor dem Hotel und Mr. Clayton stieg aus. Er sagte, es täte ihm sehr leid, dass er seine Reservierung stornieren müsse, und fragte, ob ich so freundlich wäre, diese Nachricht um elf Uhr an Mr. Temple zu übergeben.«

»Da stimmt etwas nicht«, sagte Paul.

Der Vermieter hob fragend eine Augenbraue.

»Der Danny Clayton, den Sie beschreiben, klingt nicht wie der Danny Clayton, den ich hier treffen wollte.«

»Tatsächlich? Das ist aber mysteriös, Mr. Temple.«

»Sehr richtig«, sagte Paul. Aber das Rätsel, wer der echte Danny Clayton war, wurde schnell gelöst. Als Paul wieder nach London kam, fand er den echten Danny Clayton in seinem Arbeitszimmer vor.

Kapitel fünf

Es war der Danny Clayton, den Margaret Milbourne beschrieben hatte. Der junge schlanke Mann, der es eilig hatte. Wie es aussah, hatte er Steve schon reichlich mit seinem Charme verzaubert. Sie saßen zusammen in der Küche, aßen die Reste des Mittagessens und tranken eine Flasche Wein. Steve liebte die Schweiz und hatte eine Schwäche für Leute, die über das Land erzählen konnten, als ob sie dort lebten. Danny hatte mehr als drei Jahre dort gelebt.

»Darling, wir dachten, du würdest zum Mittagessen nicht zurück sein«, sagte Steve leichthin. »Wir haben bis fast zwei Uhr gewartet, aber dann wurden Danny und ich so hungrig, dass ...«

Paul starrte den Besucher an. »Schon gut, ich habe ein Truthahnsandwich gegessen. Was machen Sie hier, Mr. Clayton?«

»Ich wollte zu Ihnen. Ich bin Julia Carringtons Sekretär. Sie hat mich gebeten, nach London zu fahren und Sie zu konsultieren.«

»Hat Miss Carrington Ihnen meine Adresse gegeben, oder haben Sie sie von Mrs. Milbourne erhalten?«

Danny Clayton lachte auf eine Weise, die Paul leicht beleidigend fand. »Ich habe Sie im Telefonbuch nachgeschlagen«, sagte er und schob die Käseplatte mit einer Geste von sich, die bedeutete, dass er mehr als satt war.

»Sie kennen Mrs. Milbourne doch, oder?«, beharrte Paul.

»Ja, natürlich. Ich habe die Frau kennengelernt. Sie ist verrückt. Sie rief mich in meinem Hotel an, kurz nachdem ich aus Genf angekommen war. Ich wohne im *New Wilton* und war gerade dabei, nach der Reise zu duschen, als das Telefon klingelte.« Er zündete sich eine kleine Zigarre an und lehnte sich ausladend zurück. Irgendwie schaffte er es zu vermitteln, dass die Größe der Zigarre ein Schritt weg vom geschmacklosen Überfluss war. »Sie wollte mich treffen.«

»Und aus reiner Herzensgüte«, schlug Paul vor, »haben Sie zugestimmt?«

»Ja, so könnte man es ausdrücken. Der Name Milbourne kam mir bekannt vor und dann erinnerte ich mich, dass ein Verleger namens Carl Milbourne Julia vor ein paar Wochen besucht hatte. Er verunglückte tödlich am darauffolgenden Tag. Also willigte ich ein, die Frau zu treffen. Sie wollte es unbedingt und ich hatte an dem Abend noch nichts vor.«

Paul setzte sich in den gemütlichen, alten Lehnstuhl, weil er wusste, dass das Gespräch länger dauern würde. Er konnte jetzt die Informationen mit jenen Mrs. Milbournes abgleichen und bis jetzt widersprachen sie sich. Paul fand keinen Gefallen an dem forschen jungen Mann. Er hatte ein einnehmendes Wesen, war jedoch offensichtlich nicht ganz skrupellos.

»Als Carl Milbourne Julia Carrington besuchte, hat sie ihn da gesehen?«

»Nein«, sagte Clayton. »Stattdessen habe ich mit ihm gesprochen. Das ist die übliche Routine. Julia will nichts mit Verlegern oder Journalisten zu tun haben. Meine Aufgabe ist es, sie abzuwimmeln.«

Steve unterbrach das Gespräch und fragte, ob es wahr sei, dass Julia Carrington ihre Memoiren geschrieben hatte.

»Daran ist überhaupt nichts Wahres, Mrs. Temple. Und das habe ich auch Carl Milbourne gesagt.« Danny grinste. »Ich glaube nicht, dass Milbourne mir geglaubt hat. Er dachte, ich wollte ihn loswerden. Das Gespräch war leider nicht gerade angenehm. Deshalb hatte ich am nächsten Tag auch ein schlechtes Gewissen, als ich von seinem Unfall las.«

»Was geschah, als Mrs. Milbourne in Ihrem Hotel auftauchte?«, fragte Paul. »Ich nehme doch an, dass sie aufgetaucht ist?«

»Oh ja, natürlich ist sie gekommen. Wir hatten eine seltsame Unterhaltung in der Cocktailbar. Sie kam an wie eine neurotische Elektra, rauchte in einem fort und wirkte extrem verzweifelt. Mit solchen Frauen kann ich gut umgehen – in Hollywood kannte ich viele wie sie.« Er lachte. »Außerdem arbeite ich auch für eine solche Art von Frau. Julia stellt sich vor, dass ihr Leben eine griechische Tragödie in vollem Umfang ist.«

»Erzählen Sie mir von dem seltsamen Gespräch«, murmelte Paul.

Danny Clayton wirkte kurz etwas durcheinander. »Sie beharrte steif und fest darauf, dass ihr Mann noch lebt«, sagte er grinsend. »Aber ihre Argumentation war nicht sehr stichhaltig. »Sie sagte, sie habe den Beweis dafür in einem Hut gefunden, der mit der Post gekommen war.«

»Aber warum wollte sie *Sie* sehen, Mr. Clayton?«

»Das weiß ich nicht. Ich denke, ich war einer der letzten Menschen, die ihren Mann sahen, bevor er starb. Falls er starb. Aber ich konnte ihr nicht helfen, ihren Mann zu finden. Außerdem wirkten ihre Ausführungen etwas unzusammenhängend.«

»Mrs. Milbourne ist sehr aufgewühlt, seitdem sie aus der Schweiz zurück ist«, erklärte ihm Steve. »Ihr Bruder macht sich Sorgen um sie.«

»Mensch, der Mann hat mein Mitgefühl«, sagte Clayton. »Da hat er ein echtes Problem am Hals.«

Paul schenkte sich einen Kaffee ein, bevor er weitersprach. Er beobachtete den Amerikaner und versuchte zu entscheiden, ob er die Wahrheit sagte oder nicht. »Mr. Clayton«, meinte er schließlich, »ich will ehrlich zu Ihnen sein. Mrs. Milbourne hat mir eine ganz andere Version ihres Gesprächs mit Ihnen erzählt. Sie sagte, Sie hätten ihr gesagt, dass ihr Mann noch am Leben sei. Sie sagte, Sie hätten ihr einige Fotos von Carl Milbourne gezeigt und ihr die Fotos und weitere Informationen für den Preis von fünftausend Pfund angeboten.«

Danny Claytons dünne Gesichtszüge zogen sich vor Erstaunen zusammen. »Mein Gott, diese Frau ist wirklich verrückt!«

»Sie sagte, Sie hätten sie gebeten, das Geld in ein Hotel bei Maidenhead zu bringen. Das Hotel *Three Star* in Bray-on-Thames.« Paul lehnte sich über den Tisch. »Waren Sie heute Morgen in Bray-on-Thames, Mr. Clayton?«

»Ich war bis elf Uhr in meinem Hotel«, sagte er abwehrend. »Das können Sie beim Empfangschef nachprüfen.«

Paul war immer noch skeptisch. »Ich nehme an, Sie haben auch noch nie von einem Mann namens Peter Fletcher oder dem Hausboot *Peter's Folly* gehört, auf dem er lebte?«

»Stimmt, das habe ich nicht.« Er drückte die Zigarre aus und wandte sich Paul mit jugendlicher Offenheit zu.

»Ich bin erst zum zweiten Mal in England, kenne also nicht viele Leute hier und habe noch nie von Maidenhead oder dem anderen Ort gehört, den Sie erwähnt haben. Ich versichere Ihnen, Mr. Temple: Der einzige Grund, warum ich hier bin, ist, Sie zu sehen.«

»Ach ja«, sagte Paul ironisch, »Sie wollten mich konsultieren.«

Clayton erhob sich mit gequältem Gesicht. »Ja, das stimmt, das wollte ich.«

»Und – warum?«

Er ging gereizt zum Fenster hinüber und starrte in die Mews hinunter, dann gewann er sichtlich seine Fassung wieder. »Julia Carrington hat einige unangenehme Briefe erhalten, Mr. Temple, Erpresserbriefe. Sie braucht Ihre Hilfe.«

»Was steht in den Briefen?«

»Das weiß ich nicht.« Er setzte sich wieder an den Tisch. »Ich habe sie nicht gesehen, aber ich vermute, sie sind unangenehm. Sie haben die arme Julia fürchterlich erschreckt.«

»Hat sie die Polizei eingeschaltet?«

»Meine Güte, nein!«, sagte er ernst. »Das wäre das Letzte, was sie tun würde. Wenn Julia zur Polizei geht, dann bedeutet das, dass sich die Zeitungen, eine Vielzahl von Journalisten und der ganze Rest einschalten würden. Was glauben Sie denn, warum sie sich in die Schweiz zurückgezogen hat? Man braucht nur das Wort ›Publicity‹ in ihrer Gegenwart erwähnen und schon rastet Julia aus. Davon hatte sie in Hollywood genug.«

»Na gut«, sagte Paul. Er stand auf, um zu signalisieren, dass das Gespräch beendet war. »Wann kehren Sie nach Genf zurück?«

»Übermorgen.« Clayton hatte etwas von seiner Selbstsicherheit verloren, als ob er gespürt hätte, dass Temple seine jugendliche Unverfrorenheit nicht gefiel. »Ich habe mir erlaubt, für Sie und Mrs. Temple den gleichen Flug zu reservieren. Es ist für alles gesorgt. Sie müssen nur noch sagen, dass Sie Julia helfen werden.«

»Amerikanische Gründlichkeit«, mischte sich Steve schnell ein. »Damit erwecken Sie Vertrauen, Mr. Clayton.«

Paul akzeptierte diese Niederlage mit einem Seufzer. »In Ordnung, wir kommen mit Ihnen, Mr. Clayton. Selbst wenn wir mit dem nächsten Flugzeug zurückfliegen.« Er zuckte mit den Schultern. »Ich wollte mich sowieso mit Miss Carrington unterhalten. Ich habe in letzter Zeit so viel von ihr gehört.«

»Von wem denn?«, fragte Danny Clayton, während er sich einen nerzgefütterten Mantel überzog.

»Von einem befreundeten Filmregisseur namens Vince Langham. Wie ich höre, haben Sie ihn kürzlich auch vor die Tür gesetzt.«

Clayton lachte. »So unverblümt würde ich es nicht ausdrücken. Aber er hatte einen Roman mit, über den er in den höchsten Tönen sprach, und er wollte, dass Julia die Hauptrolle in der Verfilmung spielt. Wir bekommen ständig solche Anfragen.«

»Haben Sie oder Miss Carrington den Roman gelesen?«

»Julia hat sich zurückgezogen, Mr. Temple, sie will nicht mehr in die verrückte Welt des Films zurückkehren. Es gibt also weder für sie noch für mich einen Grund, irgendein

Drehbuch zu lesen.« Er streckte seine Hände in einer Geste der Entschuldigung aus. »Ich hoffe, ich war zu Ihrem Freund nicht zu grob.«

»Vince hat ein ziemlich dickes Fell.«

»Nun, es war nett, mit Ihnen zu reden, Mr. Temple.« Er schüttelte die Hand und bedankte sich bei Steve für das Mittagessen. Sein Charme wirkte bei Steve immer noch.

»Hast du seine Version von der Begegnung mit Margaret Milbourne geglaubt?«, fragte Paul sie.

Steve lächelte. »Ich fand ihn ziemlich überzeugend«, sagte sie, aber ihr Tonfall klang zweifelhaft.

Ja, dachte Paul, der Kerl war zielstrebig. Er hatte in Hollywood Erfolg gehabt, war mit neunzehn Jahren dorthin gekommen und hatte sich nach oben gekämpft, hatte Palastrevolutionen, die von den New Yorker Bankern auferlegten Reformen und die Umstellung der Studios auf eine umfassende Fernsehproduktion überlebt. Danny Claytons Überzeugungskraft hatte es ihm ermöglicht, zu überleben und erfolgreich zu sein. Es passte nicht zu ihm, dass er seine Karriere nicht weiterverfolgte, als Julia sich zurückzog.

»Wir fahren also doch in die Schweiz«, sagte Steve.

»So sieht es aus. Ich sollte mir lieber etwas Urlaubslektüre besorgen.«

Paul kannte den Lektor für Belletristik bei *Milbourne & Co.* und schaute auf dem Weg zu Vince Langham in dessen Büro vorbei. Die Tragödie, die über dem Haus schwebte, war kaum zu spüren. *Milbourne & Co.* war eine altmodische Firma, die nichts von Trubel oder Verkaufskunst hielt. Jeder Tag verlief so trist, wie ein Tag, an dem eine Beerdigung stattfand. Die Männer trugen alle Stadtanzüge und sprachen in gedämpftem Ton. Die Frauen waren attraktiv, aber dezent.

»Temple, das ist ja eine angenehme Überraschung!«, sagte Norman Wallace. »Kommen Sie herein und trinken Sie eine Tasse Tee. Haben Sie beschlossen, sich endlich einen guten Verlag zu suchen?«

Paul plauderte ein paar Minuten lang über die Welt der Bücher, darüber, wen man entlassen hatte, und welches das neueste Meisterwerk war, das zum Bestseller avancieren würde. Klatsch und Tratsch war nichts, was Paul gefiel, aber er musste Wallace dazu bringen, über neue Autoren zu sprechen.

»Ach ja«, sagte Wallace bedauernd, »Carl und ich waren gerade dabei, einen Haufen wirklich vielversprechender neuer Autoren zusammenzustellen.«

»Sie meinen Leute wie Richard Randolph.«

»Und ein oder zwei andere«, sagte Norman Wallace ergeben. »Aber Randolph war Carls ganz persönliche Entdeckung. Carl hatte große Hoffnungen, dass *Zu jung zum Sterben* ein echter Erfolg werden würde. Wissen Sie, dass wir die Filmrechte bereits für fünfzigtausend Dollar verkauft haben?«

»Ja«, sagte Paul, während er den Betrag im Geiste halbierte und in Pfund Sterling umrechnete. »Haben Sie zufällig ein Exemplar des Buches übrig?«

Norman Wallace stellte ihm ein Exemplar zur Verfügung, unter der Bedingung, dass Paul etwas sagte, dass sie in der Werbung zitieren konnten. »»Ein rasend guter Roman, von Anfang bis Ende, ich konnte ihn nicht aus der Hand legen« – Irgendetwas in diese Richtung, damit sich das Buch an die Hausfrauen der Mittelschicht verkauft, die viel Zeit zur Verfügung haben.« Wallace holte eine Liste aus seiner linken Schublade und trug Pauls Namen ein.

»Ist das die Verteilerliste für die Vorabexemplare?«, fragte Paul beiläufig. »Ich habe mich immer schon gefragt, nach welchem Prinzip ihr die Namen auswählt, die darauf stehen. Warum hat zum Beispiel Peter Fletcher ein Exemplar erhalten?«

Norman Wallace las mit pathetischer Miene die Liste durch. »Hat er nicht. Obwohl mir der Name bekannt vorkommt. Steht er nicht in der Nachmittagszeitung?« Eine Ausgabe der *Evening News* lag in seinem Ablagefach. »*Hausbootmord in der Nähe von Maidenhead. Künstler erstochen aufgefunden.*« Norman Wallace wurde etwas vorsichtiger. »Sind Sie deshalb hier, Paul? Ermitteln Sie in einem Mordfall?«

»Nun, ja, aber nicht in diesem speziellen Mord. Übrigens, warum steht Vince Langhams Name nicht auf Ihrer Liste?«

Norman Wallace las sich die Liste noch einmal durch. »Sie haben recht, er wurde nicht eingetragen. Langham hat gestern angerufen und wir haben ihm eine Kopie in seine Wohnung geschickt.« Er fügte den Namen in einem unleserlichen Gekritzel hinzu. »Obwohl er das Buch schon vor vielen Monaten gelesen hat. Noch als mit der Maschine getipptes Manuskript, nehme ich an.«

Norman Wallace lehnte sich zurück und starrte unglücklich an die Decke. »Ich habe versucht, Carl zu überreden, einige von Langhams Drehbüchern zur Veröffentlichung zu bringen. Er ist ein brillanter Autor und ich bin sicher, dass sie für das richtige Aufsehen sorgen würden.«

»Ich werde es Vince gegenüber erwähnen«, sagte Paul. »Ich bin gerade auf dem Weg zu ihm.«

Jemand steckte einen kahlen Kopf durch die Tür und rief: »Kommst du mit auf einen Drink, Norman? Es ist halb sechs. Ich treffe mich mit …« Er brach ab und betrat den Raum mit einer freundlich ausgestreckten Hand. »Hallo, ist das ein Spion aus dem feindlichen Lager? Na, was ist, Temple, trinken Sie ein schnelles Bier mit uns?«

Ein schnelles Bier mit Ben Sainsbury konnte zu einem Abend führen, nachdem man mit Kopfschmerzen und einem Riesenkater aufwachte. Aber es war der beste Weg, um herauszufinden, wie *Milbourne & Co.* überlebten. Ben Sainsbury war die andere Hälfte des Lektorenteams und für Sachbücher zuständig. Er war völlig anders als Wallace, was wahrscheinlich der Grund war, warum sie so gut zusammenarbeiteten. Ben war extrovertiert, aggressiv und rechthaberisch, pummelig und nicht besonders verschwiegen. Nicht gerade ein Gentleman.

»Gerne«, sagte Paul mit vorsichtigem Enthusiasmus.

Ben war vom Journalismus ins Verlagswesen gewechselt, nachdem er einen einzigen, gefühlvollen Roman geschrieben hatte, den niemand in seiner Gegenwart je erwähnte. Ben mochte es nicht, wenn man dachte, dass sich hinter der rauen Schale ein weicher Kern verbarg, eine sensible Seele, die sich gerne zurückzog. Er schlüpfte in seinen Mantel und redete den ganzen Weg zum Pub über die Ungerechtigkeiten der Regierung.

Es war ein prunkvoller Pub mit vielen Messingpfannen und hölzernen Wasserspeiern, diskreter Raumaufteilung und einem Wirt, der wie ein pensionierter Oberst aussah. »Ich hasse diesen Ort«, sagte Ben und schaute hinüber zum Pub auf der anderen Straßenseite, »aber es ist der nächstgelegene.« Er borgte sich einen Fünfer von Norman Wallace und gab dann großzügig eine Runde aus.

»Vorsicht«, flüsterte er Wallace zu. »Da drüben sitzt Jameson.« Er wandte sich verschwörerisch an Paul. »Er ist unser Buchhalter. Und ein fürchterliches Klatschmaul.«

Wallace schaute leicht verlegen und nippte an seinem hellen Ale. »Er hat mir heute Nachmittag erzählt, dass er darüber nachdenkt, zu gehen. Es gibt da einen Job bei …«

»Nichts als Lügen. Er hat doch nur versucht, dich in falscher Sicherheit zu wiegen, damit du das Haus verlässt. Weißt du, neulich Abend hat er zwei Stunden mit mir verbracht und analysiert, was in der Firma falsch läuft. Natürlich nickte ich von Zeit zu Zeit aus reiner Höflichkeit. Und was machte er? Er ging zu Carl und wiederholte jedes Wort, das ich gesagt hatte. Carl war furchtbar verletzt.«

»Neulich Abend?«, fragte Paul erstaunt.

»Ja, es war kurz nachdem ich aus den Sommerferien zurückgekommen war. Jameson war sehr beschäftigt. Wir hätten uns fast an eine verdammte amerikanische Fluggesellschaft verkauft. Er ist ein miserabler Buchhalter! Wozu brauchen wir Buchhalter überhaupt im Verlagswesen?«

»Um ein Auge auf das Spesenkonto zu werfen«, sagte Wallace lachend. Er schaute auf seine Uhr. »Was denn, schon sechs Uhr? Ich muss los.« Er schüttelte Paul die Hand und sagte, wie schön es gewesen war, ihn wiederzusehen. »Bis morgen, Ben.«

Ben bestellte an der Bar noch zwei Doppelte, aber Paul winkte ab. »Norman wohnt in Wembley, in einer Doppelhaushälfte. Er ist verheiratet. Waren Sie schon mal in Wembley?«

»Nun ja, eigentlich schon«, gestand Paul.

»Wir tun unser Bestes, um Norman auf dem rechten Weg zu halten, aber er muss beobachtet werden. Er hat das heimliche Verlangen, seine Sonntagvormittage im Garten zu verbringen und die Plastikzwerge zu polieren.«

»Sie könnten ihm spezielle Zwerge im Nass-Look kaufen«, sagte Paul, »die muss man nicht polieren. Man muss sie nur mit dem Gartenschlauch abspritzen.«

»Schade, das wäre eine Idee gewesen, leider habe ich die Gelegenheit verpasst. Stattdessen habe ich Norman zu Weihnachten ein Buch gekauft. Sicherlich hätte er einen solchen Nass-Look-Zwerg viel lieber gehabt.«

Paul investierte bevor es acht Uhr wurde in drei weitere Runden. Allerdings wurden die beiden Männer immer wieder von Bens Berufskollegen und Leuten von der Konkurrenz unterbrochen, die vorgaben, wichtige Leute zu kennen, und großspurig über Geschäfte sprachen. Es lohnte sich jedoch, zu bleiben, besonders als Paul direkt fragte, wie Carl Milbourne gewesen sei.

»Im Bezug auf die Arbeit? Nun, er konnte nicht lesen, aber wahrscheinlich ist das im Verlagswesen ein Vorteil. Er hat die Firma nach dem Krieg mit seiner Armeerente gegründet und er hat das im Laufe der Jahre ganz gut gemacht, meinen Sie nicht auch? Und das alles mit vierhundert Pfund Startkapital. Seine Anfänge waren ein Kampf. Er schaffte es erst in die erste Liga, als er auf eine Reihe von Fluchtgeschichten und

Abenteuerromanen aus dem Zweiten Weltkrieg stieß. Damals schlossen Norman und ich uns ihm an und machten *Milbourne & Co.* zu einem richtigen Verlag.«

»Er war also nicht wirklich ein Geschäftsmann«, sagte Paul.

»Das brauchte er auch nicht zu sein«, sagte Ben. »Er war ein Dilettant. Sehr klug, aber er zog das gesellschaftliche Leben vor. So ist die Firma in Schwierigkeiten geraten.«

»Während des Sommers«, murmelte Paul.

»Genau. Er fing an, sich ins Geschäft einzumischen. Er entließ unseren alten, ineffizienten Buchhalter, der die Bücher immer so ausglich, dass wir einen Gewinn machten, und holte Jameson. Nun, ich meine, was macht das schon, solange man Gewinn macht? Es ging uns allen sehr gut, mit hohen Dividenden und Gehältern, und die Bücher verkauften sich gut. Aber Jameson musste sich erst beweisen.«

Ben bestellte in seiner Verzweiflung noch einen großen Gin und einen kleinen Whisky. »Prost. Der verdammte Henry Jameson hat die Buchführung geändert und aufgezeigt, dass wir seit Jahren Geld verlieren. Als er seine Zahlen für das letzte Geschäftsjahr vorlegte, waren wir fast bankrott!«

»Was haben Sie daraufhin unternommen?«, fragte Paul.

»Nun, ich dachte, es gäbe nur eines zu tun, nämlich Jameson zu entlassen. Aber Carl hatte keine Ahnung vom Geschäft – er warf einen Blick auf die Bilanzen und geriet in Panik. In der einen Woche versuchte er, die Firma zu rationalisieren, indem er den Leiter der Werbeabteilung entließ und stattdessen ein blitzgescheites Mädchen direkt von der Kunstschule einstellte; in der nächsten Woche wollte er an eine amerikanische Fluggesellschaft verkaufen. Er wusste nicht, was er tun sollte.«

Paul lachte. »Und was«, fragte er, »hat Carl schließlich getan?«

»Ich weiß es nicht. Ich nehme an, er hat sich zusammengerissen und die Sache einfach vergessen. Norman und ich versprachen, unsere Spesenkonten zu reduzieren, und er flog als glücklicher Mann in die Schweiz.« Er seufzte und starrte bedeutungsvoll auf sein leeres Glas. »Wenn Jameson nicht gewesen wäre, wäre Carl heute noch am Leben.«

»Was meinen Sie damit?«

»Carl wäre nie losgezogen, um sich die Rechte an den Memoiren eines Filmstars zu sichern. Er hätte das mir überlassen und ich hätte mir nicht die Mühe gemacht. Jeden Tag kommen die Memoiren von Filmstars aus unserer amerikanischen Niederlassung ins Büro und die meisten davon sind Quatsch. Ich hätte mir angesehen, was Julia Carrington überhaupt geschrieben hat, bevor ich in die Schweiz gefahren wäre. Ich hätte mich vorher erkundigt, ob die Sonntagszeitungen die Serienrechte kaufen würden. Carl ist nur aus einer Laune heraus in den Tod geflogen.«

»Das muss ein ziemlicher Schlag für Sie gewesen sein.«

»Na ja, für mich macht das keinen großen Unterschied. Norman und ich führen die Firma weiter, wie wir es immer getan haben. Aber die ganze Sache war einfach so unnötig.«

»Was haben Sie jetzt vor?«, fragte Paul.

»Dieses flotte Mädchen von der Kunstschule rausschmeißen, wenn Margaret Milbourne es zulässt«, sagte er böse. »Oder meinen Sie, was ich heute Abend vorhabe? Ich bleibe hier. Ich treffen hier gegen neun Uhr einen Literaturagenten.«

Als Paul ging, hatte Ben auf der anderen Seite der Bar ein Gespräch mit einem Korrektor begonnen. Draußen zog Nebel auf, deshalb knöpfte Paul seinen Mantel zu und rief ein Taxi.

Vince Langham lebte das Leben eines reisenden Schaustellers. Sein Haus in Knightsbridge war teuer, aber es sah so aus, als ob er gerade entweder einziehen oder ausziehen würde – diesen Zustand hatte es auch in den letzten sechzehn Jahren. Vince behauptete, dass er immer dann, wenn er ein paar Monate zwischen zwei Filmen hatte, versuchte, es zu seinem Zuhause zu machen, aber dann musste er zu Dreharbeiten fliegen, Geld auftreiben oder in den Urlaub fahren.

Vince war umgeben von Umzugskartons, halb ausgelegten Teppichen und Bildern, die darauf warteten, aufgehängt zu werden. Er saß in der Mitte des Fußbodens, aß Fischstäbchen, trank Whisky und hörte sich einen Sprachkurs an.

»Hallo«, rief er, als Paul von Mrs. Langham hereingelassen wurde. »Haben Sie heute Abend schon etwas gegessen, oder kann Sarah noch ein paar Fischstäbchen in die Pfanne werfen?«

»Ich habe Steve gesagt, dass ich zum Abendessen zurück bin«, antwortete Paul. »Sie hat darauf bestanden, weil sie dachte, dass Sie zu sehr mit dem Schnitt und der Nachbearbeitung Ihres neuen Films beschäftigt sein würden.«

»Es ist jetzt schon der alte Film. Um den Schnitt und die Nachbearbeitung kümmert sich jemand anderes. Der Hausmeister des Studios, wie Orson sagen würde. Sie denken, dass das Ergebnis Kunst ist, wenn sie mich jetzt vom Schnittpult fernhalten. Also arbeite ich schon an meinem nächsten Projekt. Wenn Sie das Tonbandgerät auf den Boden stellen, können Sie auf dem Stuhl Platz nehmen.«

Paul setzte sich inmitten des Durcheinanders und schenkte sich einen Whisky ein.

»Um was geht es bei dem neuen Projekt?«, fragte er.

»Ich weiß es nicht. Auf dem Rückweg von der Victoria Station habe ich über Julia Carrington nachgedacht. Sie haben mir da einen Floh ins Ohr gesetzt. Ich dachte, vielleicht fahre ich einfach in die Schweiz und versuche es noch einmal bei ihr.«

»*Ich stand an einer Straßenecke. Sie nannten es Einbruch*«, tönte es aus dem Kassettenrekorder.

»Amerikaner haben den schlechten Ruf, sich nicht die Mühe zu machen, die Landessprache zu lernen«, sagte Vince. »Ich dachte, ich bemühe mich wenigstens. Ich fliege erst am Freitag.«

Paul lachte. »Ich habe mich schon gefragt, warum Sie Norman Wallace um ein weiteres Exemplar von *Zu jung zum*

Sterben gebeten haben. Haben Sie denn Ihr Originalexemplar verloren?«

Vince stimmte in das Gelächter ein: »Ich habe das neue Exemplar auch schon wieder verloren. Ich hoffe, dass Sarah hier für mich aufräumt, während ich weg bin.« Sie sahen beide zu Sarah in die Küche hinüber und erkannten, dass das unwahrscheinlich war. Sie war Schauspielerin gewesen und beugte sich über die Spüle wie Marlene Dietrich, die darauf wartete, dass der Regisseur »Schnitt!« rief. Sie war ein Star. »Vor ein paar Monaten habe ich eine Putzfrau eingestellt«, sagte Vince. »Sie war fast sechzig und ihre Stimme war so schrill, dass ich kein Wort verstand, das sie sagte. Können Sie sich vorstellen, dass sie nur zu mir kam, weil sie ins Filmgeschäft einsteigen wollte?«

Bei Schriftstellern war es dasselbe. Paul fragte sich manchmal, ob er jemals mit jemandem ins Gespräch kommen würde, der keinen Roman geschrieben hatte. Der Sprachkurs lief weiter und wiederholte sich, der Whisky in der Flasche wurde weniger und der Abend verging. Um zehn Uhr, als Paul gerade gehen wollte, sah Vince Langham plötzlich misstrauisch aus.

»Übrigens, Paul, warum sind Sie heute Abend zu mir gekommen?«

Paul lachte. »Ich bin gekommen, um herauszufinden, wo Ihre Exemplare von *Zu jung zum Sterben* geblieben sind. Aber das haben Sie mir ja schon vorhin gesagt. Sie haben Sie verloren.«

Vince entspannte sich wieder. »Ich verliere alles und das wirft ein schlechtes Licht auf mich. Was beweist es dieses Mal?«

»Es beweist gar nichts. Aber es bedeutet auch, dass es Ihr Exemplar des Buches war, das heute Vormittag auf Peter Fletchers Hausboot gefunden wurde.«

»Was denn, in Bray-on-Thames?«

»Genau. Sie waren eine der beiden Personen, die wussten,

dass ich heute nach Bray fahren wollte.«

Vince nickte ernst. »Um Danny Clayton zu treffen. Ich erinnere mich.«

»Sitzen Sie nicht so da und stimmen mir zu. Sagen Sie mir, dass Sie noch nie etwas von Peter Fletcher gehört haben und dass Sie heute Vormittag um halb elf im Bett waren. Kommen Sie schon, Vince, sagen Sie etwas.«

Vince Langham hatte plötzlich einen gequälten Gesichtsausdruck und stand auf. »Temple, Sie versuchen, mich auszutricksen. Sie wissen genau, dass ich einmal mit Peter Fletcher gearbeitet habe. Das war nicht besonders nett von Ihnen – und auch nicht sehr britisch –, nachdem Sie so viel von meinem Whisky getrunken haben. Vor allem aber, weil man heute Abend im Fernsehen berichtet hat, dass er umgebracht wurde.«

»Sie haben vor langer Zeit mit ihm zusammengearbeitet«, sagte Paul schwach. »Ich dachte, Sie hätten es vergessen.«

»Er war ein brillanter Ausstatter. Natürlich war er verdammt oberflächlich, aber er hat genau die Wirkung erzielt, die ich wollte, und das nenne ich genial.« Er lachte und stieß Paul am Arm. »An Genies erinnere ich mich immer. An Sie erinnere ich mich auch! Wir kennen uns aus der Zeit, als wir miteinander gearbeitet haben!«

Es war eine so nette Bemerkung, dass Paul beschloss, nach Hause zu gehen. Warum hätte er darauf warten sollen, dass er das Kompliment wieder verdarb?

»Ist Tully da?«

Der Geschäftsführer starrte auf etwas hinter Pauls rechter Schulter. »Nein. Ich habe auch noch nie von jemandem namens Tully gehört. Wer will ihn sprechen?«

»Sagen Sie ihm, Paul Temple braucht einen Rat.«

Der Blick des Geschäftsführers huschte über Pauls Gesicht und blieb an seiner linken Schulter hängen. »Warten Sie hier, Mr. Temple.«

Er verschwand in Tullys Vergnügungspalast und ließ Paul bei der Auslage mit Fotos von tänzerischen Darbietungen im Foyer zurück. Es war ein florierender Glücksspielclub gewesen, bis Tully seine Lizenz aufgrund des Glücksspielgesetzes von 1968 verloren hatte. Jetzt war es ein Nachtclub. Die Werbung verkündete die beste Show in Soho.

»Hier entlang, Mr. Temple.«

Der Geschäftsführer führte ihn durch eine Glastür und die Treppe hinauf durch Umkleideräume und Büros zu Tullys persönlicher Suite. Sie kamen an zahlreichen gelangweilt aussehenden Mädchen vorbei, die sich zwischen den Auftritten ausruhten, und an einer Reihe von gefährlich aussehenden Türstehern. Die Atmosphäre war ausgesprochen angespannt, was zu Tullys Hang zum Dramatischen passte.

»Temple! Schön, Sie wiederzusehen. Was denkt sich Ihre Frau denn bloß, wenn Sie sich um diese Zeit noch hier herumtreiben?«

Tully war ein lauter, extrovertierter Typ und hatte einen Cockney-Akzent. Auch wenn er in den Fünfzigern war, sah er noch nicht so aus, als ob er all die Türsteher zu seinem Schutz brauchte. Er ging hinüber zum Cocktailschrank und schenkte zwei große Brandys ein.

»Wie ich den Zeitungen entnehme, hatten Sie einen Unfall mit Ihrem Auto«, sagte er unter schallendem Gelächter. »Ich hoffe doch, Sie denken nicht, dass einer meiner Jungs ...«

»Nein, nein, Tully, ich weiß, dass alle Ihre Jungs gesetzestreue Bürger sind. Ich bin hier wegen eines der Mädchen, das Sie beschäftigen.«

Tully stand nachdenklich vor einem lodernden Kaminfeuer und wärmte sich den Hintern. »Ach ja, Dolly Brazier. Armes Kind.«

»Dann wissen Sie also schon, was mit ihr passiert ist?«, fragte Paul erstaunt.

»Mein Geschäftsführer hat mir gesagt, dass man sie zusammengeschlagen hat.«

»Aber Sie beschäftigen doch hundert Leute, Tully. Woher wussten Sie, dass ich wegen Dolly hier bin?«

Er trank seinen Brandy aus und stellte das leere Glas auf dem Kaminsims ab, bevor er antwortete. »Ich weiß, dass sie eine Freundin von Ihnen ist, deshalb. Wir hatten vor ein paar Wochen ein langes Gespräch über Sie, als der Regisseur sie aus dem Amazonas-Chor warf und ich sie feuern sollte.« Tully lächelte. »Um der guten alten Zeiten willen habe ich sie nicht rausgeworfen. Sie ist ganz schön hingerissen von Ihnen, Paul.«

»Wissen Sie schon, wer sie überfallen hat?«

»Noch nicht, aber zwei meiner Jungs kümmern sich darum.« Das klang schlimm. »Ich halte nichts von Leuten, die Frauen Gewalt antun. Zumindest nicht meinen Frauen.«

Seine moralische Ernsthaftigkeit brachte Paul fast zum Grinsen. »Sie wurde beauftragt, mich vor einem Fall zu warnen, was sie auch tat. Ich nehme an, die Gewalttat sollte sicherstellen, dass sie nicht verrät, wer sie dazu angestiftet hat.«

»Offensichtlich spricht sie zu oft und viel über ihre Freundschaft mit Ihnen, Temple.«

In diesem Augenblick ertönte ein Summer an der Tür. »Das sind wahrscheinlich meine Jungs«, sagte Tully. Es waren Kerle mittleren Alters mit teilnahmslosen Gesichtern und viel zu großen Anzügen. Sie wirkten sehr misstrauisch, als sie Paul die Hand schüttelten.

»Und? Erfolg gehabt?«, fragte Tully.

»Tja, also, sie wissen doch Chef, dass sie in Kilburn wohnt. Er wartete vor ihrem Haus darauf, bis sie herauskam. Dann hat er zugeschlagen.«

»Er? Wer?«

»Ein gewisser Mickey Stone und ein Kumpel von ihm haben sie zusammengeschlagen«, sagte einer von ihnen. »Es war eine bezahlte Sache.«

»Habt ihr herausgefunden, wer sie dafür bezahlt hat?«, fragte Tully.

»Keine Chance, Chef, Mickey Stone kann man nicht einschüchtern. Aber eines kann ich Ihnen sagen: Die nächsten paar Monate ist er außer Gefecht gesetzt.«

Die beiden teilnahmslosen Gesichter brachen in fröhliches Gelächter aus.

»Dass du allein zu Tully gegangen bist, gefällt mir ganz und gar nicht«, sagte Steve. »Ich weiß doch, was für Mädchen in seinem Club arbeiten.«

»Ich dachte, es würde Zeit sparen, wenn ich allein dorthin gehe, Liebling. Du hättest doch sicher nicht mitkommen wollen, oder?«

»Nein, aber du hättest Kate als Anstandsdame mitnehmen können.«

»Man sieht ihr doch an, dass sie eine ehemalige Polizistin ist. Die Mädchen wären doch sofort misstrauisch geworden und hätten sich wieder in ihre Kleider geworfen.«

»Was ist an Kleidern denn so schlimm?« Sie setzte ein ernstes Lächeln auf. »Ich trage selbst Kleider und mache einen tollen Eindruck darin.« Sie schaltete die Nachttischlampe aus. »Oder hältst du mich für langweilig?«

»Überhaupt nicht, Liebling. Keines der Mädchen, die für Tully arbeiten, hat auch nur ein Zehntel deines Intellekts.«

Paul stieg ins Bett.

»Ich hasse dich.«

Kapitel sechs

Das Plattform, von der die Busse Richtung Flughafen abfuhren, war voller ungeduldiger Menschen, die sich heftig über den Londoner Nebel beklagten, was aber nichts brachte. Kein Flugzeug durfte abheben. Paul Temple suchte fast zehn Minuten lang in den Menschenmassen nach Danny Clayton und fand ihn schließlich in einer Telefonzelle, wo er ein Gespräch mit Genf führte.

»Ich sage Julia nur, dass wir nicht fliegen können«, erklärte er. Sie ist zwar der Auffassung, dass es meine Schuld ist, dass es Nebel gibt, aber ich habe ihr gesagt, dass England sich sicherlich nicht vom Fleck rühren wird. Wenn die Insel vom Kontinent abgeschnitten ist, dann ist sie es und basta.«

»Züge fahren noch und auch die Fähre von Dover setzt über«, sagte Paul. »Ich habe einen alten Freund angerufen und es geschafft, drei Schlafwagenplätze für den Zug um halb drei ab der Victoria Station zu bekommen. Dann sind wird morgen früh gegen zehn Uhr in Genf.«

Danny Clayton klatschte mit jungenhafter Freude in die Hände. »Daran habe ich gar nicht gedacht! Wir können mit dem Zug fahren, das macht auch viel mehr Spaß! Ich hasse Fliegen sowieso.«

Sie trugen ihre Koffer die etwa hundert Meter bis zur Victoria Station, vorbei an Menschen, die sich nervös Taschentücher vors Gesicht hielten, und orientierten sich anhand der Lichter, die aus den Geschäftsvitrinen und Autoscheinwerfern kamen. Es erinnerte Paul positiv an seine Kindheit, als es oft diese extreme durch Luftverschmutzung bedingte Nebelsuppe gab, die durch verbesserte Umweltbedingungen später verschwand. Er mochte den leicht rußigen Geruch. Das Geräusch von Schritten und entfernten Stimmen war im Nebel seltsam klar wahrnehmbar.

»Da fällt mir ein«, sagte Danny Clayton, »ich hasse es auch, mit dem Schiff zu fahren. Ich werde immer seekrank.«

»Es dauert nur anderthalb Stunden, den Kanal zu überqueren«, sagte Steve beruhigend.

Ein Gepäckträger fand sie und brachte ihre Koffer zum Gepäckabteil, während ein anderer Paul, Steve und Danny zum Zug brachte und ihnen ihr Abteil zuwies. Der Zug war voller Menschen, die die gleiche Idee hatten und sich nostalgisch über die Zeit unterhielten, als sie noch nicht überall hinfliegen konnten. Das Reisen mit der Bahn schien so viel natürlicher zu sein.

»Wenn Gott gewollt hätte, dass wir fliegen«, sagte ein älterer Herr, »dann hätte er uns Flügel gegeben.«

Der Zug fuhr aus dem Bahnhof. Paul nahm die Morgenausgabe der *Times* heraus und begann das Kreuzworträtsel zu lösen. Steve schloss die Augen und begann zu dösen. Danny Clayton unterhielt sich während der ganzen Fahrt nach Dover. Jeder hatte eben seine eigene Art zu reisen.

Sie passierten schnell den Zoll und gingen an Bord der Kanalfähre, um ihre Kabinen aufzusuchen. Kurz danach ruckelte der Motor und sie legten ab. Danny Clayton wurde blass.

»Warum kommen Sie nicht an Deck, Danny?«, fragte Paul. »Die Brise und ein bisschen Bewegung werden Ihnen guttun.«

Danny ließ sich auf die Koje sinken. »Ich fühle mich hier ganz wohl«, sagte er zögernd. »Ich denke, ich bleibe hier unten.«

»Was ist mit dir, Steve?«

»Ich würde mir gern etwas die Beine vertreten, wenn Danny nichts dagegen hat.« Sie drehte sich besorgt zu ihm um. »Sind Sie sicher, dass Sie nicht auf einen Drink in die Bar mitkommen wollen? Vielleicht auf einen Brandy?«

»Ich komme schon klar«, sagte er.

Paul nahm Steves Arm und sie gingen hinauf an Deck. Sie machten den gewöhnlichen Spaziergang um die Reling und atmeten die gute Luft, bis Paul das Gefühl hatte, dass seine Lunge genug davon hatte. Als sie den Steuerbordbug erreichten, sahen sie Maurice Lonsdale die Treppe nach unten verschwinden.

»Was macht der denn hier?«, fragte Paul verwundert.

»Wir könnten ihn fragen«, sagte Steve. »Ich glaube, er ist in die Bar gegangen.«

»Das ist eine ausgezeichnete Ausrede für einen Drink«, lachte Paul. Aber Lonsdale war verschwunden. Die Bar war voll mit Leuten, die zollfreie Getränke bestellten. Paul fragte sich, ob er sich geirrt hatte und es gar nicht Lonsdale gewesen war. Vielleicht war es ein anderer Millionär, der seine Zigarre vor der Gischt schützen wollte.

Sie bestellten zwei Brandys und beobachteten den Horizont, der hinter dem Bullauge auf und ab schwankte. Auf dem Meer ist man der Ewigkeit näher, dachte Paul, näher an Gott. Obwohl man für philosophische Betrachtungen eigentlich nachts mitten auf dem Indischen Ozean sein müsste. Die Überquerung des Kanals war ein wenig alltäglich.

»Ich frage mich, wie Danny mit diesem Wetter zurechtkommt«, sagte Steve.

»Ich habe über Freud und seine Theorie über das »ozeanische Gefühl« nachgedacht.«

»Der richtige Ort für Freud, Darling, ist im Bett. Oh, sieh mal, da kommt Danny!«

»Was in aller Welt ist mit ihm passiert?«, murmelte Paul. Er sah in der Tat sehr krank aus. Sein fahler Teint hatte einen feuchten Schimmer, der das Licht reflektierte, und das lange Haar wirkte verfilzt und ungesund. Er sah sie, winkte und wankte auf sie zu.

»Versuchen Sie durchzuhalten«, sagte Paul beschwichtigend. »Wir legen in etwa fünfundzwanzig Minuten an.«

Danny versuchte zu lächeln und schaute sich gleichzeitig

nervös im Raum um. »Ich fühlte mich frisch wie der Wind, aber als ich an Deck kam, begann die Fähre zu schwanken …« Er ließ sich auf den Sitz gegenüber der Tür fallen.

»Sie sehen aus, als hätten Sie einen ziemlichen Schock erlitten«, sagte Steve. »Soll Paul Ihnen nicht doch einen Brandy holen?«

»Einen Schock?«, wiederholte er ängstlich. »Nein, nein, ich bin immer so, wenn ich reise.«

Paul Temple holte ihm einen Brandy und kümmerte sich dann um das Handgepäck, während Steve Florence Nightingale spielte.[1]

Temple ging zurück zur Kabine. Auf dem Gang traf er auf einen Steward und fragte ihn, ob Danny Clayton Besuch hatte, während er allein war.

»Nicht dass ich wüsste, Sir«, sagte der Steward. »Aber ich bin hin- und hergelaufen und habe vielleicht nicht jeden gesehen, der in die Kabine ging.«

»Wenn das mal nicht Paul Temple ist«, sagte ein Mann mit einer Melone, der in der nächsten Kabine saß. »Ich nehme an, Sie erinnern sich nicht an mich. Wir waren einmal zusammen im Fernsehen, in irgendeiner verdammten Talkshow, in der es darum ging, dass Verbrechen etwas Schlechtes sind. Haben Sie in letzter Zeit irgendwelche guten Fälle gelöst?«

Paul schüttelte dem Mann die Hand und versuchte, sich an seinen Namen zu erinnern. Er musste beim militärischen Nachrichtendienst gewesen sein, war mittlerweile aber vielleicht schon im Ruhestand. Paul sagte etwas Unverbindliches über schlechte Zeiten für Spione.

»Wollen Sie wissen, was Ihren kleinen Freund so erschreckt hat?«, fragte der Mann.

»Eigentlich nicht, ich fragte mich nur, ob …«

»Unsinn! Jemand hat ihn zu Tode erschreckt. Ich war hin-

---

[1] Die britische Krankenschwester Florence Nightingale (1820–1910) war die Begründerin der modernen Krankenpflege.

ter ihm, als wir an Deck gingen. Er war ziemlich angeschlagen, aber dann hat ihm offensichtlich etwas einen Schock versetzt, das ihn viel schlimmer mitnahm, als die Seekrankheit. Wenn ich nicht fast einhundert Kilo wiegen würde, hätte er mich die Treppe hinuntergestoßen – so sehr war sein Bedürfnis, davonzukommen. – Ein kleiner Skiurlaub geplant?«

»Nein, ich besuche Freunde in Genf.«

»Das ist auch viel ungefährlicher«, sagte der Mann feierlich. »Ich habe im *Palais des Nations* zu tun. Vielleicht trinken wir mal etwas zusammen.« Er warf einen Blick aus dem Bullauge. »Gut, damit hätten wir eine weitere Seereise sicher überstanden. Ihrem Freund sollte es jetzt wieder gut gehen.« Er winkte mit seinem Regenschirm zum Abschied. »Ich sage immer: Solange man noch lebt, hat man keinen Grund zum Klagen.«

»Das ist sehr wahr«, murmelte Paul.

Die Zollkontrolle in Calais war schnell vorüber. Als sie das Dock zum wartenden Zug überquerten, erhaschte Paul einen weiteren Blick auf Maurice Lonsdale. Danny Clayton erholte sich von seiner Seekrankheit oder seinem Schock, sobald sie im Wagon Platz genommen hatten. Er begann wieder zu plappern, während Steve döste, und Paul suchte in seinem Kreuzworträtsel nach einem anderen Wort für ›Fachwissen‹ mit neun Buchstaben.«

»Ich nehme an, Sie spielen auch Schach«, sagte Danny.

»Ja«, sagte Paul. »Und Sie?«

»Nein. Ich dachte mir nur, dass das perfekt zu Ihrer Tätigkeit als Privatdetektiv passt. Ich bevorzuge einfache Spiele wie Monopoly. Fragen mich nach etwas in Ihrem Kreuzworträtsel.«

»Anderes Wort für ›Fachwissen‹. Neun Buchstaben.«

Steve öffnete ein Auge. »Expertise.«

»Donnerwetter« sagte Danny. »Ich wusste gar nicht, dass Sie auch so brillant sind, Steve.«

Paul sah sie finster an und schrieb die Antwort hin.

»Wie lange sind Sie schon hier drüben, Danny?«, fragte Steve.

»In Europa? Vier Jahre.«

»Gefällt es Ihnen besser als Amerika?«

Er lachte. »Es ist anders. Ich habe zwar manchmal Heimweh, aber ich glaube nicht, dass Julia jemals zurückkehren wird. Sie hat ihre kleine Welt gefunden, in die sie sich zurückziehen kann, und ich bleibe bei ihr, solange sie sich verstecken will. Sie konnte das wirkliche Leben in Amerika nicht ertragen. Wahrscheinlich ist sie deshalb Schauspielerin geworden.«

»Ich weiß nicht genau, was Sie mit dem wirklichen Leben in Amerika meinen«, sagte Paul, »aber ich hätte gedacht, dass Sie ein Naturtalent für das Tempo und den Konkurrenzkampf unserer Zeit sind.«

»Das habe ich in mir. Und diese Begabung kann ich auch hier brauchen, dazu muss ich nicht nach New York gehen.«

Danny erzählte eine Weile von seiner Kindheit in der Bronx und von seinem Vater, der in den wirtschaftlich schwierigen Dreißigerjahren Autos verkaufte. Als die Jahre des Wirtschaftsbooms nach dem Zweiten Krieg einsetzten, zog Dannys Familie nach Kalifornien.

»Leben Ihre Eltern immer noch dort?«, fragte Paul.

»Nein, meine beiden Eltern sind tot. Sie haben ihr Haus bei einem Brand verloren – ein großes Wohnhaus in Los Angeles wurde dabei dem Erdboden gleichgemacht. Es stand in allen Zeitungen. Zwei Filmstars aus den alten Zeiten kamen dabei ebenfalls um. Insgesamt verloren siebenundzwanzig Menschen ihr Leben.«

»Was für eine schreckliche Sache«, murmelte Paul.

»Waren Sie zur Zeit des Brands nicht da?«, fragte Steve.

»Doch, ich war dort, als es brannte und es hat mich auch überrascht. Gott sei Dank war ich gerade im Keller und habe mich mit einem Freund unterhalten. Ich habe wirklich großes Glück gehabt.«

Später an diesem Nachmittag fuhr der Zug durch ein Gebiet, in dem Wein angebaut wurde. Paul betrachtete die hügeligen, kilometerlangen Weinberge mit einem Gefühl der Wehmut. Lange, bevor er Steve kannte, hatte er in seiner Studienzeit hier die Ferien mit dem Pflücken von Weintrauben verbracht. Er wollte es gerade erwähnen, als er sich an eine dunkelhaarige Französin erinnerte – wie hatte sie bloß geheißen? Er beschloss schließlich, den Urlaub nicht zu erwähnen.

»Darling«, sagte Steve, »hast du hier nicht in dem Jahr, bevor wir uns kennengelernt haben, Trauben gepflückt?«

Er spähte durch das Fenster.

»Mein Gott, ich glaube, das war hier! Das hatte ich ganz vergessen …«

»Du hattest damals eine Affäre mit einer Rothaarigen namens Hélène.«

»Hélène? Ja, ich glaube mich zu erinnern, dass es im Lager ein Mädchen mit rotbraunem Haar gab.«

»Du hattest ein Foto von ihr auf deiner Frisierkommode, als ich das erste Mal zum Abendessen kam, und ich war furchtbar eifersüchtig. Also habe ich dir stattdessen ein Foto von mir gegeben.« Steve lehnte ihren Kopf an seine Schulter. »Ich fand sie nicht sehr attraktiv. Zu viel Fleisch und ein mürrischer Gesichtsausdruck.«

»Sie half mir, mein Französisch zu verbessern«, sagte Paul. »Wir haben lange Gespräche über das Gehöft ihrer Tante geführt.«

»Du Lügner!«

Paul nahm sein Exemplar von *Zu jung zum Sterben* von der Gepäckablage und versuchte zu lesen. Der erste Satz war nicht gerade vielversprechend. »*Hollywood ist kein Ort. Hollywood ist eine Idee, eine Art zu leben und eine Art zu sterben.*« Es war eine jener Geschichten über eine Schauspielerin, die unschuldig und nichts ahnend in die Traumfabrik kommt, und erkennen muss, dass alles nur über Beziehungen läuft. Es enthielt alles von *Sunset Boulevard* bis *Das große Messer*.[2]

Warum hielt Norman Wallace dies für das Werk eines vielversprechenden jungen Schriftstellers? Der Stil war nicht gut, es gab nur Dialoge und bruchstückhafte Szenen, die Prosa war überladen mit Sätzen wie »Was blah blah blah betraf« und »Bezugnehmend auf …« und auf der nächsten Seite erwiderte jemand darauf. Paul gefielen auch die Beschreibung der Männer nicht, mit denen sich die Heldin umgab. Die Skala ging von Clark-Gable-Typen bis zu aufstrebenden James Deans, was auch immer das sein mochte. Auf Seite zwanzig war sie mit einem von ihnen im Bett.

Paul bemerkte, dass seine Aufmerksamkeit abschweifte. Die Landschaft war rasant zerklüftet geworden, mit schneebedeckten Gipfeln in der Ferne. Ein Fluss reflektierte die Sonne wie ein Silbersplitter. Überall gab es Bauernhöfe mit hübschen kleinen Zäunen und schmucken Bauernhäusern.

»Ich habe einmal die Ferien auf einem Bauernhof verbracht«, sagte Steve. »Ich war neun und der Sohn des Bauern brachte mir bei, wie man eine Kuh melkt.«

»Als du mir das letzte Mal von diesem Urlaub erzählt hast«, sagte Paul, »war es eine Anekdote darüber, wie du bei der Geburt eines Kalbs zugesehen hast. Es klang alles ziemlich nach einer Beschreibung bei Émile Zola und nicht nach der Erzählung eines neunjährigen Mädchens.«

»Darling, was soll das, hast du schlechte Laune?«

»Nein, nur Langeweile.« Er warf das Buch auf den Sitz neben ihm. »Ich finde Schauspielerinnen als Menschen eher unglaubwürdig.«

»He«, unterbrach Danny Clayton, »das ist ein Epigramm. Das muss ich merken. Genau das muss ich einmal zu Julia

---

[2] *Sunset Boulevard* ist ein von Billy Wilder 1950 gedrehter Spielfilm. Der Hollywood-Klassiker behandelt die Themen Ruhm und Vergessenwerden in der Filmindustrie. Das Theaterstück *The Big Knife* (deutsch: *Das große Messer*) aus dem Jahr 1949 wurde von Rod Serling verfasst. Es geht darin um Macht, Korruption und den Preis des Ruhms in der Filmindustrie.

sagen, wenn ich wütend auf sie bin.« Er nahm das Buch in die Hand und begann es zu lesen.

Nach dem Abendessen im Speisewagen fühlten sie sich plötzlich müde und suchten im Schlafwagen nach ihren Plätzen. Dabei stieß Paul endlich mit einem sehr überraschten Maurice Lonsdale zusammen.

»Ich dachte, ich hätte Sie vorhin gesehen«, sagte Paul. »Was für eine nostalgische Reise, was? Mit dem Zug quer durch Europa … wie in alten Zeiten.«

»Ja, so viel zum Jet-Zeitalter!« Er strahlte Steve an. »Hallo, Mrs. Temple. Freut mich, Sie wiederzusehen.«

Steve lächelte freundlich und ging mit Danny Clayton weiter, während Paul das Gespräch mit Lonsdale fortsetzte.

»Was führt Sie so plötzlich hierher, Lonsdale? Sie hatten gar nicht erwähnt, dass …«

»Leider ein Unfall. Eine Freundin von mir, die hier einen Skiurlaub macht, hat sich das Bein gebrochen. Freda Sands ist ihr Name. Ich glaube, ich habe sie schon erwähnt. Sie kann Krankenhäuser und Bettlägerigkeit nur schwer ertragen.« Er lachte schelmisch. »Arme Freda. Sie war zuvor erst einmal in St. Moritz und damals hat sie sich den Arm gebrochen.«

»Ich dachte, der Zug nach St. Moritz fährt über Zürich«, sagte Paul, »mit Umsteigen in Chur. Das hier ist der Zug nach Lausanne und Genf.«

Lonsdale war einen Moment sprachlos. »Ja, ja, ich glaube, Sie haben recht. Aber ich habe in Genf etwas zu erledigen. Da kann ich doch gleich zwei Fliegen mit einer Klappe schlagen, wie man so schön sagt. Meine Güte, ist es tatsächlich schon so spät geworden?« Er entschuldigte sich und murmelte, dass die Luftveränderung ihn so müde machte. Dann ging er weiter den Korridor hinunter.

»Wir sehen uns morgen, denke ich«, rief Paul ihm nach.

Steve lag bereits in ihrer Kabine. Sie hatte sich schon schlafen gelegt, als Paul endlich bettfertig war. Er verbrachte einige Minuten damit, nach seinem Exemplar von *Zu jung zum Sterben* zu suchen, aber es war verschwunden.

»Wahrscheinlich hat Danny es sich ausgeliehen«, sagte Steve. »Das heißt, dass du endlich schlafen gehen sollst.«

Die rhythmische Bewegung des Zuges erleichterte Steve das Einschlafen. Paul konnte das regelmäßige Atmen seiner Frau auf der anderen Seite des Wagons hören. Er wunderte sich gegen alle Logik über das durchsichtige grüne Nylon-Nachthemd. Es wäre so unpassend gewesen, wenn es einen Unfall gegeben hätte.

»Meinst du, Lonsdale hat dem armen Danny diesen Schock versetzt?«, flüsterte sie.

»Ich dachte, du schläfst schon.«

»Hattest du vorhin den Eindruck, dass sie sich kannten?«, fragte sie.

»Wenn, dann haben sie es sich beide nicht anmerken lassen«, sagte Paul.

Er trug einen passenden Seidenpyjama, der in jeder Situation korrekt aussah. Dies sollte sich ein paar Stunden später als nützlich erweisen, als Steve ihn weckte, um ihm zu sagen, dass im Abteil nebenan etwas los war.

»Es hört sich so an, als ob Danny etwas zugestoßen ist«, sagte sie.

Paul lauschte. Auf jeden Fall hörte er viel Bewegung und Stöhnen von nebenan.

»Ich weiß nicht genau, was mich aufgeweckt hat«, sagte Steve. »Ich glaube, ich hörte jemanden schreien und dann, wie jemand eine Tür laut schloss.«

»Bist du dir sicher?«

»Nein, nicht ganz, aber ich glaube. Ich habe tief geschlummert und bin dadurch aus dem Schlaf gerissen worden.«

Paul sprang aus seinem Bett und griff nach seinem Morgenmantel. Auf dem Korridor war niemand zu sehen. Die Lichter waren heruntergedimmt und der Zug sauste durch die Dunkelheit. Paul klopfte an die Tür von Danny Clayton.

»Danny!« Er klopfte erneut. »Ist alles in Ordnung?«

Danny antwortete mit schwacher Stimme »Was ist denn los?«

»Ist bei Ihnen alles in Ordnung?«

»Ja, alles in Ordnung«, antwortete er. Die Tür blieb jedoch verschlossen. »Ich bin bloß aus meinem Bett gefallen, das ist alles. Tut mir leid, wenn ich Sie geweckt habe.«

Am Morgen hatte Danny eine Schramme auf der Wange. So wie er zusammenzuckte, als er sich zum Frühstück setzte, schien es, als ob er am Körper überall Prellungen hatte. Also hatte ihn jemand zum zweiten Mal gewarnt, dachte Paul. Er konnte sich Lonsdale nicht so recht als einen Mann vorstellen, der einfach so mit der Hand brutal zuschlug, auch wenn Danny ein ziemlich schwächlicher Kerl war. Auf den Straßen von New York hatte Danny sicherlich gelernt, seinen Verstand zu gebrauchen und nicht seine Fäuste.

»Ich kletterte gerade ins Bett, als der gottverdammte Zug plötzlich ins Ruckeln geriet. Dabei fiel mein Koffer auf mich herab.«

»Ihr Gesicht sieht ziemlich übel aus«, murmelte Paul.

»Jetzt wissen Sie auch, warum ich es hasse, mit dem Zug zu fahren«, sagte er und grinste.

Es war halb neun. Paul nahm gerade seine zweite Tasse Kaffee zu sich, Danny trank einen Tomatensaft und Steve aß sich durch eine herzhafte Mahlzeit, als der Zug in den Bahnhof von Lausanne einfuhr.

»Hier müssen wir umsteigen«, sagte Paul.

Kapitel sieben

Der Zug nach Genf kam um halb elf am *Gare de Cornovin* an. Paul und Steve fuhren direkt zu ihrem Hotel in der Rue du Mont Blanc. Sie hatten vereinbart, dass Danny sie um halb sieben zum Abendessen mit Julia Carrington abholen würde, so dass sie acht Stunden Zeit hatten, um eine von Pauls Lieblingsstädten zu erkunden und Walter Neider zu besuchen.

»Das ist ja ein Ding«, sagte Steve, als sie ihre Handtasche auf das Bett warf. »Vom Fenster aus kann man nicht einmal den Mont Blanc sehen.«

»An einem klaren Tag schon«, sagte Paul, »wenn das Fenster nach Osten ginge.« Er blickte auf die bezaubernden engen Straßen, die sich den Hang hinaufschlängelten, und dachte, dass ihm diese Aussicht eigentlich besser gefiel als der Mont Blanc. Sie war weniger einschüchternd als eine Gebirgskette.

»Ich denke, ich werde mir Genf ansehen, während du bei Herrn Neider bist«, sagte Steve. »Ein bisschen Sightseeing gibt dieser Reise einen Hauch von Urlaubsgefühl.«

Neider war ein wichtiger Mann und es hatte einiges an Mühe gekostet, um an ihn heranzukommen. Schließlich hatte Sir Graham Forbes' Hilfe dazu beigetragen, das Treffen zu arrangieren. Neiders Büro war ein dunkel getäfeltes sechseckiges Turmzimmer. Von den Fenstern aus hatte man einen imposanten Blick auf den Genfer See, den Paul fast so beeindruckend fand wie den Mann selbst.

»Ich hoffe, Sie hatten eine angenehme Reise, Mr. Temple. Wie ich höre, ist das Wetter im Norden furchtbar.«

Walter Neider wog wahrscheinlich mindestens einhundertzehn Kilogramm, doch sein Auftreten war leidenschaftlich. Ihm fehlte das Phlegma, das Paul von einem Schweizer erwartet hatte. In angespannten Momenten brachte er die Sprachen Französisch, Deutsch, Italienisch und Englisch chaotisch durcheinander.

»Sir Graham sagte mir, dass Sie sich für den Milbourne-Unfall interessieren, Mr. Temple.«

Paul saß am Fenster und nickte.

»Was möchten Sie also wissen?«

»Ich würde gerne Ihre Version des Unfalls hören«, sagte Paul. »Was genau ist passiert, Herr Neider?«

»Es ist ganz einfach. Carl Milbourne ist ohne zu schauen auf die Straße getreten und wurde von einem Auto niedergefahren. Ich kann Ihnen versichern, dass der Fahrer keine Schuld hatte. Wir haben alles rekonstruiert und die Fakten entlasten ihn.«

»Gab es irgendwelche Zweifel an der Identität des Toten?«, fragte Paul.

»Überhaupt keine.« Neider war offensichtlich von der Frage überrascht. »Er war natürlich übel zugerichtet. Das Auto hat ihn eine beträchtliche Strecke mitgeschleift. Aber er trug die Kleidung von Carl Milbourne, er hatte Briefe und Dokumente bei sich, die ihm gehörten. Seine Identität konnte dadurch zweifelsfrei festgestellt werden.« Er lächelte, als ob er ahnte, dass Paul versuchte, eine einfache Sache zu verkomplizieren. »Außerdem sind Mrs. Milbourne und ihr Bruder, ein gewisser Mr. Lonsdale, hierher geflogen und haben die Leiche identifiziert.«

»Mrs. Milbourne hat inzwischen ihre Meinung geändert.«

Neider breitete verständnislos die Arme aus.

»Sie ist jetzt davon überzeugt, dass es nicht ihr Mann war, der getötet wurde.«

»Na ja, sie ist eben etwas durcheinander«, sagte Neider. »Einer trauernden Frau kann man solche Hirngespinste verzeihen. Ich nehme an, Sie nehmen sie nicht ernst?«

»Das weiß ich noch nicht«, sagte Paul. »Seit sie mich konsultiert hat, sind einige sehr merkwürdige Dinge passiert.

Jemand war sehr darauf bedacht, dass ich keine Nachforschungen anstelle, und dieselbe Person hat auch versucht, alle Leute, die mit mir darüber sprechen wollten, davon abzuhalten. Ich habe das Gefühl ...«

»Was ist mit Beweisen? Gibt es Beweise dafür, dass Carl Milbourne noch am Leben sein könnte?«

»Möglicherweise«, sagte Paul. »Anscheinend hat er in einem Geschäft in St. Moritz einen Hut gekauft. Sein alter Hut wurde nach London zurückgeschickt. Im Innenfutter des Hutes befand sich eine Nachricht auf einem Zettel. Sie trug die Handschrift von Carl Milbourne und wurde zwei Tage nach dem Unfall geschrieben.«

Neider ging schnell um seinen Schreibtisch herum. »Was stand auf dem Zettel, Mr. Temple?«

»Kurz und bündig hieß es: »*Mach dir bitte keine Sorgen – Es geht alles in Ordnung.*« Das ist nicht gerade viel.«

»Ich nehme an, Sie fahren nach St. Moritz, um die Leute in dem Hutgeschäft zu befragen?«

»Vielleicht«, sagte Paul. »Aber ich habe noch einen anderen Grund, in Genf zu sein. Julia Carrington will mich sehen.«

Neider sah beeindruckt aus. »Miss Carrington? Sie hat doch sicherlich nichts mit der Milbourne-Affäre zu tun, oder?«

»Ich hoffe nicht. Kennen Sie Julia Carrington, Herr Neider?«

»Jeder kennt Julia Carrington.« Was nicht ganz stimmte. Neider gestand, dass er, wie fast jeder andere auch, nur einiges über sie gehört hatte. »Aber wenn ich ehrlich bin, kennen ist zu viel gesagt. Eigentlich habe ich die Dame nur einmal gesehen. Sie hat sich aus der Öffentlichkeit gänzlich zurückgezogen.«

»Wann haben Sie sie gesehen?«, fragte Paul. »Vor kurzem?«

»Am fünften Januar.«

Paul war erstaunt über die Genauigkeit des Gedächtnisses

dieses Mannes. Aber dann stellte sich heraus, dass es sich um den Geburtstag von Frau Neider gehandelt hatte und auch um den Tag nach dem Unfall.

»Ich habe meine Frau zum Essen ausgeführt, in ein Restaurant in der Nähe von Vevey«, sagte er nachdenklich. »Am Nebentisch saß Miss Carrington mit ihrem Sekretär Danny Clayton. Sie waren beide sehr gut gelaunt – vor allem Miss Carrington. Es war fast so, als würden sie etwas feiern.«

Als Paul gehen wollte, kam ihm eine weitere Frage in den Sinn. Er hielt inne, als er Neider die besten Wünsche Sir Grahams für das neue Jahr übermitteln wollte. »Neider, sagen Sie mir: Sagt Ihnen der Name Richard Randolph etwas?«

»Nein, ich glaube nicht.«

»Das ist ein Schriftsteller«, sagte Paul, »er hat ein Buch geschrieben, das *Zu jung zum Sterben* heißt. Ich glaube, es kommt irgendwann nächsten Monat heraus.«

»Ich habe noch nie von ihm oder dem Buch gehört. Sollte ich es kennen?«

»Nein«, sagte Paul. »Es ist ein sehr schlechtes Buch. Es hat nicht im Geringsten irgendeinen literarischen Wert. Vergessen Sie, dass ich Sie danach gefragt habe.«

»Ich bin sicher, dass es doch sehr wichtig ist, Mr. Temple«, sagte Neider mit einem Lächeln, »sonst hätten Sie mich nicht danach gefragt. Ich werde mir den Namen und den Titel merken.«

Er reichte Paul seine Karte und sagte ihm, er könne jederzeit vorbeikommen, wenn er Hilfe brauchte.

»Hoffentlich werden Sie dieses Angebot nicht bereuen, Neider«, sagte Paul. »Ich werde Sie wahrscheinlich zu Tode nerven.«

Das Gespräch hatte zumindest bewiesen, dass der Unfall wahrscheinlich echt war. Neider war überzeugt davon. Paul ging in Richtung See und wünschte sich, er hätte ein paar Mitarbeiter, die die jetzt notwendigen Nachforschungen anstellen könnten, die so viel Zeit in Anspruch nahmen – Nachforschungen darüber, wer Carl Milbournes Vermögen geerbt hatte und wie viel davon vorhanden war, und was passiert wäre, wenn Milbourne nicht gestorben wäre. Und war er vielleicht verschuldet? Wenn er darüber nachdachte, stellte Paul fest, dass er eigentlich nicht genug über Carl Milbourne wusste.

Seine Ehefrau hatte ihn geliebt und er führte ein ehrenhaftes Geschäft. Außerdem war er scharfsinnig, klug und hatte eine beliebte Schauspielerin geheiratet. Es mangelte ihm an Sinn für Kleidung und er verstand nichts von Literatur. Jedes Kreditinstitut hätte ein wenig mehr Informationen verlangt, bevor es ihm Geld geliehen hätte. Aber was tat dieser Mann, wenn er nicht gerade Bücher veröffentlichte?

Steve saß auf einer Bank in der Nähe der Brücke und wartete auf ihn. Sie fühlte sich irgendwie rastlos und verlangte nach einem langen Spaziergang, um sich Appetit auf das Mittagessen zu holen. Das passte Paul gut. Er konnte sich nämlich vage an ein ausgezeichnetes Restaurant auf der anderen Seite des Sees erinnern.

Es war halb zwei, als sie das Restaurant erreichten, und Steve verlangte einen trockenen Martini mit der Verzweiflung eines nicht ganz so klugen jungen Mannes während der Prohibitionszeit.

Das Restaurant war kosmopolitisch und voller Menschen. Als Paul überlegte, ob er den *plat du jour* bestellen sollte, betrat ein Filmregisseur das Lokal.

»Wir hätten genauso gut in England bleiben können«, sagte Paul. »Alle, die mit diesem Fall zu tun haben, sind nach Genf gekommen.«

»Großer Gott«, sagte Steve, »das ist ja Vince Langham.«

Vince schlenderte zu den beiden hinüber. Er umarmte Steve wie eine alte Bekannte und setzte sich zu den Temples an den Tisch. »Kommen Sie oft hierher?«, fragte er fröhlich. »Das ist mein Lieblingsrestaurant. Was sagen Sie zu dieser Aussicht?«

»Ihre gute Laune ist ja beinahe abstoßend«, sagte Paul. »Hat Ihnen Julia Carrington doch eine Audienz gewährt?«

»Ich treffe sie morgen Vormittag.«

»Tatsächlich?«, sagte Paul erstaunt.

»Ich habe sie gleich nach meiner Ankunft angerufen und hatte das Glück, die große Dame persönlich am Apparat zu haben. Als ich ihr sagte, wer ich bin, wurde sie ziemlich freundlich. Ganz anders als dieser Fiesling Danny Clayton.« Er lachte stolz. »Sie gibt mir morgen Vormittag eine halbe Stunde Zeit.«

»Glauben Sie denn, Sie können ihr die Sache in einer halben Stunde schmackhaft machen?«, fragte Paul. »Nach allem, was ich gehört habe, ist sie nicht besonders scharf darauf, ein Comeback zu feiern.«

»Wenn ich sie überreden kann, das Buch zu lesen, dann habe ich schon gewonnen. Mehr brauche ich nicht.« Er wandte sich an Paul. »Ich habe mein Exemplar von *Zu jung zum Sterben* in der Schublade meines Schreibtisches gefunden. Es war also doch nicht verloren gegangen.«

»Na gut, wenn sie es nicht will, würden Sie es mir dann leihen?«, sagte Paul. »Ich habe mein Exemplar nämlich im Zug verloren.«

Sie bestellten das Mittagessen und hörten zu, wie Vince seine Lobeshymne über *Zu jung zum Sterben* probeweise vortrug. Er ließ es nach einem viel interessanteren Buch klingen als das, das Paul zu lesen begonnen hatte. Aber Paul war auch noch nicht bei der Stelle angelangt, an der die Protagonistin zur Alkoholikerin wurde.

»Waren Sie auch in dem Zug, der heute Vormittag gegen zehn Uhr in Genf ankam?«, fragte Paul. »Wir haben Sie gar nicht gesehen.«

»Ich war die ganze Zeit über in meinem Abteil und habe an einem Drehbuch gearbeitet«, sagte Vince. »Ich schreibe meine Drehbücher nämlch immer selbst.«

»Das hat Norman Wallace schon erzählt.«

Vince Langham zuckte zusammen. »Oh Gott, hat er wieder davon gesprochen, meine Drehbücher zu veröffentlichen? Das ist doch nichts, was man drucken kann!«

Der Kellner kam mit dem Essen: Lammkeule mit Speckmantel und ein Teller mit grünen Bohnen. Steve schnupperte ekstatisch daran und verlor ganz das Interesse an Literatur oder Verbrechen. Schließlich, so sagte sie zu Paul, sollte dies doch ihr Urlaub sein, nicht wahr?

»Mit einem brillanten Filmregisseur zu speisen, kann ich gerade noch akzeptieren«, sagte sie mit einem Grinsen zu Vince. »Es macht mir auch nichts aus, mit einer berühmten amerikanischen Schauspielerin zu essen. Aber ich weigere mich, meine Zeit damit zu verbringen, mir über Spuren in einem Fall Gedanken zu machen.«

Julia Carrington lebte in einem abgelegenen Herrenhaus dreißig Kilometer vom Ufer des Genfer Sees entfernt. Es waren weniger als zwanzig Minuten über die breite Autobahn und weitere zwanzig Minuten über die engen Bergstraßen, die sie plötzlich wieder ans Seeufer brachten. Das Herrenhaus mit seinen vier Türmen zeichnete sich gegen den Nachthimmel ab.

»Ich sage immer zu Julia«, bemerkte Danny Clayton zweideutig, »dass sie wie ein Filmstar lebt. Was halten Sie von all dem hier?«

»Sehr beeindruckend«, murmelte Steve.

Danny war mit hoher Geschwindigkeit durch die Landschaft gebraust. Die Scheinwerfer hatten die Autobahn und die schneebedeckte Landschaft beleuchtet, manchmal erhellten sie im tiefen Dunkel etwas in der Ferne. Paul war fest überzeugt davon, dass eine Geschwindigkeit um die fünfzig Kilometer pro Stunde sicherer gewesen wäre. Dies hätte ihm auch die blauen Flecken von Steves festem Griff an seinem Arm erspart.

»In welcher Stimmung war Miss Carrington denn, als Sie

heute zurückkehrten?«, fragte Paul ihn.

»In einer seltsamen«, sagte Danny über seine Schulter. Paul wünschte sich, er hätte geschwiegen. »Ich habe sie gefragt, ob sie noch mehr Briefe erhalten hat, aber sie hat sich geweigert, auf das Thema einzugehen.«

»Ich wünschte, Sie würden sich nicht ständig umdrehen, um mich anzusehen«, sagte Paul, als sie um eine Kurve fuhren.

»Bevor ich nach London fuhr, war sie in einem schrecklichen Zustand. Deshalb habe ich Sie auch aufgesucht. Aber jetzt …« Er legte den Gang ein und der Wagen raste über eine schmale Brücke. »Sie scheint immer noch besorgt zu sein, wirkt aber etwas entspannter. Oder vielleicht resignierter, ich weiß es nicht. Vielleicht ist sie eine Schwarzmalerin.«

Die Auffahrt schien endlos zu sein. Als sie schließlich vor dem Haus anhielten, wurden die massiven Türen von einem farbigen Diener geöffnet, der an Rochester erinnerte[3]. Er geleitete sie in die Eingangshalle und nahm ihnen die Mäntel ab. Ein Kronleuchter hing hoch über ihnen. Die Wände zierten teure Gemälde und die große Treppe vor ihnen gabelte sich in der Mitte nach oben. Julia Carrington trat aus einem der Schlafzimmer und kam langsam die Treppe herunter.

»Wie schön, Sie zu sehen, Mr. Temple – Mrs. Temple. Ich freue mich, dass Sie gekommen sind.« Sie trug ein langes weißes Abendkleid, das eine Schleppe hatte. »Es ist mir ein Vergnügen«, sagte sie, als sie die unterste Stufe erreicht hatte, und ihnen die Hand entgegenstreckte, »das ist es wirklich. Ich habe schon so viele Dinge über Sie gehört.«

»Nette Dinge, hoffe ich?«, murmelte Paul.

»Nur nette Dinge. Lassen Sie uns in den Salon gehen. Ich hörte, dass Sie eine ziemlich ereignisreiche Reise hatten.«

---

[3] »Rochester« war der Spitzname des US-amerikanischen Schauspielers und Entertainers Eddie Anderson (1905–1977), der als Sidekick in der Radio- und Fernsehsendung *The Jack Benny Program* einen Butler und Chauffeur spielte, der Rochester Van Jones hieß.

Sie war wahrscheinlich fünfzig, aber im künstlichen Licht hätte man sie auch für fünfunddreißig oder sogar dreißig halten können. Sie hatte rabenschwarzes Haar und die Figur einer jungen Frau. Nur die leichten Falten an ihrem Hals und die Krähenfüße um die Augen ließen vermuten, dass ihr erster Film schon vor siebenundzwanzig Jahren gedreht worden war.

»Es gab Nebel in London«, sagte Paul. »Ich glaube, wir hatten alle schon vergessen, wie es ist, Europa mit dem Zug zu durchqueren.«

»Das kann ich mir vorstellen«, sagte sie mit einem erstaunlich kehligen Lachen.

»Mit Koffern, die in der Nacht aus der Ablage purzeln. Der arme Danny sieht aus wie ein Federgewicht-Boxer.«

Danny stand bei den Getränken und schenkte die Drinks ein. »Du kannst das gar nicht verstehen, Julia, die Schlafwagen sind hier anders. Sie sind nicht wie die zu Hause in den Staaten.«

»Dummer Junge«, sagte sie spöttisch. Julia Carrington ließ sich auf einer Chaiselongue nieder und zog ihre Beine unter sich. Diese burschikose Pose stand in seltsamem Kontrast zu der Anmut, mit der sie ihren Drink entgegennahm. »Wie gefällt Ihnen unser Haus, Mrs. Temple? Danny darf Sie doch vor dem Abendessen herumzuführen?«

»Allzu gerne«, sagte Steve. »War das ein Matisse, den ich in der Bibliothek gesehen habe?«

»Ja, und hinter der Tür hängt ein Utrillo. Aber es sind nicht alles alte Meister. Ich habe einen Lowrie gekauft, als ich das letzte Mal in …«

»Ich zeige ihr alles, Julia«, unterbrach Danny. »Lass Steve nur erst einmal nach der Fahrt zu Atem kommen. Die Arme hat sich noch nicht ganz erholt.«

Julia kicherte und begann, über das Wetter zu sprechen. Genf sei im Winter etwas langweilig, gab sie entschuldigend zu – überhaupt nicht mit St. Moritz zu vergleichen. Und um alles noch schlimmer zu machen, hatten die Behörden den Springbrunnen im Genfer See Ende des Sommers abgestellt. Aber immerhin sei es besser, als in Little Rock zu leben.

»Ich bin in Alabama geboren«, sagte sie theatralisch. »Daher mein Akzent.«

Als Steve aufgebrochen war, um sich das Haus anzusehen, schenkte Julia Carrington noch mehr Drinks ein und trat dann ans Fenster. »Mr. Temple, ich muss mich bei Ihnen entschuldigen, aber ich weiß einfach nicht, wie ich anfangen soll.« Sie drehte sich mit einem traurigen Lächeln zu ihm um. »Ich habe Danny extra nach London geschickt, damit er Sie aufsucht, aber …« Ihr Lächeln verschwand. »… wie es sich herausgestellt hat, war das völlig unnötig.«

»Danny sagte mir, dass Sie einige besonders unangenehme Briefe erhalten hätten. Dass Sie mit Erpressung bedroht wurden.«

»Das dachte ich damals.« Ihr Blick war direkt und berechnend. »Aber vielleicht neigt Danny einfach dazu, ein wenig zu übertreiben. Das ist das Problem.« Sie wandte sich ab und starrte durch das Fenster in den Nebel. »Allerdings gibt es nichts, worüber Sie sich Sorgen machen müssten, Mr. Temple. Ich werde Ihr übliches Honorar und alle Auslagen bezahlen …«

»Miss Carrington, mich interessiert der finanzielle Aspekt dieser Angelegenheit nicht. Aber ich würde gerne wissen, warum Sie sich so große Sorgen gemacht haben, dass Sie Danny extra nach England geschickt haben, um mich zu holen.«

Sie zögerte und setzte sich dann auf den Stuhl neben ihm. »Na schön. Ich habe mehrere unangenehme Briefe erhalten. Natürlich war ich besorgt.« Sie machte eine Pause und sah ihn erneut direkt an. »Dann stellte ich gestern Morgen ganz zufällig fest, dass die Briefe von einem Mann geschrieben wurden, der früher für mich gearbeitet hat. Ich habe ihm daraufhin mit rechtlichen Schritten gedroht, woraufhin er zu mir kam und sich entschuldigte.«

»So einfach war das also«, murmelte Paul.

»Ich fürchte, ja.« Ihr Blick war leicht herausfordernd. »Es tut mir furchtbar leid, Mr. Temple. Ich fühle mich wirklich schuldig, dass ich Sie und Ihre entzückende Frau quer durch die Schweiz fahren ließ. Ich hätte ein Telegramm geschickt, aber Sie waren wohl schon auf dem Kanal …«

»Sie müssen sich nicht schuldig fühlen, Miss Carrington. Wir lieben beide die Schweiz und wir wären ohnehin hergekommen. Ich bin sicher, meine Frau wird darauf bestehen, dass wir noch einige Tage hierbleiben. Falls Sie es sich mit dem Mann, der früher für Sie gearbeitet hat, noch einmal anders überlegen, dann …«

»Ich bin immer dafür, die Vergangenheit zu vergessen, Mr. Temple. Aber es ist lieb von Ihnen, dass Sie sich so verständnisvoll zeigen.« Sie nahm Pauls Hand. »Lassen Sie uns nachsehen, ob das Abendessen schon serviert ist. Ich habe der Köchin acht Uhr gesagt.«

»Als nächstes fahren wir nach St. Moritz«, fuhr Paul fort, als sie das Esszimmer betraten. »Wahrscheinlich will Steve unbedingt ein paar Mal auf die Piste zum Skifahren. Mich jedoch interessieren vor allem einige Nachforschungen über einen Mann namens Carl Milbourne. Ich nehme an, Sie haben von ihm gehört?«

Paul spürte, wie sich ihre Hand kurz anspannte. »Milbourne?«

»Er wurde letzten Monat bei einem Autounfall getötet.«

»Ich glaube, ich erinnere mich. Ich habe irgendwo über ihn gelesen. Ein englischer Verleger, nicht wahr?«

»Genau. Er hat Sie kurz vor seinem Tod besucht.«

»Ich glaube, das hat er.«

Sie setzte sich an den Tisch. Als Paul ihren Stuhl zurechtrückte, warf sie ihm einen Blick zu.

»Aber ich selbst habe nicht mit ihm gesprochen. Ich habe mir selbst die Regel auferlegt, niemals mit Verlegern zu sprechen. Der arme Mann dachte, ich würde meine Memoiren schreiben. Als ob ich meine Zeit damit verbringen würde, in der Vergangenheit zu leben. Ich könnte es nicht ertragen. Ich hasse es, meine alten Filme zu sehen, und auch daran zu denken, wie die Tage in New York ...«

Steve kam in diesem Moment mit Danny zurück. Der Rundgang hatte ihnen sichtlich Spaß gemacht und während der nächsten halben Stunde unterhielten sich Steve und Julia zwischen Avocadobirne und Gegrilltem auf amerikanische Art über die Keramiksammlung. Steve hatte in dem Sommer, nachdem sie die Kunstschule verlassen hatte, ein wenig getöpfert, aber sie hatte es aufgegeben und sich wieder dem Design zugewandt, als sie merkte, dass sie kein Wedgwood und nicht einmal ein Spode war.[4]

»Ich hänge ziemlich an meinen Spode-Porzellan«, sagte Julia nachsichtig. »Wenn Sie das nächste Mal zum Essen kommen, könnten wir es aufdecken. Es sei denn, Sie schenken mir zu Weihnachten eine Steve-Temple-Keramik.«

»Nach all der Zeit«, sagte Steve lachend, »würden die Brötchen vom Teller rollen, wenn ich einen töpfern würde. Ich bleibe dabei, Buchcover und Werbung zu entwerfen. Ich könnte den Umschlag für Ihre Autobiografie designen, wenn Sie sie schreiben.«

»Julia wird das nicht tun«, mischte sich Paul ein.

»Oh, aber ich dachte ...«

»Und ich habe auch nicht die Absicht, ein Comeback zu machen«, sagte Julia. »Ich kann die Leute einfach nicht davon überzeugen, dass ich wirklich in Ruhe gelassen werden will. Ständig werde ich von Zeitungen und Verlegern bedrängt.«

»Und von Filmleuten«, fügte Paul hinzu.

»Filmleute sind die Schlimmsten. Sie sind absolut nicht zu ertragen. Ich frage mich wirklich, wie ich all diese langweili-

---

[4] Wedgwood (seit 1759) und Spode (seit 1770) sind zwei berühmte britische Porzellan- und Keramikmarken mit langer Tradition.

gen kleinen Egoisten früher ertragen habe.«

»Aber warum empfangen Sie sie dann?«, fragte Paul.

Sie starrte Paul erstaunt an. »Aber ich empfange sie doch niemals! Danny kümmert sich für mich um all diese Leute. Nicht wahr, mein Schatz?«

»Armer alter Vince«, murmelte Paul. »Er glaubt, dass er morgen Vormittag ein persönliches Gespräch mit Ihnen hat.«

»Vince?«, wiederholte sie. »Ich kenne niemanden, der Vince heißt.«

»Ein Filmregisseur. Vince Langham.«

Sie wandte ihre Augen mit gefährlichem Blick an Danny. »Hast du diesem Filmregisseur gesagt, dass ich ihn empfange?«

Paul griff schnell ein, um eine Szene zu vermeiden. »Vince hat mir gesagt, dass er mit Ihnen gesprochen hat, Julia, am Telefon. Aber Sie wissen ja, wie Filmleute übertreiben. Er ist so besessen davon, Sie für die Hauptrolle in *Zu jung zum Sterben* zu gewinnen, dass er …«

»Was für ein furchtbarer Titel!« Sie schob ihren Teller beiseite und starrte den farbigen Diener an. »Mir ist der Appetit vergangen. Was ist *Zu jung zum Sterben*? Ist es ein Theaterstück?«

»Nein, es ist ein Roman.«

»Ich habe noch nie davon gehört. Und ich habe noch nie von diesem Regisseur gehört, Vince Langtry, oder wie auch immer er sich nennt!«

»Vince Langham«, sagte Paul leise. Dann wechselte er das Thema. Offensichtlich hatte noch nie jemand Julia zu etwas überredet, was sie nicht wollte, und Kleinigkeiten wie die Wahrheit über Langhams Termin oder die Drohbriefe änderten sich wahrscheinlich von Tag zu Tag, je nachdem, wie ihre Stimmung war.

Während des Desserts verbesserte sich Julias Stimmung ein wenig. Als sie drei Tassen Kaffee und drei Gläser Cointreau getrunken hatten, wurde sie richtig munter. Sie erzählte wehmütig von Robert Newton und vom Sexleben eines englischen Regisseurs, der zur Zeit ihres letzten Films in Hollywood gewesen war.

»Das beweist, dass sie Sie mag«, sagte Danny später im Auto. Er schien äußerst zufrieden darüber zu sein, dass der Abend so ein Erfolg war. »Ich meine, sie hat mit Ihnen gesprochen, oder? Und sie hat über diese Engländer gesprochen, weil sie wusste, dass Sie Engländer sind. Sie wusste, dass Sie von Robert Newton gehört haben.«

»Ich bin sehr gerne zum Abendessen gekommen«, sagte Steve, »auch wenn es für Paul kein Geheimnis zu lüften gab.«

»Da bin ich mir nicht so sicher«, begann Paul. »Mein Gott, Danny, müssen Sie so schnell fahren? Wir fahren ja schon auf dem Seitenstreifen.«

»Tut mir leid, Leute, aber das war nicht meine Schuld. Es ist sehr eisig hier.«

»Dann fahren Sie bitte langsamer, ja?« Paul wartete, bis Danny den Wagen auf fünfzig Kilometer pro Stunde heruntergebremst hatte. »Danny, sagen Sie, haben Sie die Erpresserbriefe eigentlich gesehen? Oder hat Julia Ihnen nur davon erzählt?«

»Sie hat sie mir gezeigt. Aber ich habe sie nicht gelesen. Sie ließ mich nicht.« Er warf einen Blick in den Rückspiegel und beschleunigte erneut.

»Wie lange leben Sie schon in der Schweiz, Danny?«, fragte Steve.

»Ungefähr vier Jahre. Julia hat ursprünglich ein Haus in Südfrankreich gekauft, aber dann entschied sie sich ...« Er lenkte den Wagen plötzlich die Autobahnabfahrt ohne Vorwarnung und ohne abzubremsen hinunter. Die Straße führte nach Genf. Während sie an den anderen Fahrzeugen vorbeirasten, beobachtete Danny den Verkehr hinter ihnen mit häufigen Blicken über seine Schulter.

»Was glauben Sie, wer folgt uns?«, fragte Paul, als er sich aufrichtete.

»Niemand. Ich habe mir wohl nur etwas eingebildet.« Im Stadtverkehr musste er langsamer fahren. »Wo waren wir? Ach ja, ich wollte Ihnen gerade von unserem Leben in Südfrankreich erzählen.«

»Machen Sie sich nicht die Mühe«, sagte Paul. »Warum konzentrieren Sie sich nicht einfach weiter darauf, die Schweizer Geschwindigkeitsrekorde zu brechen? Als Alternative könnten Sie mir sagen, wer uns verfolgt hat.«

»Ich sagte Ihnen doch schon, dass ich mir nur etwas eingebildet habe.«

Paul seufzte. »Na gut. Und der Koffer, der Ihnen auf den Kopf gefallen ist – haben Sie sich das auch eingebildet? Und haben Sie sich nur eingebildet, auf der Kanalfähre jemanden gesehen zu haben, der Sie zu Tode erschreckt hat?« Sie hielten vor dem Hotel. Paul stieg aus dem Auto und beugte sich zum Fahrerfenster hinunter. »Es tut mir leid, Danny, aber ich glaube, Sie haben vor irgendjemandem Angst.«

»Ich bin eben von Natur aus ein ängstlicher Typ«, sagte Danny grinsend. »Wenn Julia mir sagt, dass sich ein ehemaliger Angestellter von ihr für das Schreiben böser Briefe entschuldigt hat, warum sollte ich das dann bezweifeln? Sie verzeiht eben auch schnell.«

Paul und Steve standen auf dem Bürgersteig und schauten Danny nach, der mit seinem Auto wegfuhr. Sie sahen auch einen Citroën aus der Seitenstraße gegenüber herauskommen, der rasch beschleunigte und Danny folgte. Wenige Momente später hörten sie Schüsse in einiger Entfernung.

»Habe ich mir das nur eingebildet«, fragte Paul bitterlich, »oder waren das eben Schüsse?«

Kapitel acht

Sie sahen zu, wie der Krankenwagen wegfuhr und wandten sich dann an Walter Neider. »Meinen Sie nicht, dass man ihn besser in ein Krankenhaus gebracht hätte?«, fragte Paul. Das Wrack des Wagens wurde von einem Abschleppwagen abtransportiert. Paul war leicht entnervt von der effizienten Art und Weise, wie eine Stadt alle Spuren eines versuchten Mordes verwischte.

»Aber Mr. Clayton besteht darauf, nach Hause gebracht zu werden…« Neider zuckte heftig mit den Schultern.

»Er war doch kaum bei Bewusstsein!«, protestierte Paul.

»Er hat aber darauf bestanden.«

Danny war von der Kugel an der Schläfe gestreift worden und sein Auto war gegen einen Brückenrand geprallt. Er blutete extrem und war auf den Vordersitzen zusammengesackt, als wäre er tot. Doch als die kleine Schar von Nachtschwärmern zu Hilfe eilte und die Polizei eintraf, hatte Danny zu stöhnen begonnen. Er hatte überlebt.

»Ich würde zu gerne wissen«, sagte Paul nachdenklich, »auf welcher Seite Danny eigentlich steht.«

»Wie viele Seiten gibt es denn?«, fragte Steve.

»Ich weiß es nicht.«

Neider ging mit ihnen zurück zum Hotel. »Ich habe einiges über Mr. Claytons Nachmittagsbeschäftigung herausgefunden«, meinte er. »Er war im Krankenhaus und besuchte dort eine Frau namens Freda Sands. Aber ich weiß nicht, worüber sie gesprochen haben.«

»Kommen Sie mit nach oben und trinken Sie etwas«, sagte Paul. »Sie können mir bei einem großen Brandy von Freda Sands erzählen.«

Neider nahm die Einladung zum Drink an, aber sein Wissen über Freda Sands war begrenzt. Sie sei in England eine Berühmtheit, sie sei offensichtlich reich, und sie halte sich seit Mitte Januar in der Schweiz auf.

»In welchem Hotel?«, fragte Paul schnell.

»Im *Piedmont*.«

»Und wo war Carl Milbourne abgestiegen, bevor er getötet wurde?«

Neider lächelte nachdenklich. »Er wohnte auch im *Piedmont*. Ist das von Bedeutung?«

»Das kann sehr wohl sein.«

Paul und Steve schliefen bis halb elf, als sie durch das schrille Klingeln des Telefons geweckt wurden. Paul streckte die Hand aus und ging ran, ohne die Augen zu öffnen. »Hä?«, grunzte er. Ihm ging durch den Kopf, dass er seit Dienstag keine acht Stunden mehr richtig geschlafen hatte.

»Hier ist Julia Carrington«, sagte die Stimme am anderen Ende der Leitung. »Tut mir leid, habe ich Sie geweckt?«

»Ja«, sagte Paul. »Aber halb elf ist wohl eine ziemlich dekadente Zeit, um im Bett zu sein. Wie geht es Danny?«

»Ich glaube, er wird es überleben. Er hat heute Morgen ein riesiges Frühstück zu sich genommen, was wohl ein gutes Zeichen ist. Und er ist furchtbar dankbar, dass Sie so schnell zur Stelle waren, als diese schreckliche Sache passierte. Weiß der Teufel, wer so etwas getan haben könnte. Wir scheinen am Rande eines Albtraums zu leben.«

»In der Tat«, sagte Paul mit einem Blick auf Steve. Sie verkroch sich unter der Bettdecke. »Ich erwarte von Danny, dass er mir ein paar Fakten und Hintergründe mitteilt, wenn ich ihn das nächste Mal sehe. In der Zwischenzeit, Julia, sollten Sie zusehen, dass er in den nächsten Tagen das Haus nicht verlässt.«

»Das werde ich«, murmelte sie. »Ich wüsste nicht, was ich tun würde, wenn er tatsächlich umkommen würde.«

Als Paul aufgelegt hatte, klopfte es an der Tür. Der Zimmerservice in Gestalt einer kecken Brünetten erschien mit Kaffee und Croissants. »Frühstück, Liebling«, rief Paul sadistisch.

Steve streckte den Kopf aus den Laken und starrte auf die Croissants. »Ich habe keinen Hunger.« Sie drehte sich um und schlief weiter.

Paul schaute auf seine Uhr und fragte sich, was Vince Langham wohl gerade machte. War er losgezogen, um mit Julia zu sprechen? Das Problem mit Schauspielerinnen war, dass man nie sicher sein konnte, wann sie schauspielerten. Paul war sich nicht sicher, ob Julia überhaupt jemals erpresst wurde. Erpressung jedenfalls deutete auf dunkle Flecken in der Vergangenheit hin. Er hoffte, dass Walter Neider nichts allzu Unangenehmes über die Frau herausfinden würde.

Das Telefon klingelte erneut. Diesmal war es Margaret Milbourne, die so aufgeregt wie immer klang. »Ich muss Sie sehen, Mr. Temple«, verkündete sie ohne jede höfliche Vorrede. »Es ist lebenswichtig!«

Paul seufzte. »Ich bin aber in Genf.«

»Ich auch. Ich bin heute Morgen angekommen. Mr. Temple, ich muss Ihnen etwas mitteilen!«

»Wollen Sie hierher ins Hotel kommen?«

»Nein, nein, das kann ich nicht«, sagte sie schnell. »Ich spreche aus einem Restaurant namens *Chez Maurice*. Können Sie in fünfzehn Minuten hier sein?«

»Nein«, sagte Paul. »Aber ich bin um zwölf Uhr dort.«

Das *Chez Maurice* war ein mondänes Restaurant gegenüber dem Quai des Bergues. Zu dieser Jahreszeit war es voller Schweizer Geschäftsleute und internationaler Diplomaten. Es war gerade Nebensaison, nur bei den Banken nicht. Paul und Steve gingen gerade durch die mittelalterlichen Türen, als die Rathausuhr gerade zwölf schlug. Drinnen herrschte eine gemütliche Atmosphäre mit getäfelten Wänden und emsigem Treiben der Kellner.

»Donnerwetter«, sagte Steve und atmete tief durch, »jetzt merke ich erst, wie hungrig ich bin.«

»Setzen wir uns so nah an das lodernde Feuer, wie wir nur können«, sagte Paul.

»Wo ist mit Margaret Milbourne?«

»Nun, ich denke, Sie hat sich verspätet. Du weißt ja, wie Frauen sind, wenn sie dringend jemanden sehen müssen.«

»Ich weiß, wie Frauen sind«, sagte Steve und trat Paul gegen den Knöchel.

Er hatte Margaret Milbourne Unrecht getan. Als er zum Tisch hinüberhumpelte, erschien sie aus der Damentoilette. »Mr. Temple, ich bin so froh, dass Sie kommen konnten. Hallo, Mrs. Temple. Das ist wirklich sehr nett von Ihnen. Ja, ich weiß, es ist Mittagszeit. Daran hatte ich gar nicht gedacht ...«

Sie saß abwesend am Tisch und sah jünger und attraktiver aus als bei ihrer letzten Begegnung mit Paul. Der Zobelpelz und die Stiefel ließen sie kleiner erscheinen. Als sie sprach, konnte Paul nicht umhin, sie mit Julia Carrington zu vergleichen. Die bühnenreife Sprache und das englische Understatement, die minimalen Gesten, deuteten auf eine kleine Reserve an Stärke hin.

»Woher in aller Welt wussten Sie, wo wir hier abgestiegen sind?«, fragte Steve. »Ich kann mich nicht daran erinnern, dass Paul Ihnen sagte, dass wir ...«

»Ich wusste, dass Sie in Genf sind, Mrs. Temple, also habe ich beschlossen, alle wichtigen Hotels anzurufen.« Angespannt wandte sie sich an Paul. »Mr. Temple, ich habe Ihnen doch gesagt, dass mein Mann noch lebt, oder?«

»Sie sagten, Sie dachten, er sei am Leben.«

»Nun, ich hatte recht«, sagte sie trotzig. »Er ist am Leben. Ich habe nämlich mit ihm gesprochen!«

»Sind Sie sicher?«, fragte Paul erstaunt.

»Natürlich bin ich mir sicher. Er hat mich gestern Abend angerufen. Das Telefon klingelte kurz vor dem Abendessen und die Telefonistin sagte, es sei ein persönlicher Anruf aus

Genf für mich.« Sie wirkte wie eine Frau, die sich gegen irdische Skeptiker durchgesetzt hat. »Es war Carl. Er klang angespannt und besorgt, aber bei der Stimme meines Mannes konnte ich mich unmöglich irren.«

»Natürlich nicht«, bestätigte Steve. Sie wandte sich an Paul: »Keine Frau könnte das, Darling.«

Paul nickte zögernd. »Was hat Ihr Mann gesagt?«

»Er sagte mir, ich solle ein Flugzeug nehmen und ihn hier in diesem Restaurant um elf Uhr treffen.«

Paul schaute auf die Uhr über dem Kamin. »Es ist jetzt viertel nach zwölf, Mrs. Milbourne.«

»Ja, ich weiß«, sagte sie traurig.

Sie bestellten ihr Essen und Mrs. Milbourne überbrückte die Zeit mit Smalltalk über den Nebel in London und den letzten Besuch von Carl in Genf. Doch immer wieder kam sie auf den wundersamen Telefonanruf zurück.

»Haben Sie Ihrem Bruder von dem Anruf erzählt?«

»Nein«, sagte sie. »Das konnte ich nicht. Er verließ London mit dem Zug, bevor sich der Nebel lichtete. Er war auf dem Weg nach St. Moritz.«

»Ich dachte, Sie hätten ihn vielleicht in Genf getroffen.«

Sie sah überrascht aus. »Aber Maurice war doch nicht mal in der Nähe von Genf.« Paul erkannte, dass Lonsdale seiner Schwester gegenüber genauso verschwiegen war wie gegenüber allen anderen: »Wir haben Maurice im Zug hierher getroffen. Er sagte, er habe in Genf etwas zu erledigen, bevor er nach St. Moritz weiterwollte.«

»Davon weiß ich nichts«, sagte sie nachdenklich. »Er sagte mir ...« Sie aß schweigend weiter.

Die Stammkunden kamen und gingen. Paul beobachtete sie, während Steve sich auf ihr Essen konzentrierte und Margaret Milbourne auf ihren Mann wartete.

»Carl kommt nicht mehr, oder?«, sagte sie schließlich. »Es ist offensichtlich, dass er nicht kommt, sonst wäre er schon hier ...«

»Verzeihung, Madam«, sagte der Oberkellner. »Sind Sie Mrs. Milbourne?« Er trug ein Telefon in der Hand.

»Ja?«, sagte sie angespannt.

»Sie werden am Telefon verlangt, Madame«. Er bückte sich und steckte das Kabel in eine Buchse neben dem Tisch.

»Wer ist am Apparat?«, fragte Paul schnell.

»Der Herr hat seinen Namen nicht genannt, Sir. Er ruft aus St. Moritz an.« Der Oberkellner nahm den Hörer ab und murmelte: »Den Anruf für Mrs. Milbourne auf diese Leitung, bitte.« Dann reichte er den Hörer an Margaret weiter.

»Carl, wo bist du?«, fragte sie sofort. »Ich warte schon die ganze Zeit auf dich!«

Die Stimme am anderen Ende erklärte, dass sie nach St. Moritz fahren musste. Paul lehnte sich vor und versuchte, mitzuhören. »Carl, was soll das alles eigentlich? Du musst es mir sagen!«

»Tut mir leid, meine Liebe. Ich hatte gehofft, wir könnten uns treffen, deshalb habe ich dich hergeholt. Ich wollte dich wirklich sehen, Margaret, glaub mir ...«

»Ich fahre nach St. Moritz«, sagte sie verzweifelt. »Ich tue alles, was du willst, Carl!«

»Es gab eine Schwierigkeit«, sagte die Stimme. »Du musst nach London zurückkehren. Ich melde mich wieder, sobald ich kann.«

»Aber Carl, du kannst mich doch nicht einfach so in der Schweiz sitzenlassen! Du musst mir sagen ...« Ihre Stimme wurde hysterisch. »Carl! Carl, bist du noch dran?« Aber es war nur mehr das Freizeichen zu hören.

»Er hat eingehängt«, murmelte Paul.

Sie legt den Hörer auf. »Haben Sie das gehört?«, fragte sie im Flüsterton. »Er will, dass ich nach London zurückkehre.« Ihre Schultern zitterten, als sie mit den Tränen kämpfte. Dann weinte sie. »Er sagte, es habe eine Schwierigkeit gegeben.«

Walter Neider hörte ohne Begeisterung zu. »Als Sir Graham

Forbes mir sagte, dass Sie kommen, Temple, wusste ich schon, dass dies Ärger geben würde. Forbes kennt niemanden, der ein einfaches und unkompliziertes Leben führt!« Er drehte sich um und starrte auf den See hinaus. »Ich hatte ein kleines Sandwich und einen Fruchtsaft zum Mittagessen, während Sie im *Chez Maurice* luxuriös diniert haben! Und was passiert dann? Sie stellen fest, dass Carl Milbourne noch am Leben ist! Hätten Sie doch auch bloß irgendwo ein Sandwich gegessen, dann wäre das nicht passiert!«

»Haben Sie den Anruf zurückverfolgt?«, fragte Paul Temple.

»Der Mann von der Vermittlung in St. Moritz hat herausgefunden, dass er aus einer öffentlichen Telefonzelle kam.«

Paul zuckte mit den Schultern. »Das dachte ich mir schon.«

»Ich habe mir die Unterlagen zu dem Unfall durchgesehen«, sagte Neider, »und ich glaube nicht, dass das, was Sie sagen, einen Sinn ergibt. Nichts verbindet den Fahrer des Wagens mit den von Ihnen erwähnten Personen. Der Fahrer ist ein Zürcher Bankier von höchster Seriosität, er hat keine Ahnung vom Verlagswesen und hat seit Jahren nichts anderes als Bilanzen gelesen.«

»Wahrscheinlich«, sagte Paul.

»Und noch etwas, Temple. Wo ist das Motiv dafür? Warum sollte Carl Milbourne seinen Tod vortäuschen? Wer erbt denn?«

»Margaret Milbourne«, sagte Paul. »Er wollte ein Testament machen, aber Margaret Milbourne war dagegen.«

Neider hob eine buschige Augenbraue. »Fährt sie heute Abend mit Ihnen nach St. Moritz?«

»Sie ändert ständig ihre Meinung«, sagte Paul. »Aber ich denke, dass sie am Ende mit uns kommen wird. Wir sind dann morgen gegen viertel nach eins in St. Moritz.«

»Um dreizehn Uhr siebzehn, um genau zu sein.« Neider lächelte über die Wirkung seiner Präzision. »Wundern Sie sich nicht, wenn Ihnen dort zwei Bekannte von ihnen über den Weg laufen. Julia Carrington hat eine Villa in der Nähe, eine sehr schöne Villa nicht weit von Pontresina.«

»Haben Sie denn in der Zwischenzeit mit Julia gesprochen?«

»Ich bin heute Morgen als Erstes zu ihr gefahren. Sie hat viel Aufhebens um ihren Sekretär gemacht. Sie scheint zu glauben, dass er in St. Moritz sicherer ist, obwohl sie nicht sagen wollte, wovor oder vor wem.«

Kapitel neun

Die Bahnfahrt nach St. Moritz war spektakulär. Die Tunnels führten direkt in die Bergflanken und durch die Felsen. Die Strecke führte über schneebedeckte Ebenen und hohe Brücken. Weit unten in der Ferne waren Schweizer Dörfer klar und deutlich zu erkennen. Paul betrachtete die Szenerie und dachte an die Eiszeit. Er fragte sich, ob die Sonne damals auch so klar auf die Erde gestrahlt hatte.

»Ich würde mich auch gerne in die Schweiz zurückziehen«, sagte Margaret Milbourne. »Aber einer der Nachteile, eine englische Schauspielerin und keine Hollywood-Queen zu sein, ist vermutlich, dass ich mich mit Richmond begnügen muss.«

»Haben Sie vor, den Verlag Ihres Mannes weiterzuführen?«, fragte Paul.

»Nein, denn Carl ist immer noch am …«

»Mrs. Milbourne, wenn Carl noch am Leben ist, möchte er offensichtlich nicht, dass diese Tatsache bekannt wird. Er hat dafür gesorgt, dass er rechtlich gesehen tot ist. Ich frage mich, was seine Gründe dafür sind.« Er fuhr schnell fort, als sie versuchte zu protestieren. »Nein, nein, hören Sie zu. Was glauben Sie, warum will er, dass alle Welt denkt, er sei tot? Hatte er irgendwelche Schwierigkeiten?«

»Das weiß ich nicht.« Sie betrachtete die Landschaft und ihr Blick war etwas verzweifelt. »Vielleicht kümmert es mich nicht mehr.«

Paul fragte sich kurz, was sie damit meinte. Es war offensichtlich ein Gespräch, das sie mit sich selbst führte. »Würde er nicht erwarten, dass Sie sich um die Firma kümmern?«, beharrte er.

Ihr Interesse an der vorbeiziehenden Landschaft verflog.

»Das könnte ich nicht«, sagte sie unglücklich. »Kennen Sie Ben Sainsbury und Norman Wallace? Das bekannte Pantomimenpferd. Sie machen mir Angst. Ich werde dasselbe tun wie Carl und ihnen die Leitung der Firma überlassen. Immerhin kennen sie den Verlagsdschungel.«

»Dabei dachte ich, die beiden sind eher ein komisches Paar«, sagte Steve vorschnell, »ein Komikerduo wie Laurel und Hardy.«

»Komisch? Sie sind eher wie Burke und Hare[5]. Norman Wallace ist charmant und tüchtig, im Unterschied zu Bens Wutausbrüchen. Zusammen können sie immer ihren Willen durchsetzen. Mit Ben Sainsbury kann man niemals einen Streit gewinnen, denn wenn er am nächsten Morgen wieder nüchtern ist, hat er vergessen, dass es überhaupt einen Streit gab. Ich wollte immer, dass Carl ihn rausschmeißt, aber er hat sich nicht getraut. Er hatte Angst, dass Ben auch gehen würde.«

»Das ist doch die Idee«, sagte Steve, »dann könnten sie sich selbständig machen: *Wallace & Sainsbury*, wäre das nichts?«

»Um Himmels willen, nein«, sagte Paul. »Ben würde doch nicht seine eigene Firma gründen. Das würde ihn zu einem Kapitalisten machen!«

Da lachte Margaret Milbourne zum ersten Mal seit vier Wochen.

Der Zug fuhr in den Bahnhof ein und sie fuhren zum Hotel *Haus Grison*. »Ich möchte anmerken«, sagte Steve, als sie mit dem Auspacken begann, »dass wir nicht gerade viel von unserem Urlaub haben. Ich glaube, ich werde rebellieren.« Sie ließ die Kleidung auf dem Bett kreuz und quer liegen und ging zum Fenster hinüber.

---

[5] William Burke und William Hare waren zwei berühmte, berüchtigte britische Verbrecher des 19. Jahrhunderts. In den 1820er-Jahren ermordeten sie mindestens sechzehn Menschen, um ihre Leichen an Ärzte und Anatomisten zu verkaufen.

»Und wie wird sich diese Rebellion manifestieren?«, fragte Paul.

»Ich gehe Ski fahren!«

»Aber ich muss in den Hutladen …«

»Sieh dir doch diese wunderbaren Hänge an! Siehst du all die kleinen Punkte, die ins Tal gleiten? Wer hat St. Moritz schon besucht ohne Ski zu fahren?«

Paul zuckte mit den Schultern. »Wie du meinst, Liebling. Warum nimmst du nicht Margaret Milbourne mit? Mir wäre es lieber, wenn sie nicht mit in den Laden käme. Ich kann mir gut vorstellen, dass sie mit einer Mütze mit Bommel darauf sicher großartig aussehen würde.«

»Sie sieht nicht aus, als ob sie eine große Skifahrerin wäre«, sagte Steve und lachte.

»Dann soll sie dir dabei zusehen.«

Steve schüttelte den Kopf. »Ich werde sie für ein paar Stunden irgendwohin mitnehmen, aber dann fährst du mit mir die Pisten hinunter. Verdammt, was glaubst du, warum ich dich geheiratet habe?«

»Wegen meiner Künste im Riesenslalom?«, fragte Paul.

Wie sich herausstellte, war der Hutladen ein kleines Schweizer Pendant zum glamourösen Kaufhaus *Fortnum & Mason*, das alles von Hüten bis zu Elefanten verkaufte. Als Paul in den dritten Stock hinaufging, amüsierte er sich bei dem Gedanken, dass Hannibal seine Truppe hier gekauft hatte.

»Verdammt noch mal!«, rief jemand.

Als Paul durch die Sportabteilung ging, ertönte quer durch den Laden ein lautes Klappern und ein Stapel Schlittschuhe stürzte auf einen Mann, der gerade seine Füße in ein paar Skier zum Probieren gesteckt hatte. Sein Kopf war unter den Kartons begraben, aber die schmuddeligen Hosen und das Jammern mit amerikanischem Akzent waren nicht zu verkennen.

»Ich bin der einzige Mann, der sich beim Kauf von Skiern

ein Bein brechen kann«, sagte er, als Paul ihn ausgegraben hatte. »Ich bin nicht einmal mit den Rollschuhen zurechtgekommen, die ich zu meinem achten Geburtstag bekommen habe.«

»Was machen Sie in St. Moritz?« fragte Paul, während Vince sich den Staub von seiner ausgebeulten Jacke klopfte. »Verfolgen Sie mich?«

»Wenn ich Ihnen folgen würde, dann bin ich wohl der auffälligste Verfolger, den es gibt«, lachte er. »Ich dachte, Sie verfolgen mich.«

»Aber ganz und gar nicht.«

Vince starrte ihn ungläubig an. »Tja. Ich bin hier, weil Julia Carrington in St. Moritz ist. Und wo Julia hinfährt, fahre ich auch hin. Nur zu Ihrer Information, um Ihre nächste Frage vorwegzunehmen.«

»Ich dachte, Sie hätten eine Verabredung mit ihr?«

»Das dachte ich auch.« Vince ließ die Skier mitten auf dem Boden liegen, wo er hingefallen war. »Dieser schleimige kleine Machiavelli muss sich sofort an sie rangemacht und sie beeinflusst haben, als er zurückkam. Ich würde Danny Clayton am liebsten umbringen.«

Paul schüttelte den Kopf. »Warum geben Sie denn nicht die Wahrheit zu, Vince? Julia hatte noch nie von Ihnen gehört, als ich Ihren Anruf erwähnte. Sie kannte nicht einmal Ihren Namen.«

Vince strich sich sein zerzaustes Haar zurück. »Paul, es ist zum Verzweifeln mit Ihnen. Warum sollte ich Sie belügen? Einer der besten Filme, die Julia gemacht hat, hieß *Der Schatten der Angst*. Sie gab darin eine brillante schauspielerische Leistung ab. Erinnern Sie sich an den Film?«

»Natürlich«, sagte Paul. »Ich war jung und leicht zu beeindrucken ...«

»Ich habe bei dem verdammten Ding Regie geführt!«

»Er war nicht so gut wie die Filme, die Sie in Europa gemacht haben.«

»Wollen Sie beweisen, dass ich lüge, oder was?«, fragte er müde. »Würde mich das zu einem Mörder machen oder so? Hören Sie, ich bin ein einfacher Filmemacher, ich habe ein Buch gekauft und jetzt versuche ich, meine Hauptdarstellerin zu finden. Es ist schon schwer genug, einen Film zu drehen, ohne dass die Leute um mich herum irgendwelche Kriminalfälle klären.«

»Ist ja schon gut«, sagte Paul entschuldigend.

»Wer möchte schon ein Filmregisseur sein? Wissen Sie, letztes Jahr habe ich einen Film im Nahen Osten gedreht und da brach plötzlich der arabisch-israelische Sechstagekrieg aus! Das ist genug, um einen Mann zum Aufgeben zu bringen!«

Dann ging er davon in Richtung der Abteilung für Skianfänger. Der Mann war ein Lügner, aber vielleicht gehörte das alles nur zum Handwerk des Filmemachens. Paul setzte seine Suche nach dem Büro des Geschäftsführers fort. Es befand sich auf der Rückseite des Gebäudes.

»Mr. Paul Temple, der Autor?«, fragte der Geschäftsführer höflich. »Ich freue mich, Sie kennenzulernen, Mr. Temple. Ich lese selbst nie Bücher, aber Sie verkaufen sich sehr gut in unserer Buchabteilung. Ich bringe Sie nach unten, um Ihnen den Abteilungsleiter vorzustellen.«

»Danke«, sagte Paul. »Aber eigentlich bin ich gekommen …«

»Ein Herr Neufeld, er ist begeistert von seiner Arbeit. Manchmal gelingt es ihm sogar, berühmte Autoren zu überreden, persönlich zu erscheinen und Exemplare ihrer Bücher zu signieren. Bleiben Sie lange in St. Moritz?«

»Nein«, sagte Paul schnell. »Herr Kroner, ich stelle einige Nachforschungen über einen Mann an, der letzten Monat in St. Moritz ums Leben kam. Ich hoffe, Sie können mir helfen.«

Kroner lächelte ironisch. »Ich habe ein sehr schlechtes Gedächtnis.« Es entstand eine Pause. »Einige der berühmtesten Romanautoren haben auf dem Platz gesessen, den Herr

Neufeld seinen heißen Stuhl nennt.«

Paul lachte und erklärte sich dann bereit, Exemplare seiner Bücher zu signieren.

»Herr Neufeld wird sich geehrt fühlen, Mr. Temple. Wie kann ich Ihnen helfen?«

»Vor einem Monat kaufte ein Mann namens Carl Milbourne einen Hut in diesem Geschäft und bat darum, dass sein alter Hut an eine Adresse in London zurückgeschickt wird.«

Kroner nickte. »Persönlich weiß ich nichts darüber, aber in der Hutabteilung wurden sicherlich diesbezüglich Aufzeichnungen gemacht.«

»Meinen Sie, ich könnte mal mit dem Verkäufer sprechen?«, fragte Paul.

Kroner blätterte in einer Kartei. »Das wird leider nicht möglich sein, Mr. Temple. Die damalige Verkäuferin in der Hutabteilung war eine Italienerin, die inzwischen nach Neapel zurückgekehrt ist. Wissen Sie, kurz vor Weihnachten stellen wir immer eine große Anzahl zusätzlicher Mitarbeiter ein, um den Ansturm zu bewältigen.« Er dachte einen Moment lang nach und lächelte dann. »Aber warten Sie einen Moment. Vielleicht erinnere ich mich doch an den Vorgang. Ich glaube, die Verkäuferin kam zu mir und fragte mich, ob es möglich sei, den Hut Ihres Freundes nach England zu schicken. Das war vorher noch nie vorgekommen. Sie holte mich, damit ich selbst mit dem Kunden spreche.«

Paul nahm das Foto von Carl Milbourne aus seiner Brieftasche. »Ist das der Mann, Herr Kroner?«

Kroner starrte das Foto an. »Schwer zu sagen, wir haben so viele Touristen hier …«

»Hier sind noch ein paar Fotos«, sagte Paul und legte sie auf den Schreibtisch. »Erkennen Sie ihn?«

»Ganz sicher bin ich mir nicht. Aber da fällt mir noch etwas ein, Mr. Temple. Ich weiß nicht, ob es wichtig ist, aber soweit ich mich erinnere, war Ihr Freund nicht allein. Er war mit einer Gruppe von Leuten unterwegs.« Er lächelte und freute sich über seine Gedächtnisleistung. »Könnte das sein?«

»Nun, ich denke, das ist möglich, obwohl …«

»Eine Gruppe von Touristen, Mr. Temple. Sie haben alle zusammen gelacht und gescherzt und einen ziemlichen Lärm gemacht.«

»Mit Mr. Milbourne? Haben Sie jemanden gesehen, der mit ihm gesprochen hat?«

»Ach«, sagte Kroner, »daran kann ich mich nicht erinnern. Aber ich hatte auf jeden Fall den Eindruck, dass er mit ihnen unterwegs war.«

Paul ging zur Tür und war ziemlich zufrieden mit sich selbst. »Sie haben mir sehr geholfen, Herr Kroner.« Der fröhliche kleine Mann begleitete ihn. Als sie durch die Sportabteilung zurückgingen, sagte Paul: »Wegen der Autogrammstunde rufe ich Sie an …« Herr Kroner stieg gemeinsam mit ihm in den Aufzug.

Im Erdgeschoss sah er Steve und Mrs. Milbournc, die mit Paketen beladen auf dem Weg zum Restaurant waren. Paul bemerkte die neue Sonnenbrille, den neuen Hut mit den unpassenden Ohrenklappen und die Pelzstiefel. Vielleicht sollte er eine Menge Bücher signieren, überlegte Paul, bevor er fragte, was die Pakete enthielten.

»Die Abteilung von Herrn Neufeld ist hier durch …«

Maurice Lonsdale wartete an einem Tisch am Fenster auf sie. Steve dachte, dass er auch hier immer noch der Inbegriff eines englischen Finanziers war, vom Knopfloch bis zur Sohle. Sie setzten sich neben ihn.

»Steve geht heute Nachmittag zum Skifahren«, sagte Margaret. »Natürlich sind die Pisten von St. Moritz sehr einladend. Man bekommt direkt Lust darauf.«

»Bist du denn viel Ski gelaufen?«, fragte Lonsdale sie überrascht.

»Bevor ich Carl geheiratet habe«, sagte sie. »Mein Lieber, erinnerst du dich denn nicht daran? Am liebsten mochte ich die Abfahrt vom Gornergrat nach Zermatt. Ich glaube, das ist jetzt zehn Jahre her.«

»Es fiel mir schon immer schwer, all deine Umtriebigkeiten zu verfolgen, Margaret«, sagte er seufzend. »Ich dachte immer, deine Vorstellung von Urlaub wäre, in der Sonne zu liegen.«

»Du bist immer so zynisch«, seufzte Margaret. Sie nahm ihre Tasche und machte sich auf die Suche nach der Damentoilette. »Iss nicht die ganze Wurst auf, während ich weg bin.«

Steve lächelte. »Gibt es Neuigkeiten von Ihrer Freundin Miss Sands?«, fragte sie höflich.

»Von Freda?« Er schaute sie überrascht an und war über ihr gutes Gedächtnis verwundert. »Ja, leider gibt es keine guten Nachrichten. Ich dachte, es sei nur ein gebrochenes Bein, aber anscheinend hat es dir Arme auch noch an der Bandscheibe. Sie hat sehr starke Schmerzen.«

»Sie haben Sie doch hoffentlich etwas aufgemuntert?«

»Na ja, ich habe ihr ein paar Weintrauben und ein paar Zeitschriften gebracht.« Er lehnte sich vertraulich über den Tisch. »Wissen Sie, Margaret leidet wirklich stark unter der ganzen Belastung. Wäre ich zu Hause gewesen, hätte ich mein Bestes getan, sie davon abzuhalten, hierher zu reisen.«

»Glauben Sie denn nicht, dass Carl noch am Leben ist?«

Lonsdale schenkte ihm eines seiner überlegenen Lächeln. »Nun, wenn er lebt, wer war dann der tote Mann? Warum trug er Carls Kleidung und hatte seine Papiere bei sich?«

»Das ist, wie die Politiker sagen, eine gute Frage.«

»Das sagen sie aber nur, wenn sie die Antwort kennen.« Plötzlich verlor er seine männlich-überlegene Haltung. Er schien wirklich besorgt zu sein. »Kennen Sie die Antwort, Mrs. Temple?«

»Leider nicht.« Sie lächelte, weil sie ihre Abneigung gegen den Mann nicht verbergen wollte. »Aber ich bin ja auch keine Politikerin.«

»Carl war auf einer ganz gewöhnlichen Geschäftsreise in Genf, um Julia Carrington zu besuchen. Ich kann beim besten Willen nicht verstehen, wie er in all diese mysteriösen Ereignisse verwickelt worden sein soll.« Er warf einen Blick über seine Schulter, um zu sehen, ob Margaret kam. »Mrs. Temple, sagen Sie mir, was hält Ihr Mann davon? Er muss doch inzwischen eine Ahnung haben, was hinter all dem steckt.«

»Ich fürchte, wie die meisten Ehemänner vertraut sich Paul mir nicht immer an«, sagte Steve.

»Das glaube ich Ihnen nicht.« Er deutete mit seiner Gabel auf sie. »Tut mir leid, Ihnen zu widersprechen, Mrs. Temple, aber ich fürchte, Sie sind doch eine Politikerin.« Zum Glück kam Margaret zurück, bevor er mit dem Schüblig[6] herumfuchteln konnte.

»Mein Lieber, weißt du, wen ich gerade gesehen habe? Paul war in der Buchabteilung und hat geholfen, ein Plakat aufzuhängen.«

»Er kann sehr gut mit einem Topf Kleister umgehen«, sagte Steve. »Was stand auf dem Plakat?«

»Es war auf Deutsch. Irgendetwas darüber, dass der Autor nächste Woche seine Bücher signiert. Ich muss sagen, er sah aus, als ob es ihm unangenehm wäre.« Sie seufzte. »Ich habe früher solche Auftritte genossen. Einmal bin ich zwei Wochen lang durch jedes Kino gezogen, habe eine kleine Rede gehalten und Gott für die britische Filmindustrie gedankt. So blieb man mit dem britischen Publikum in Kontakt.« Sie aß kurz und wandte sich dann an ihren Bruder. »Übrigens, mein Lieber, Paul sagte, dass er mit dir sprechen will.«

»Kommt er denn nicht zu uns hierher?«

»Doch, aber er möchte mit dir unter vier Augen sprechen. Ich nehme an, er meint, ohne mich. Du hast inzwischen anscheinend wirklich alle davon überzeugt, dass ich eine Hyste-

---

[6] Schüblig ist eine Schweizer Wurstspezialität, es handelt sich dabei um eine grobkörnige, meist geräucherte Wurst aus Schweine- oder Rindfleisch.

rikern bin. Aber du weißt jetzt doch auch, dass ich recht hatte, nicht wahr?«

»Sagen Sie mir, Temple, war es wirklich Carl am Telefon?«

»Ihre Schwester schien das zu glauben.«

Paul schaute in den Spiegel der Bar und beobachtete Steve und Mrs. Milbourne, die sich an ihrem Tisch angeregt unterhielten. Die Stimme ihres Mannes hatte sie selbstsicherer und in gewisser Weise auch besorgter gemacht. Sie war eine Frau, die in Schwierigkeiten steckte und nicht genau wusste, was es für Schwierigkeiten waren.

»Das ist doch unglaublich«, sagte Lonsdale.

»Ja. Wie finden Sie den Brandy?« Er war außergewöhnlich. »Lonsdale, da ist etwas, was ich Sie fragen wollte. Hatte Ihr Schwager irgendwelche Sorgen? Finanzieller Art vielleicht?«

»Nicht mehr als die meisten Geschäftsleute«, sagte er und lachte. »Ich denke, im Verlagswesen gibt es Hochs und Tiefs. Es gab mal eine Zeit, in der *Milbourne & Co.* eine harte Zeit durchmachte, aber auch die ging vorbei.«

»Sie halten es also für unwahrscheinlich, dass er diesen Unfall vorgetäuscht hat und dann verschwand? So etwas ist schon vorgekommen. Es ist bekannt, dass Männer, die offiziell für tot erklärt waren, jahrelang von ihrem Versicherungsgeld gelebt haben.«

Lonsdale lachte leicht. »Carl war der am meisten unterversicherte Mann, den ich kenne. Es gab eine Police, aber Margaret hat sich geweigert, sie in Anspruch zu nehmen. Sie glaubt immer noch …« Er schüttete mehr Soda in den Brandy, was Paul schaudern ließ. »Nein, das ist in diesem Fall nicht passiert. Wenn Carl Geldsorgen gehabt hätte, wäre er zu mir gekommen oder zu einem seiner Freunde.«

»Ist er jemals zu Ihnen gekommen? Hat er sich jemals Geld von Ihnen geliehen?«

»Ja, in der Tat, das hat er.« Lonsdale sagte das ganz

leichthin, als sei es das Normalste der Welt. »Ich habe vor etwa sechs Monaten vierzigtausend Pfund in seine Firma gesteckt. Aber das war eine gute Investition. Ich bin deshalb nicht beunruhigt. Möchten Sie noch etwas trinken?«

»Nein danke, ich fahre heute Nachmittag Ski. Ich brauche einen klaren Kopf, wenn ich das überleben will.«

Kapitel zehn

Paul und Steve fuhren mit dem Bus zur Talstation und nahmen dann die Seilbahn. Steve sah in ihrem neuen Schafsfellmantel glamourös aus. Sie saß in der Ecke der Gondel wie ein teures Fotomodell, das sich im Schnee fotografieren lassen wollte. Paul fragte sich, wie sie es schaffte, Skihose, Parka und Stiefel so elegant aussehen zu lassen.

»Vielleicht hätte ich mir eine dieser Wollmützen mit einem Bommel kaufen sollen«, sagte Paul, »dann wüssten die Leute, dass ich zu dir gehöre.«

»Du hast den Vormittag mit viel nützlicheren Dingen verbracht, Darling«, sagte Steve mit einem kritischen Blick auf seine Schirmmütze. »Du hast festgestellt, dass Carl Milbourne sich einer Gruppe von Touristen angeschlossen hat.«

»Das ist nicht sicher.« Er hielt nachdenklich inne. »Ich halte es für möglich, dass der Mann, der den Hut gekauft hat, versucht hat, sich unter eine Gruppe von Touristen zu mischen, um allein nicht so aufzufallen.«

»Und warum hätte er Aufmerksamkeit vermeiden wollen?«, fragte Steve fröhlich. »Weil er nicht Carl Milbourne war? Aber Margaret war sich sicher …«

»Margaret Milbourne ist eine sehr gute Schauspielerin. Das war sie immer schon.«

»Willst du damit sagen, dass sie …?«, begann Steve ungläubig. »Nein, nein, ich mag Margaret Milbourne. Ich habe den Vormittag mit ihr genossen, trotz der Art und Weise, wie sie ihre Persönlichkeit immer wieder in den Mittelpunkt rückt. Sie tat mir richtig leid, als Maurice Lonsdale ihr sagte, sie müsse zurück nach London fahren.«

»Haben sie sich gestritten?«, fragte Paul.

»Nicht wirklich. Lonsdale sagte ihr nur, sie solle sich aus

der Sache raushalten. Sie war ziemlich verärgert, aber ihr Mann hatte ihr doch genau dasselbe gesagt. Wenn es ihr Mann war.«

Die Seilbahn hielt. Paul schaute hinunter ins Tal und fragte sich, warum sie sich die Mühe gemacht hatten, den ganzen Weg hochzufahren, nur um in fünfeinhalb Minuten wieder unten zu sein. Ein Schneesturm zog auf und er wünschte sich, er hätte seine Kleidung so sorgfältig ausgewählt wie Steve.

»Na gut«, murmelte er träge, »dann flitzen wir eben einmal hinunter und fahren dann direkt zurück ins Hotel, um ein heißes Bad zu nehmen.«

»So leicht kommst du mir nicht davon«, sagte sie und warf den Kopf zurück. »Wenn wir den Piz Nair hinuntergefahren sind, dann kommt noch der Trais Fluors dran.«

»Dafür werden wir keine Zeit haben«, sagte Paul. »Wir essen heute Abend mit Julia Carrington und die Fahrt zu ihr dauert recht lange …«

»In Ordnung, aber wir kehren nicht ins Hotel zurück, bevor es dunkel ist.«

Steve ging mit ihren Skiern weg, bevor Paul etwas einwenden konnte. Sie löste sich damit von der Gruppe der Amerikaner, die mit ihnen hochgefahren war. Ein einzelner dicker Mann mittleren Alters mit randloser dunkler Brille folgte ihnen. Die Seilbahn setzte dazu an, sich ratternd wieder nach unten zu bewegen. Sie verbrachten einige Minuten damit, ihre Skier anzuschnallen und ihre Bindungen zu testen. Mit dem dicken Mann tauschten sie ein freundliches Lächeln aus.

»Guten Tag, Paul Temple«, sagte er laut und langsam. »Berühmter Mann, ha ha! Mein Name ist Ferdy. Kein berühmter Mann, ha ha ha!«

Paul war überrascht. »Guten Tag, Ferdy.«

»Hier ist der Auslandsdienst der BBC, der aus London sendet, und hier sind die Nachrichten.« Der Mann brüllte vor Lachen. »Gutes Englisch, ja?«

»Sehr gut«, sagte Paul. »*Radio One* ist wunderbar.«

Es stellte sich heraus, dass der Mann ein Italiener aus Verona war. Er beherrschte keine Grammatik, aber ein ausgezeichnetes Gedächtnis, und mit den Sätzen, die er aus dem Radio kannte, kommunizierten sie auf einfache Weise. »Ein Sprecher sagte heute«, erklärte er feierlich, »ein Tiefdruckgebiet zieht von den Färöern und Shannon heran.«

Nachdem sie die Skier angeschnallt, die Brillen aufgesetzt und die Skistöcke fest umklammert hatten, glitten sie zur Piste. Der Schneesturm wurde an den unteren Hängen stärker, aber Paul schien sich daran zu erinnern, dass wirkliche Profis einen Schneesturm zum Skifahren gut fanden. St. Moritz schien noch sehr weit unten im Tal zu liegen.

»Kommst du?«, rief Steve und war weg.

Der Italiener streckte Paul seine behandschuhte Hand entgegen. »Danke, dass Sie Englisch mit mir geübt haben.« Sie schüttelten sich die Hand. »Manchester United drei zu null.« Er stieß sich mit den Skistöcken ab und flitzte los, um Steve zu folgen. Sein brüllendes Lachen wurde vom Wind verweht.

Paul nahm schnell Fahrt auf, und schon nach hundert Metern spürte er das alte Hochgefühl, das er immer genossen hatte: den Sturm, der auf ihn zusauste, das Gefühl, über die Berge zu fliegen. Er probierte ein paar einfache Manöver aus, lehnte sich nach vorne, bremste im Schneepflug ab, fand seinen Rhythmus bei den Schwüngen und überquerte dann die Falllinie. Es war einfach. Bald hatte er Steve eingeholt.

Schön, dass ich das nicht verlernt habe, dachte er. Vielleicht war Skifahren wie Fahrradfahren – einmal gelernt und man vergisst es nie wieder. Etwas zaghaftes Seitenrutschen und er fühlte sich wie ein Champion.

Es bestand keine Hoffnung, Ferdy einzuholen, aber die Italiener hatten schließlich ihre eigenen Alpen zum Üben. Wahrscheinlich verbrachte Ferdy seine ganze Freizeit mit Skifahren, wenn er nicht gerade dem englischen Radio lauschte. Wenige Augenblicke später hatte Paul Steve eingeholt.

»Du machst das ganz gut!«, rief er gönnerhaft, obwohl sie ihn wahrscheinlich nicht hörte. Ihr Blick war fest auf den Neuschnee vor ihr gerichtet.

Gerade als sie in den Schneesturm hineinfuhren, bemerkte Paul, wie der Schnee neben ihnen merkwürdig in die Höhe spritzte. »Nicht hinsehen, Liebling«, rief er überdreht, »aber offensichtlich schießt jemand auf uns.«

Steve schaute ihm über die Schulter und sie lächelten sich an. Der Knall eines Pistolenschusses hallte durch das Tal. Ihr Lächeln verschwand. Ferdy fuhr gerade an der Baumgruppe rechts unter ihnen vorbei, als er zu Boden stürzte.

Steve hatte ihren Skistock erhoben, um auf eine Gestalt zu zeigen, die zwischen den Bäumen lauerte, was nicht die vernünftigste Art war, mit der Situation umzugehen. Sie wandte sich in Richtung der Gefahr um, wurde schneller und hockte sich auf ihre Skier. Der Schütze gab noch einen Schuss ab und verschwand dann aus dem Blickfeld.

»Du kümmerst dich um Ferdy!«, rief Paul.

Paul umfuhr die Bäume und schwang zu der Stelle, an der der Mann mit der Pistole eigentlich stehen musste. Er war jedoch schon zweihundert Meter weiter unten und sauste schnell über den Hang zu den Amerikanern, die in der Ferne unbeholfen herumrutschten. Es gab keine Hoffnung, ihn einzuholen. Mit der Art, wie er gekleidet war – Pelzmütze, dicker Pullover und Skibrille – konnte er später auch schwer identifiziert werden. Es hätte jeder sein können, jeder von normaler Statur und Größe, sogar eine Frau. Paul verfluchte sich dafür, dass er aus der Übung war, und kehrte zu Steve zurück, die sich um den verletzten Ferdy kümmerte.

»Es ist halb so schlimm«, sagte Steve. »Die Kugel hat sein Bein gestreift und ihn halb zu Tode erschreckt.«

»Blut«, sagte Ferdy und zeigte entsetzt auf den Fleck im Schnee. »Wer würde so etwas tun, Paul Temple?«

»Tut mir leid«, sagte Paul. »Das ist nur eine der Gefahren, denen man sich aussetzt, wenn man mit mir auf einer Skipiste ist.«

»Hast du gesehen, wer es war?«, fragte Steve.

»Nein«, sagte Paul, als er wieder zu Atem gekommen war. »Die Bäume sind dort ziemlich dicht und unser Freund ist mit vierundzwanzig Amerikanern im Schneesturm verschwunden.«

Paul ging hinüber zu der Baumgruppe, wo sie den Schützen zuerst gesehen hatten. Dort fand er etwas Funkelndes. Zwischen den Skispuren des anonymen Schützen lag ein goldenes Zigarettenetui auf der Schneeoberfläche. Es musste offensichtlich erst vor wenigen Minuten dort gelandet sein.

Es waren keine Zigaretten drin, aber auf dem Deckel stand »Von V. sehr herzlich für J.«. Es musste also einem oder einer »V.« gehören. Paul wickelte das Etui sorgfältig in sein Taschentuch, obwohl er bezweifelte, dass sie Zeit haben würden, die Fingerabdrücke darauf überprüfen zu lassen.

»So, so«, sagte Steve. »Wen kennen wir denn, der …?«

Paul schüttelte den Kopf. »Ich weiß, was du denkst, mein Schatz. Aber ich kann mir nicht vorstellen, dass Vince Langham auf jemanden schießt, es sei denn, es geschieht mit der Kamera. Komm schon, sehen wir zu, dass wir Ferdy hinunterbringen.«

»Glaubst du, dass das Etui versehentlich verloren wurde«, fragte sie. »Oder hat man es bewusst liegen lassen?«

»Das ist eine gute Frage.«

Sie halfen Ferdy auf die Beine und rückten seine Mütze zurecht. Er stand immer noch unter Schock. Es schien für Ferdy keinen Unterschied zu machen, ob man einen Streifschuss am Bein oder eine Kugel im Herzen hatte. »An Cowboys und Indianer bin ich nicht gewöhnt«, sagte er ernst.

Kapitel elf

Paul duschte sich, bevor er sich wieder in die winterliche Kälte hinauswagte. Lieber hätte er ein ausgiebiges Bad genommen, denn er musste über einige Dinge nachdenken. Aber der Strom von fast kochendem Wasser straffte seine Muskeln und überzeugte ihn, dass es vielleicht im Augenblick besser war, fit zu sein als zu philosophieren. Das Denken wollte er Steve überlassen.

»Soll ich dir den Rücken schrubben?«, fragte sie.

»Dann wirst du ganz nass.«

Sie saß am Duschvorhang und starrte zu Paul hinauf, der sich verrenkte, um sich den Rücken zu schrubben. »Ich hatte einen furchtbaren Gedanken«, gestand sie, »als man auf den dicken kleinen Ferdy schoss, war ich froh, dass er es war und nicht du. Der Schütze hatte offensichtlich vor, dich zu erschießen.«

Paul nickte. »Wenn es auf dieser Welt kein Glück gäbe, dann wäre ich schon seit Jahren tot.«

»Armer kleiner Ferdy.«

»Er hat um diese Sache einen ganz schönen Wirbel gemacht«, sagte Paul.

»Recht hat er!«, sagte Steve energisch. »Ich wünschte, du wärst auch so. Worum in aller Welt geht es in diesem Fall und warum riskierst du dein Leben dafür? Das ergibt keinen Sinn.« Sie stand auf und holte das Handtuch. »Warum kommst du nicht aus der Dusche und kommst ins Bett? Ich glaube, ich bin immer noch in dich verliebt.«

»Wir essen in einer halben Stunde mit Julia Carrington zu Abend.«

»Ist das so wichtig?« Sie lachte aufreizend. »Ich glaube, ich komme mit dir unter die Dusche …«

»Steve, du bist vollständig angezogen!« Schnell drehte er den Wasserhahn zu. »Steve, benimm dich. Das Hotelpersonal wird denken, dass wir nicht verheiratet sind.«

Sie schmollte und ging hinüber, um sich auf das Bett zu setzen. Das Handtuch hielt sie noch immer fest. »Warum müssen wir mit Julia zu Abend essen?«

»Ich weiß nicht, warum sie mich wiedersehen will«, sagte Paul, als er aus der Dusche kam, »aber ich weiß, warum ich sie sehen muss.« Er stellte sich mit ausgestreckten Armen hin, damit Steve ihm das Handtuch um die Taille wickeln konnte.

»Wie passt sie in diese Milbourne-Sache?«

»Sie steht im absoluten Zentrum des Geschehens.«

»Ich verstehe.« Steve betrachtete seinen geschmeidigen Körper, während er sich abtrocknete. »Denkst du, dass Carl Milbourne sie erpresst hat? Das würde doch zu den Briefen passen, die sie erhalten hat, und zu den merkwürdigen Umständen seines Besuchs. Vielleicht hat Danny Clayton ihn getötet.« Sie sah unglücklich aus. »Das wäre schön, aber es passt nicht zu meinem Verständnis von Danny. Passt es denn zu Carl Milbourne?«

»Nein«, sagte Paul, »nicht, wenn er noch lebt.«

»Er hatte Geldsorgen mit seiner Firma.«

Paul lächelte aufmunternd. »Warum hat Julia so getan, als hätte sie von Vince Langham noch nie gehört?«

»Ja, das ist die Frage, nicht wahr? Ich habe über die Aussagen der beiden schon anständig gerätselt.« Sie griff nach der ziemlich grellen Krawatte, die zusammen mit Pauls Anzug auf dem Bett lag, und ersetzte sie durch eine nüchterne blaue. »Darling, glaubst du, dass sie die »J.« war, die Vince das goldene Zigarettenetui geschenkt hat?«

»Ein ziemlich teures Geschenk.«

»Oh, ich weiß nicht. Es ist teuer, aber ein Star wie Julia könnte ihrem Regisseur nach Beendigung der Arbeiten an einem Film so etwas schon geschenkt haben.«

Neben dem Bett klingelte das Telefon. Es war der Rezeptionist, der mitteilte, dass der Wagen, der Paul und Steve zur Villa Serbolini bringen sollte, vorgefahren war. Paul sagte, sie würden in fünf Minuten unten sein und zog sich fertig an.

»Meinst du nicht, dass es Vince Langham da oben auf der Piste gewesen sein könnte?«, fragte Steve.

»Nein. Denn wenn es so wäre«, sagte er mit einem Lachen, »dann muss Vince seit heute Morgen verdammt gut trainiert haben. Beim Anprobieren eines Paars Skier hat er fast den Laden demoliert. Aber ich glaube, du hast in einem Punkt recht, Liebling, das »J.« steht für Julia.«

Er nahm ihren Arm, küsste sie und führte sie vor das Hotel. Es war schön, jemanden zu haben, der so hübsch war und der einem auch noch das Denken abnahm. Schade, dass sie hinaus in die Kälte mussten.

Sie brauchten mehr als eine halbe Stunde, um nach Pontresina zu fahren. Der Schneesturm wütete jetzt sehr stark und die Straßen wurden langsam durch die Schneeverwehungen unpassierbar. Steve kuschelte sich in ihren Pelzmantel in eine Ecke der Limousine und versuchte zu erraten, warum Danny Clayton hier draußen mit Julia lebte.

»Vielleicht braucht er eine Mutterfigur?«, fragte sie sich. Aber das war wenig überzeugend. »Oder ist es vielleicht das Geld?« Nein, es konnte nicht das Geld sein oder der Lebensstil, den man damit kaufen konnte. Menschen wie Danny kämpfen sich nach oben, um Macht zu erlangen. Aber Macht war genau das, was er hier in der Schweiz nicht hatte. Er war eher ein Gefangener.

Steve blickte auf die hohe Mauer, die das Anwesen von Julia Carrington umgab. Das Haus lag in einem weitläufigen Gelände – wie ein Gefängnis. Es war prunkvoll, aber für jemanden wie Danny eher erdrückend. Es musste etwas an Danny geben, von dem sie nichts wusste.

Der Wagen bog in die Einfahrt zu den schmiedeeisernen Toren ein, aber die Räder drehten im Schnee durch. Der Chauffeur hielt an und ging, um die Tore zu öffnen.

»Ich glaube, wir müssen von hier aus zu Fuß gehen, Liebling«, sagte Paul.

Der Chauffeur entschuldigte sich. »Sie können die Lichter durch die Bäume sehen, Sir. Es sind zwei oder drei Minuten Fußweg, es sei denn, Sie wollen warten, bis ich den Schnee weggeschaufelt habe.«

»Ich glaube gar nicht, dass es draußen so kalt ist, wie es aussieht«, sagte Paul.

»Wahrscheinlich hast du recht.«

Paul half Steve aus dem Auto und lächelte über ihren offensichtlichen Widerwillen, mit ihren malvenfarbenen Wildlederstiefeln in den Schnee zu steigen. Der Nachtteil der Mode bestand darin, dass sie unpraktisch war, dachte er. Aber es gab keine Alternative. Sie mussten zu Fuß zum Haus gehen. Die riesigen Tore waren unbeweglich und die Einfahrt war stark eingeschneit. Sie gingen weiter bis zu einer Pforte in der Mauer.

»Wann soll ich Sie wieder abholen, Sir?«, fragte der Chauffeur.

»Ach, so gegen zweiundzwanzig Uhr dreißig«, antwortete Paul. Die Pforte ließ sich leicht öffnen. »Na komm, Steve, du kannst dich sicherlich umziehen, wenn wir im Haus sind.«

»Hu! In Julias Kleidern werde ich aber wie Blanche DuBois[7] aussehen.«

Paul genoss den Spaziergang. Der Schnee tanzte vor ihren Augen, aber es war so kalt, dass sie ihren Mund nicht öffnen wollten und schweigend zum Haus hochgingen. Paul leuchtete ab und zu mit seiner Taschenlampe auf die steinernen Figuren, die den Weg säumten. Durch die dichten Schneeflocken

---

[7] Blanche DuBois ist die Protagonistin in dem Theaterstück *Endstation Sehnsucht* (Originaltitel: *A Streetcar Named Desire*) von Tennessee Williams aus dem Jahr 1947. Sie ist eine ehemals wohlhabende, jedoch mittlerweile verarmte Dame aus den Südstaaten. Blanche trägt elegante, aber leicht übertriebene Kleidung aus Seide oder Chiffon, dadurch wirkt sie zu mädchenhaft für ihr Alter.

waren sie jedoch nur als helle Flecken zu erkennen. Das Knirschen des Schnees unter ihren Füßen war das einzige Geräusch, sonst war es still. Doch dann hörten sie zu ihrer Rechten plötzlich einen Schrei.

»Ich könnte schwören, dass ich jemanden schreien gehört habe …«, begann Steve.

Der Schrei ertönte erneut.

»Bleib hier, Liebling«, sagte Paul. »Wenn ich Hilfe brauche, dann kannst du …«

»Kommt überhaupt nicht in Frage!« Sie folgte Paul ins Gebüsch. »Ich komme mit dir!«

Das leise Stöhnen war deutlich genug, damit sie den Weg zu dem verletzten Mann finden konnten. Paul leuchtete mit seiner Taschenlampe voraus. Sie hasteten durch die Büsche und erreichten schließlich eine Lichtung. Deutlich waren Fußspuren zu erkennen, die von jemandem stammten, der auf das Haus zugelaufen war.

Paul schaute unsicher in Richtung der Fußspuren, unschlüssig darüber, ob er die Verfolgung aufnehmen oder dem Verletzten helfen sollte. Das Stöhnen wurde leiser, also folgte Paul der Richtung, aus der die Spuren gekommen waren. Er blieb dort stehen, wo der davongerannte Unbekannte offensichtlich auch stehen geblieben war, und sah sich um. Vielleicht war er dort gestanden, als er hörte, dass Paul und Steve sich ihm näherten. Wahrscheinlich hatte er auch den dunklen Gegenstand weggeworfen, der dort drüben im Schnee lag.

»Darling«, rief Steve, »hierher! Ich glaube, ich habe ihn gefunden!«

Paul bückte sich neben einem Zierstrauch und hob mit seinen behandschuhten Händen ein gewöhnliches Messer auf, wie es Pfadfinder bei sich trugen – nur, dass dieses Messer blutverschmiert war. Paul wickelte es in ein Taschentuch und eilte dann zu Steve hinüber.

»Wer ist es?«, fragte er.

»Ich bin nicht sicher.«

Der Mann hatte sich im Schnee gekrümmt und lag nun halb unter einer Schneewehe begraben. Überall war Blut, das aus der klaffenden Wunde in seiner dicken Fliegerjacke quoll. Paul schaufelte den Körper frei und drehte ihn um, strich ihm den Schnee aus dem Gesicht und hob seinen Kopf leicht an.

»Vince«, murmelte er, »können Sie mich hören?«

»Gott, tut das weh, Paul«, keuchte er in offensichtlicher Agonie. »In meinem Rücken ... Da steckt ein Messer ...«

Paul gab Steve die Taschenlampe und deutete auf das Haus. Sie rannte durch den Schnee, um Hilfe zu holen.

»Machen Sie sich keine Sorgen, Vince, bald liegen Sie in einem warmen Bett. Versuchen Sie, sich nicht zu bewegen.«

Paul riss einen Streifen von seinem Hemd ab und knüllte ihn zusammen, um die Blutung unterhalb von Vinces Rippen zu stillen. Dann deckte er den zitternden Körper des Mannes mit seinem Mantel zu. Er atmete regelmäßig, aber es schien für ihn anstrengend und schmerzhaft zu sein. Paul dachte schon, er sei ohnmächtig geworden, aber nach ein paar Minuten sprach Vince wieder.

»Ich wollte Ihnen erzählen von ... Carl Milbourne ...«

»Das kann warten.«

Paul hatte gar nicht bemerkt, wie laut ein Schneesturm sein konnte. Der Schnee ploppte ständig von den Ästen, die Wind pfiff leise, die vereisten Bäume knarrten.

»Es begann alles mit Carl Milbourne«, fuhr die Stimme schwach fort, »und diesem verdammten Roman.«

»Ich weiß«, sagte Paul sanft. »Ich nehme an, Sie haben *Zu jung zum Sterben* selbst geschrieben. Sind Sie Richard Randolph?«

»Wie haben Sie das erraten?«

»Es ist ein miserabler Roman«, sagte Paul unbarmherzig. »Und er liest sich wie ein Drehbuch.«

Ein leichtes Kichern verwandelte sich in einen Hustenkrampf. »Ich habe ihn vor einiger Zeit geschrieben und ihn an Carl Milbourne geschickt. Ich hatte schon früher mit ihm zu tun, vor ein paar Jahren hatte ich die Filmrechte an einem Buch von ihm gekauft. Und Carl mochte *Zu jung zum Sterben*, er fand es gut geschrieben und wollte mich deshalb sprechen.« Er machte eine Pause, um wieder zu Kräften zu kommen. »Ich wünschte, ich hätte ihn nie getroffen.«

»Sie hätten den Roman nicht schreiben sollen.«

»Stimmt. Ich habe Carl erzählt, woher ich die Idee für die Geschichte hatte, das war das Problem. Es war, als ich in Hollywood war, um einen Film zu drehen für …« Er brach von Schmerzen gequält ab.

»Schon gut, nicht reden«, sagte Paul. »Ich kann mir denken, woher Sie die Idee hatten. Sie basiert auf etwas, das Julia Carrington passiert ist.«

»Ja.« Die Stimme in der Dunkelheit klang überrascht. »Mein Rücken tut höllisch weh, Paul.«

»Ich glaube, da kommt jemand. Sie müssen hier nicht mehr lange ausharren.« Das Flackern von Laternen und das Gemurmel von Stimmen näherten sich aus dem Haus. »Übrigens, Vince, was hatten Sie heute Abend hier zu suchen?«

»Ich hatte eine Verabredung.«

Paul grunzte. Diese Geschichte hatte er doch von Vince schon mal gehört, auch wenn das mit der Verabredung immer von anderer Seite bestritten wurde. »Sind Sie sich da sicher?«

»Ja, Danny Clayton rief an und sagte, dass Julia mich sprechen will. Ich war auf dem Weg zum Haus, als plötzlich jemand hinter mir auftauchte und …« Er brach ab, als die Gruppe von Menschen zu ihnen herüberkam. »Hoffentlich können sie etwas gegen diese verdammten Schmerzen tun, Paul, ich halte das nicht mehr lange aus.«

Danny starrte den Schwerverletzten entrüstet an. »Es scheint da ein Irrtum vorzuliegen, Mr. Langham. Ich habe Sie nicht angerufen.«

»Aber natürlich haben Sie das!« Er lag im Bett, totenbleich und schwach, doch seine Augen leuchteten vor Aufregung. »Sie sagten mir, ich solle herkommen …«

Der Arzt hob die Hand und signalisierte damit, dass der Patient Ruhe brauchte. »Niemand darf mehr sprechen, meine Herren. Mr. Langham braucht absolute Ruhe. Wir müssen ihn allein lassen.«

Der Arzt war ein Respekt einflößender Mann, der das Gästezimmer so umfunktioniert hatte, als wäre es sein eigenes Krankenhaus. Er blockte in gebieterischer Verachtung jegliche Einwände und Diskussionen ab. Schließlich schockierte er Julia mit seiner Bemerkung, die ganze Villa würde sich hervorragend in ein Sanatorium umbauen lassen. Er scheuchte sie aus dem Krankenzimmer und löschte das Licht. Paul folgte der Gruppe hinunter in den Salon.

Julia sah angespannter aus als in Genf. Ihre Schlankheit wirkte nicht mehr so majestätisch. Vielmehr wirkte sie nun abgemagert. »Mr. Temple«, sagte sie gereizt, »dieser Mann hat offensichtlich gelogen.«

»Ich glaube ihm«, murmelte Paul.

»Wollen Sie damit etwa sagen«, fragte sie energisch, »dass Sie Danny nicht glauben, wenn er sagt, dass er Mr. Langham nicht angerufen hat?«

»Ich glaube, dass Vince *irgendjemand* angerufen hat. Wenn es nicht Danny war, muss sich jemand für ihn ausgegeben haben.«

Danny Clayton wirkte nervös, als erwarte er von Julia jeden Moment einen Ausbruch künstlicher Emotionen. »Das ist möglich«, sagte er zaghaft, »aber warum sollte jemand …?«

»Ich finde die ganze Sache äußerst ärgerlich«, meinte Julia und stolzierte zum Getränkewagen hinüber, wo sie ihr Glas nachfüllte. »Wenn die Zeitungen von dieser Geschichte erfahren, werden sie annehmen, dass ich Langham hierher eingeladen habe, weil er ein Filmregisseur ist …«

Steve seufzte so hörbar, dass die Schauspielerin innehielt, als ob sie ausgebuht worden wäre. »Es gibt keinen Grund«, sagte Steve, »warum die Zeitungen überhaupt davon erfahren sollten.«

»Natürlich nicht«, versicherte Danny ihr. »Ich werde morgen mit Langham sprechen. Ich bin sicher, dass er vernünftig ist.«

»Ich hoffe, du hast recht.« Julia blickte Paul aggressiv an. »Ich lasse mir mein Leben nicht von Reportern ruinieren.«

Sie war offensichtlich nicht in der Stimmung, die perfekte Gastgeberin zu sein, also gab Paul ihr ein paar Augenblicke Zeit, sich zu beruhigen, während er sich einen Brandy gönnte. Danny schwirbelte herum, weil er eigentlich die Drinks einschenken sollte, war jedoch darauf bedacht, sich nicht zu weit von Julia zu entfernen. Je länger das Schweigen andauerte, desto schwieriger wurde es für Julia, ihre Szene fortzusetzen. Schließlich wandte sich Paul an sie und sprach mit ruhiger Autorität.

»Wäre es denn tatsächlich eine schlechte Idee, Miss Carrington, wenn die Zeitungen Ihre ganze Geschichte drucken würden?«

»Wie meinen Sie das?«, flüsterte sie.

»Ich denke, es ist an der Zeit, die Karten auf den Tisch zu legen. Immerhin hat heute Abend jemand versucht, Vince zu ermorden, und es wäre ihm fast gelungen. Jemand hat außerdem versucht, Danny in Genf zu töten. Ich hätte gedacht, dass Sie inzwischen erkannt haben, wie gefährlich es ist, so zu tun, als ob nichts passiert sei.«

»Wollen Sie damit etwa andeuten, dass Julia die Wahrheit vertuscht?«, fragte der treu ergebene Danny.

»Ja«, sagte Paul. »Und lassen Sie mich jetzt ausreden. Ich denke, dass es an der Zeit ist, dass Miss Carrington mir von Carl Milbourne erzählt und was …«

»Was wissen Sie über Milbourne?«, fragte Julia. Sie hatte jetzt aufgehört, zu schauspielern, und war offensichtlich verängstigt.

»Carl Milbourne hat Sie erpresst.« Paul setzte sich neben

sie auf das Sofa. »Es stimmt doch, Julia? Er hat Sie doch erpresst, nicht wahr?«

»Ja.« Ihre Stimme war fast unhörbar. »Und er tut es immer noch.«

»Mit Milbourne werde ich schon fertig«, sagte Danny mit einem Anflug von männlichem Selbstvertrauen.

Sie schüttelte den Kopf.

»Alles begann in Hollywood, stimmt's?«, suggerierte Paul. »Vor vielen Jahren, zu einer Zeit, als Sie sehr viel getrunken haben.«

Sie blickte flehend zu Danny, doch er streckte nur seine Hände aus, um damit zu verdeutlichen, dass er ihr nicht mehr helfen konnte. Sie war jetzt auf sich allein gestellt. »Ja«, sagte sie, »ich habe viel getrunken. Wenn man es an die Spitze Hollywoods geschafft hat, ist das Leben eine Hölle. Ich war ein Symbol des Erfolgs, umgeben von Leuten, die mich für wunderbar hielten. Sie müssen mich gehasst haben, aber sie hatten ihre Karrieren und zu viel Geld in mich investiert. Damals rächte sich Hollywood an seinen Stars, indem es sie mit billigem Glitzer umgab, ihre Leben mit verschwenderischen Partys, Sex, leeren Vergnügungen und bedeutungsloser Macht füllte.«

Julia lächelte ironisch. »Es tut mir leid, wenn ich prüde klinge, aber ich hätte den Sex und das Geld genießen können, wenn nur die Leute anders gewesen wären.«

»Glauben Sie mir, Paul, es ist ein erbarmungsloser, ständiger Konkurrenzkampf«, erklärte Danny.

»Ich wollte weg, aber ich konnte nicht«, fuhr Julia fort. »Es waren nicht nur die Verträge, die mich dort hielten. In gewisser Weise genoss ich auch den Erfolg. Ich war eine Schauspielerin und einige der Filme, die ich machte, waren gute Filme. Ich klebte also dort fest, Mr. Temple, steckte fest. Und leider begann ich mich mit der Zeit selbst zu bemitleiden.«

»War das, als Sie mit dem Trinken anfingen?«

Sie nickte. »Ich hatte ein Versteck in einem Apartmenthaus in Santa Barbara. An den Wochenenden war ich oft allein dort. Und eines Nachts, während eines Trinkgelages, setzte ich die Wohnung in Brand.« Sie ging hinüber und füllte sich in der Stille ihr Glas nach. »Ich konnte entkommen, aber viele Menschen kamen in dieser Nacht ums Leben. Auch Dannys Mutter und Vater.«

Danny nahm ihre Hand ermunternd.

»Ich weiß nicht einmal mehr, wie es passiert ist. Ich glaube, ich habe geraucht und bin wahrscheinlich eingeschlafen. Es gab eine Untersuchung, aber sie haben nicht herausgefunden, wie es passiert ist, weil sie nicht wussten, dass ich da war.« Sie schaute Paul direkt an. »Ich war beim Chef des Studios und habe ihm die ganze Geschichte erzählt. Ich wollte die volle Verantwortung für das, was passiert war, übernehmen. Aber das Studio wollte nichts davon hören.«

»Sie waren mitten in den Dreharbeiten zu einem Film«, erklärte Danny.

»Sie haben die ganze Sache vertuscht. Die einzige Person, die wusste, dass ich in der Nacht des Brandes in Santa Barbara war, war der Hausmeister des Apartmenthauses. Das Studio zahlte ihm vierzigtausend Dollar, damit er den Mund hielt.« Sie lächelte traurig. »Nicht nur das, sie haben mir auch ein Alibi verschafft. Das Studio war in der Lage, sich um so gut wie alles zu kümmern. Sie hatten viel Übung darin.«

»Das muss eine schreckliche Erfahrung für Sie gewesen sein«, sagte Steve.

»Ja, das war es. Man fühlt sich so schuldig, so sehr darauf bedacht, es wiedergutzumachen, und trotzdem kann man nichts tun, um die Menschen, die verbrannt sind, wieder zum Leben zu erwecken.«

»Sie hat deshalb den Überlebenden geholfen«, sagte Danny.

»Ich habe versucht, mich um Danny zu kümmern. Ich habe dafür gesorgt, dass er das College abschließt und ihm dann einen Job beim Studio besorgt. Obwohl Danny nicht viel Hilfe von mir brauchte, leitete er bald den ganzen Laden.«

»Ich bin eine Ratte«, sagte Danny, »und ich habe dieses Rattenrennen, dieses erbarmungslose Wetteifern genossen. Wissen Sie, manchmal vermisse ich es sogar. Aber Julia ist ohne mich ziemlich hilflos, so dass ich mich mit ihr zurückzog, als sie der Öffentlichkeit den Rücken kehrte. Ab sofort war sie diejenige, um die ich mich kümmern musste.« Er schüttelte vorwurfsvoll den Kopf. »Hätte sie es bloß mir überlassen, mich dieser Erpressungssache anzunehmen. In Hollywood hatte ich es mit viel übleren Gestalten als Carl Milbourne zu tun. Ich hätte das recht schnell aus der Welt geschafft.«

Paul hob eine Augenbraue. »Haben Sie das denn nicht getan?«

»Nein.«

»Ich hatte Angst, dass es bekannt wurde«, sagte Julia. »Als Carl Milbourne mich vor sechs Monaten aufsuchte, zeigte er mir das Manuskript eines Romans mit dem Titel *Zu jung zum Sterben*. Als ich es las, wusste ich sofort, dass es meine Lebensgeschichte war und dass sie auf meinen Erfahrungen in Hollywood beruhte.«

Paul nickte. »Ja, Randolph hat Ihre Geschichte vom Hausmeister des Apartmenthauses erfahren.«

»Dann verlangte er Geld. Milbourne sagte mir, dass er Richard Randolph sei und dass …«

»Er sagte Ihnen tatsächlich, dass er Randolph sei?«, fragte Paul erstaunt.

»Ja, wussten Sie das nicht? Milbourne war der Autor und er besaß alle Rechte an dem Buch. Ich habe ihn natürlich gebeten, es nicht zu veröffentlichen, und er war einverstanden. Vorbehaltlich gewisser finanzieller »Vergütungen«.«

»Wie viel«, fragte Steve, »haben Sie Carl Milbourne bezahlt?«

Sie dachte einen Moment lang nach. »Bis zum Zeitpunkt des Unfalls waren es etwa vierzigtausend Pfund.«

»Ich nehme an, Sie waren erleichtert«, sagte Paul vorsichtig, »als Sie von dem Unfall hörten.«

»Natürlich. Ich dachte, dass sich die Angelegenheit damit erledigt hatte. Aber leider hatte ich mich geirrt. Kurze Zeit nach dem Unfall erhielt ich einen Anruf von Mrs. Milbourne. Sie sagte mir, sie sei überzeugt, dass ihr Mann noch am Leben sei, und fragte, ob ich etwas von ihm gehört hätte.«

»Was haben Sie geantwortet?«, fragte Paul.

»Ich habe gelogen.« Sie zuckte in müder Resignation mit den Schultern. »Ich sagte, ich sei ihrem Mann nie im Leben begegnet.«

»Und was geschah dann?«

»Vor etwa einer Woche erhielt ich einen Anruf von Carl Milbourne persönlich. Er sagte mir, ich müsse noch eine Zahlung von sechzigtausend Pfund leisten. Zu diesem Zeitpunkt erfuhr Danny von der Sache und er bestand darauf, mir zu helfen.«

»Es ging immerhin um sechzigtausend Pfund«, sagte Danny entrüstet.

»Hat Milbourne Ihnen gesagt, wohin Sie das Geld bringen sollen?«, fragte Paul.

»Nein, er sagte nur, ich solle nach St. Moritz kommen und warten. Er sagte, er würde dann Kontakt mit mir aufnehmen.«

»Und hat er das?«

»Nein«, seufzte sie, »noch nicht.«

»Gut. Das gibt uns Zeit, uns darauf vorzubereiten.«

»Ich habe Julia angefleht, zur Polizei zu gehen«, sagte Danny. »Aber sie wollte nichts davon hören. Sie hat Angst vor den Vertretern des Gesetzes. Also habe ich sie schließlich überredet, sich an Sie zu wenden.« Er zuckte mit den Schultern. »Dann, im allerletzten Moment, an dem Tag, an dem Sie ankamen ...«

»... hat sie gekniffen«, sagte Paul.

»Ja.«

Julia stand auf. »Aber jetzt habe ich nicht mehr gekniffen,

Mr. Temple. Ich habe keine Angst mehr. Ich habe Ihnen die ganze Wahrheit gesagt. Sollen wir hinübergehen und etwas essen? Ich bin schrecklich hungrig geworden. Während wir essen, können Sie mir sagen, was ich tun soll.«

Paul nahm ihren Arm und führte sie ins Esszimmer. »Es gibt überhaupt keinen Zweifel darüber, was Sie tun sollen, Miss Carrington«, sagte er mit fester Stimme, »überhaupt keinen Zweifel.«

Steve und Danny Clayton folgten ihnen. »Diese ganzen Aufregungen haben mich auch hungrig gemacht«, sagte sie. »In der Schweiz ist momentan viel los, nicht wahr?«

Kapitel zwölf

Paul war auf der Rückfahrt zum Hotel in einer seltsam rätselhaften Stimmung. Steve hatte den Eindruck, dass das Rätsel fast gelöst war – sie mussten nur noch wissen, wer der Erpresser war und ob Carl Milbourne wirklich noch lebte. Aber Paul war mit den Gedanken woanders. Vielleicht lag es an dem arktischen Wetter.

»Darling«, sagte sie. »Ich habe über Danny Clayton und die Schießerei in Genf nachgedacht.«

Paul starrte auf den Schneevorhang vor der Windschutzscheibe. »Ja, darüber habe ich auch schon nachgedacht. Warum sollte jemand Danny töten wollen?«

»Tja«, sagte Steve, »er hat versucht, Julia zu überreden, zur Polizei zu gehen, weil sie erpresst wurde.«

»Das sagt er.«

Sie kamen durch das Schneegestöber nur langsam voran. Steve starrte auf den kurz geschorenen Nacken des Chauffeurs. Sie fragte sich, ob die Mütze nur durch die Ohren hochgehalten wurde. Dann gähnte sie und stellte fest, dass sie müde war. Ein Jammer, dass es im Hotel keine Heizdecken gab. Sie hätte eine Wärmflasche von zu Hause mitbringen sollen.

»Es gibt natürlich auch eine andere Erklärung«, fuhr Paul unerwartet fort. »Danny könnte in seinem eigenen Interesse Nachforschungen angestellt haben. Wir wissen, dass er nach seiner Ankunft in London als erstes Margaret Milbourne aufgesucht hat. Was hat er sonst noch so getrieben?«

»Ich weiß es nicht«, sagte Steve.

»Glaubst du, dass er tatsächlich versucht hat, sie zu erpressen, wie sie sagte? Spielt er ein doppeltes Spiel?«

»Ich habe Danny von Anfang an vollkommen vertraut.«

152

Steve dachte einen Moment lang nach. »Darling, willst du damit etwa andeuten, Danny hat …?«

»Ich will damit gar nichts andeuten, außer, dass Erpressung ansteckend sein kann. Ich würde Danny noch nicht von unserer Liste der Verdächtigen streichen, das ist alles.« Wieder herrschte Schweigen, dann fügte Paul bitter hinzu: »Auch Vince Langham würde ich nicht ausklammern. Wir kennen vielleicht die Geschichte hinter all dem, aber wir sind dem für alles Verantwortlichen keinen Schritt nähergekommen. Meiner Meinung nach können wir noch keinen der Beteiligten von der Liste streichen.«

»Ich mag Vince Langham«, sagte Steve bedauernd.

»Er war wahrscheinlich in der Nacht, in der Danny zusammengeschlagen wurde, im Zug«, sagte Paul. »Er kennt Julia seit Jahren und wahrscheinlich kannte er Danny besser, als beide zugeben.«

Steve seufzte. »Mir wäre es lieber, du würdest die ganze Sache Maurice Lonsdale in die Schuhe schieben. Er ist ein abscheulicher Mensch. Und außerdem: Was zum Teufel macht er ausgerechnet jetzt hier in St. Moritz?«

Lonsdale wohnte im selben Hotel und der Direktor der Nobelherberge dachte wohl, er sei ein Freund von Paul. Als die Temples mit dem Wagen vor dem Hotel hielten, kam der Direktor herausgeeilt, um mit Paul und Steve zu sprechen.

»Ja«, gab Paul zu, »wir kennen Mr. Lonsdale. Was in aller Welt hat er denn angestellt?«

Der Hoteldirektor war ein südländischer Typ, temperamentvoll und schrecklich diskret. »Es gab leider einen höchst bedauerlichen Unfall …« Es war offensichtlich etwas so Unangenehmes, dass man in Gesellschaft einer Dame nicht laut darüber sprechen konnte.

Paul schickte Steve voraus in ihre Suite, während er mit dem Direktor zu Lonsdales Zimmer ging. Es befand sich im obersten Stockwerk am Ende des Korridors: ein unmodernes, preiswertes Zimmer, das, wie der Direktor erklärte, sehr kurzfristig gebucht worden war.

»Eines der Dienstmädchen betrat Mr. Lonsdales Zimmer. Sie dachte, er sei nicht da«, flüsterte er. »Plötzlich hörte sie ein Stöhnen aus dem Bad. Das arme Mädchen war ganz erschrocken. Mr. Lonsdale hatte Tabletten eingenommen. Ihm war so schlecht geworden, Mr. Temple, dass er ins Bidet erbrach!«

»Nicht ganz passend«, murmelte Paul.

»Überhaupt nicht, Mr. Temple! Die Leute sollen gefälligst zu Hause Selbstmord begehen. Das ist doch eine sehr persönliche Angelegenheit und …«

Paul packte den Arm des Hoteldirektors und hielt ihn auf, bevor sie den Raum betreten konnten. »Selbstmord?«, wiederholte er.

»Ja, Selbstmord. Da bin ich mir sicher. Das Dienstmädchen holte mich sofort. Während wir auf den Arzt warteten, bemerkte ich einen Brief auf dem Nachttisch. Ich steckte ihn in meine Tasche, aber sobald Mr. Lonsdale wieder zu sich kam, verlangte er den Brief und zerriss ihn. Er hat ihn nicht einmal geöffnet.«

»Haben Sie Mrs. Milbourne davon erzählt?«

Der Direktor schüttelte den Kopf. »Es geschah nach ihrer Abreise, Sir.«

»Ihrer Abreise?« Paul runzelte die Stirn. »Ich dachte, sie wollte erst morgen abreisen.«

»Nein, sie ist heute Abend nach Zürich abgereist. Mrs. Milbourne war eine Dame, sie hätte niemals zugelassen …«

Paul tätschelte ihm den Arm und versuchte, ihn zu beruhigen. »Überlassen Sie das mir. Ich werde mit Mr. Lonsdale sprechen. Machen Sie sich keine Sorgen.« Er klopfte an die Tür und ging in Lonsdales Zimmer, während der Direktor unzufrieden von Dannen zog.

Lonsdale saß im Bett und sah in seinem lila gemusterten Pyjama blass aus. Er starrte Paul an und nahm ein Thermometer aus seinem Mund, las seine Temperatur ab und seufzte.

»Hat Sie dieser Trottel von einem Hoteldirektor hochgeschickt, Temple? Der Idiot denkt, ich wollte mich umbringen! Als ob es nicht schon schlimm genug wäre, krank zu sein!«

Paul setzte sich auf die Bettkante. »Ich glaube, viel mehr sorgt er sich um das verstopfte Bidet.«

»Es kam alles so plötzlich.« Lonsdale schaute leicht beschämt. »Ich leide schon immer an heftigen Migräneanfällen, Temple. Und heute war wieder so ein Tag. Also habe ich ein paar Tabletten geschluckt, die ich deshalb stets mitführe. Ich muss zu viele genommen haben, das ist alles. Das ist mir schon einmal passiert und ich wage zu behaupten, dass es auch nicht das letzte Mal war.«

»Gut«, sagte Paul. »Ich bin froh, dass es nur ein falscher Alarm war. Geht es Ihnen besser?«

»Mir geht es wieder sehr gut.«

Paul schaute sich im Zimmer um. »Darf ich Ihr Telefon benutzen?« Er ging zum Schreibtisch hinüber und nahm den Hörer ab. »Temple hier. Können Sie mich bitte zu meinem Zimmer durchstellen?« Er warf einen Blick auf Lonsdale im Spiegel. »Steve? Es ist alles in Ordnung, Liebling, es gibt nichts, worüber du dir Sorgen machen musst. Lonsdale hatte einen Migräneanfall und hat zu viele Tabletten genommen. Ich komme gleich runter.«

Paul legte den Hörer auf und wandte sich an Lonsdale. »Nun, an Ihrer Stelle würde ich mich anständig ausschlafen.« Er ging zur Tür. »Schade, dass Sie Ihre Schwester nach London zurückgeschickt haben, aber wenn Sie in der Nacht etwas brauchen, rufen Sie mich einfach an.«

»Danke, Temple, das ist sehr nett.«

Paul ging die Treppe hinunter und fand Steve bereits im Bett. Sie war hellwach und sehr misstrauisch. »Darling«, sagte sie, als er das Zimmer betrat, »was sollte dieser lächerliche Anruf?«

»Ich musste mir eine Ausrede einfallen lassen, um mich an Lonsdales Schreibtisch setzen zu können.«

Paul setzte sich neben sie aufs Bett und holte ein Blatt Löschpapier aus seiner Tasche. »Kann ich mir mal deinen Spiegel ausleihen?«

Er nahm den Spiegel und hielt ihn vor das Löschpapier. »Das war das oberste Blatt auf seinem Block«, erklärte Paul. »Ich konnte einfach nicht widerstehen.« Die Schrift war krakelig, aber lesbar.

Der Brief begann mit »*Liebe Margaret*«, danach konnte man nur das eine oder andere Wort lesen: »*... zutiefst erschüttert darüber, was du mir erzählt hast ...*«, »*... kann mich in diese Sache nicht einmischen ...*«. Es war nur eine kurze Notiz gewesen.

»Was meint er damit?«, fragte Steve und spähte über seine Schulter. »Weißt du, von welcher Sache er spricht?«

Paul zuckte mit den Schultern und gab ihr den Spiegel zurück. »Es könnte die Milbourne-Affäre sein, denke ich.« Er warf das Löschpapier in den Papierkorb.

Draußen schneite es immer noch, als Paul das Licht löschte und die Vorhänge zuzog. Die Lichter der Stadt spiegelten sich gespenstisch auf den weißen Dächern. Paul öffnete das Fenster ganz leicht und hoffte, dass Steve es nicht bemerken würde. Aber sie machte sich immer noch Gedanken über den Brief.

»Lonsdale glaubt doch wohl nicht, dass seine Schwester verantwortlich ist für ...« Ihre Stimme klang plötzlich aufgeregt hoch. »Paul, du glaubst doch nicht etwa, dass Margaret Milbourne hinter all dem steckt?«

Er schlüpfte unter die warme Bettdecke. »... und dass sie versucht hat, ihren Bruder mithineinzuziehen?«

»Ja.«

»Und deshalb der Brief und der Selbstmordversuch?«, sagte Paul nachdenklich.

»Ja.« Sie kuschelte sich an ihn. »Es wäre doch komisch, wenn wir Mrs. Milbourne die ganze Zeit unterschätzt hätten.«

»Es wäre noch viel komischer«, sagte Paul, »wenn wir Mr.

Lonsdale unterschätzt hätten.« Er legte seinen Arm um ihre Taille und küsste ihre Schulter. »Gute Nacht, Liebling.«

Beim Frühstück hatte Lonsdale wieder sein gewohntes, selbstbewusstes Verhalten eines Geschäftsmanns. Er entschuldigte sich für die »kleine Unannehmlichkeit gestern Abend« und verkündete, dass er sich vollständig erholt habe. Er sagte, er wolle Freda Sands im Krankenhaus besuchen, und dass er aus dem Hotel auschecken werde. Aber irgendwo unter dem gut geschnittenen Anzug hatte er einen empfindlichen Punkt.

Paul nippte an seinem schwarzen Kaffee und beobachtete, wie der Mann in ein Auto stieg. Er blickte auf seine Zeitung und tat so, als würde er Steves Planungen für diesen Tag zuhören. Es war egal, was sie taten. Sie würden doch nur warten, bis der Erpresser Kontakt zu Julia aufnahm.

»Darling, hör mir doch mal zu. Das ist schließlich unser Urlaub!«

Der Erpresser nahm kurz vor Mittag Kontakt auf. Paul erfuhr davon, als er Vince Langham im Krankenzimmer der Villa Serbolini besuchte. Danny Clayton war so nervös, dass er jedes Gespräch über die Nähte in Vinces Rippen und darüber, ob die durchtrennten Muskeln heilen würden, beiseiteschob.

»Er rief an, als ich gerade hier oben beim Arzt war«, sagte Danny. Julia nahm den Anruf selbst entgegen. Sie sagte, es war derselbe Mann wie immer, dieselbe Stimme. Er sagte, er sei Carl Milbourne, und wolle eine letzte Zahlung von hundertfünfzigtausend Dollar.«

Das waren – ja, so um die sechzigtausend Pfund. Ungefähr. Paul ließ die Weintrauben, Zigaretten und die alten Ausgaben von *Sight & Sound*[8] neben Vinces Bett liegen, lächelte

---

[8] *Sight & Sound* erscheint seit 1932 und ist eine britische Zeitschrift, die sich mit Kino und der Filmindustrie beschäftigt. Es ist eine der renommiertesten und ältesten Fachzeitschriften bezüglich Filmkritik und Filmanalyse.

aufmunternd und folgte Danny aus dem Zimmer.

»Julia hat getan, was Sie ihr aufgetragen haben, sie hat allem zugestimmt. Ich muss das Geld nach London bringen und am Freitagabend – um Punkt acht – diese Nummer hier anrufen.« Er zeigte Paul einen Zettel, auf dem die Nummer 788 1347 notiert war.

»Das ist eine Nummer in Putney«, sagte Paul.

Aber Putney bedeutete Danny nichts. »Vermutlich wird unser Freund auf den Anruf warten und mir mitteilen, wohin ich das Geld bringen soll.«

»Ausgezeichnet«, sagte Paul fröhlich. »Bis Freitag haben wir noch vier Tage Zeit. Gehen Sie weiter so vor, wie ich es gesagt habe, und befolgen Sie meine Anweisungen, Danny.«

»Klar«, sagte Danny ironisch. »Einfach weiter so vorgehen. Okay.« Er steckte den Zettel wieder in seine Tasche. »Ich hoffe, Sie wissen, was Sie tun, Paul. Ich habe es satt, von diesem Ganovenpack angegriffen zu werden.«

»Sie haben mir noch immer nicht gesagt, wer Sie im Zug überfallen hat«, murmelte Paul.

Danny zuckte mit den Schultern. »Ich dachte, es sei Vince Langham gewesen, weil ich ihn auf dem Boot gesehen hatte. Aber es war stockdunkel und je mehr ich darüber nachdachte, desto unsicherer wurde ich. Der Typ, der mich angegriffen hat, war größer als Vince. Zumindest glaube ich das.«

Als sie die Treppe hinunterkamen, drehte sich Paul um und blickte in Dannys Gesicht. »Was haben Sie von Freda Sands erfahren, als Sie sie im Krankenhaus besucht haben?«

Aber Danny reagierte nicht. »Nichts«, sagte er beiläufig. »Sie war überzeugt, dass Milbourne tot ist. Ich habe ihr geglaubt! Ich habe ihr geglaubt, dass sie es glaubt.«

Paul lehnte die Einladung zum Mittagessen ab. Er musste Steve beibringen, dass ihr Urlaub vorbei war, was zu einem anstrengenden Nachmittag führen konnte.

»Wir sehen uns dann in London«, sagte Danny.

Kapitel dreizehn

Der Freitag war ein arbeitsreicher Tag. Inspektor Vosper kreuzte mehrfach bei den Temples auf, um die letzten Kleinigkeiten zu klären. Paul wiederum versuchte sicherzustellen, dass die Telefonzelle in Putney Heath um acht Uhr, wenn der Anruf kommen sollte, nicht von Männern in blauen Uniformen umstellt war. Daneben gab es ein normales Leben zu führen. Kate Balfour hatte eine Reihe von Problemen zu lösen – die Zentralheizung gab klopfende Geräusche von sich, der reparierte Rolls wartete darauf, abgeholt zu werden, und mit der Dame von der vornehmen Sonntagszeitung war ein Termin für Samstag vereinbart worden. Kate legte Wert auf einen geordneten Tagesablauf und Erpressungsfälle hatten in diesen eingeordnet zu werden.

Steve ließ ihre Skier ostentativ oben auf der Treppe stehen und sah sich den Zugfahrplan in die Cairngorms[9] an.

»Ich weiß nicht, warum der Erpresser eine Telefonzelle in Putney Heath ausgewählt hat«, brummte Vosper. »Das macht es für meine Männer schwierig, wissen Sie. Es ist ein berüchtigter Treffpunkt für zwielichtige Gestalten. Kein anständiger Mensch würde sich dort nach Einbruch der Dunkelheit blicken lassen ...«

»Ich bin sicher«, sagte Steve eisig, »dass Ihren Männern nichts geschehen wird. Sie können ja immer in Zweierpaaren dort patrouillieren.«

»Ich wollte damit sagen, dass sie dort jeden verhaften könnten, den sie sehen«, erklärte Vosper. »Dort wimmelt es

---

[9] Hierbei handelt es sich um ein Gebirge in den schottischen Highlands, in dem ein alpines Klima herrscht, weshalb es ein beliebtes Ziel für den Wintersport ist.

nur so an verdächtigen Gestalten.« Er grinste und wandte sich an Paul. »Es wimmelt dort nur so …, das klingt gut, was Temple?«

Paul nickte. »Ja, sehr gut. Aber sie sollen doch überhaupt niemanden verhaften!«

»Guter Gott, natürlich nicht.« Er ging zum Schreibtisch hinüber, wo Kate Balfour am Telefon saß. »Hatten Sie Glück, Frau Sergeant?«

»Nein«, sagte Kate. »Er scheint nicht da zu sein. Sie haben es in seiner Suite versucht, aber er antwortet nicht.« Sie legte auf.

»Das macht nichts. Einer meiner Kriminalbeamten beschattet ihn. Wenn er auf komische Idee kommt, dann …«

Als die Standuhr am oberen Ende der Treppe sieben schlug, rächte sich Steve. Es war die letzte Besprechung, aber sie eilte in den Raum und verkündete, dass es Zeit für einen Cocktail sei.

Paul blickte überrascht von seinem Schreibtisch auf. »Einen Cocktail?«, sagte Charlie Vosper. Drei Constables standen stramm. »Wenn Sie vielleicht eine Dose Bier im Haus hätten …«

»Ich hole ein paar aus dem Kühlschrank«, sagte Kate.

Um halb acht machte sich Paul mit Charlie Vosper auf den Weg nach Putney Heath. Sie ließen Steve zurück, damit sie Zeit hatte, sich die Haare zu waschen und all den typisch weiblichen Beschäftigungen nachzugehen, die sie in den letzten zehn Tagen vernachlässigt hatte. Es schneite auch in London. Paul fragte sich, warum sie überhaupt nach St. Moritz oder in die Cairngorms fahren mussten, wenn die Temperatur zu Hause unter dem Gefrierpunkt lag.

»Da gibt es natürlich noch ein Problem«, sagte Vosper unglücklich. »Wenn wir Ihren Erpresser erwischen, was machen wir dann mit ihm oder ihr? Wessen Fall ist das überhaupt?«

Paul zuckte mit den Schultern. »Ich denke, das Opfer lebt

in der Schweiz, aber das Verbrechen wurde in London geplant und ausgeführt. Aus diesem Grund sind wir beide heute Abend auch unterwegs.«

»Solange Walter Neider dabei nicht zu bürokratisch wird. Diese Interpolleute sind immer so pedantisch.«

»Überlassen Sie ihn ruhig mir.«

Putney Heath war etwas besser beleuchtet, seitdem dort ein Mann ermordet worden war. Polizeistreifen versuchten, die umherziehenden Jugendbanden zu bekämpfen. Es sah jedoch trotzdem nach einem freudlosen und nicht gerade einladenden Ort aus. Das Polizeiauto fuhr um das Areal herum, vorbei an vereinzelten Passanten in dunklen Mänteln. Es passierte eine endlose Reihe geparkter Autos und mehrere engumschlungene Liebespärchen, bis es an Tibbet's Corner anhielt.

Es war zwei Minuten vor acht.

Die öffentliche Telefonzelle befand sich hundert Meter weiter unten am King's Mere. In der Nähe leuchtete eine Straßenlaterne. Auf einer Parkbank umarmte ein Polizist in Zivil eine Polizistin in Zivil. Der schäbig gekleidete Mann, der durch die Unterführung kam und den Weg entlang schlurfte, war ein weiterer Polizist. Er hielt inne, um einen Abfallkorb zu durchwühlen.

»Wir warten hier im Auto«, sagte Vosper. »Kein Grund, auszusteigen. Meine Männer wissen, was sie tun.«

Er vergewisserte sich über Funk, dass alle in Position waren.

»Ja, Sir. Mr. Clayton war heute Nachmittag im Kino, aber er kam zurück ...«

»Im Kino? Was glaubt er denn, was er tun soll? Einen verdammten Urlaub machen?«

»Es war ein alter Film unter der Regie von Vince Langham, Sir. Er lief im *National Film Theatre*.«

»Ach.«

»Aber er ist jetzt wieder im Savoy und wartet darauf, den

Anruf zu tätigen.«

»In Ordnung.« Vosper schaute auf seine Uhr. Es war acht. »Er soll loslegen.«

Sie saßen im Auto, während Danny Clayton telefonierte. Ein Polizist zeichnete das Gespräch auf. Das fingierte Liebespaar beobachtete, wer den Anruf entgegennahm. Als der Mann die Telefonzelle verließ, wandte sich der schäbige Mann vom Abfalleimer ab und folgte ihm.

Um fünf nach acht sah Paul, wie der Mann das Areal verließ und in Richtung des Bahnhofs ging. Er war ein kräftig gebauter, humpelnder Mann um die fünfunddreißig, der langsam in seinen Bewegungen war.

»Da geht der Mittelsmann«, sagte Charlie Vosper. »Jetzt brauchen wir den Hintermann.«

Inspektor Vosper legte den Schalter seines Funkgeräts um. »Gebt mir Gabriel«, sagte er biblisch. »Gabriel? Hier ist Beelzebub. Wie ist die Lage?«

»Die Übergabe findet im *Fancy-Free*-Club in Soho statt, Sir, irgendwann nach elf Uhr. Das Lokal wird von einem gewissen Tully geführt ...«

»Über Tullys Vergnügungspalast weiß ich Bescheid«, schnauzte Vosper. »Gehen Sie zu Phase zwei der Operation über, Gabriel. Los geht's!« Er wandte sich an Paul. »Das *Fancy Free* ist ein Striplokal für gehobene Ansprüche, man zahlt mehr und bekommt dafür weniger ...«

Paul nickte. »Tully ist ein Freund von mir.«

Der Inspektor sah überrascht aus.

»Ich sage Steve besser Bescheid, dass wir dorthin fahren«, fuhr Paul kleinlaut fort. »Sie mag es nämlich nicht, wenn ich allein bei Tully aufkreuze.«

Als Paul und Steve im *Fancy Free* ankamen, wurden sie direkt durch den Seiteneingang in Tullys Büro geführt. Sie wurden so schnell durchgeschleust, dass Steve keine Gelegenheit hatte, die Fotos im Foyer zu betrachten oder sich zu fragen,

162

was ein »Sexorama« wohl sein konnte.

Sie schien sich sehr für die Mädchen zu interessieren, die als siamesische Katzen verkleidet zu ihren Umkleidekabinen gingen, und fragte unschuldig, was die Männer wohl während der Show machten. Doch allzu rasch waren sie im Luxusapartment des Clubbesitzers.

»Steve, Mädchen, Sie sehen umwerfend aus!« Tully umarmte sie wie ein alter Freund. »Also so kleiden sich Frauen heutzutage, wenn Sie angezogen sind?« Er gab ihr einen Klaps auf den Po und drehte sich dann zu Paul um, um ihm die Hand zu geben. »Schön, Sie wiederzusehen, Paul. Ich habe gehört, dass ich heute Abend auf der Seite des Gesetzes stehen soll?«

»Ich fürchte …«

»Das wird meine Jungs zu Tode erschrecken.« Er brüllte vor Lachen. »Wenn die Bullen bloß nicht so sehr wie verdammte Bullen aussehen würden! Ich werde wohl allen sagen müssen, dass sie nur hier sind, um den Angriff auf Dolly Brazier zu untersuchen.«

»Wie geht es Dolly?«, fragte Steve.

»Oh, sie versucht, aus dem Drama das Beste für sich herauszuschlagen«, sagte Tully und lachte. »Sie kam gestern zurück zur Arbeit, sah nicht schlechter aus als vorher, sprach aber so, als sei sie die Heldin in einem Gangsterfilm.« Er drückte einen Knopf auf der Gegensprechanlage. »Schick Dolly Brazier hoch«, befahl er.

»Okay, Chef«, sagte eine undeutliche Stimme am anderen Ende. »Übrigens, wir haben die Bullen hier in der Garderobe. Die Mädchen machen erstmal mit der Nummer »Teeparty im Pfarrhaus« weiter, bis wir sie wieder losgeworden sind …«

»Ist schon in Ordnung, Cyril. Schick sie rauf.«

Am anderen Ende der Leitung entstand eine Pause. »Wie Sie meinen, Boss.«

Tully öffnete seinen Cocktailschrank und schenkte große Brandys ein, während Inspektor Vosper und zwei Polizisten in Zivil in den Raum kamen und sich unbehaglich auf ein Sofa setzten. Einer der Polizisten hielt ein Tonbandgerät auf seinem Schoß.

»Vielleicht«, sagte Steve, um die Atmosphäre aufzulockern, »sollte ich nach unten gehen und mich mit Dolly unterhalten …«

»Nein. Das möchte ich nicht«, sagte Vosper. »Ich möchte, dass Sie sich diese Tonbandaufnahme anhören, Mrs. Temple.«

»Nur zu«, sagte Tully, »machen Sie es sich gemütlich. Neben dem Bücherregal ist eine Steckdose.«

Tully half dem Constable, das Gerät anzuschließen und es hinzustellen. Dann lehnten sie sich zurück und lauschten bequem dem Telefonat, nippten am Brandy und rauchten *Fancy-Free*-Zigarren. Sie hörten, wie es klingelte und wie jemand abhob.

»Ist dort 788 1347?«, fragte die Stimme von Danny Clayton.

»Haben Sie das Geld?«

»Ja«, sagte Danny. »Was soll ich jetzt tun?«

»Hören Sie zu«, sagte der Mann, »hören Sie gut zu. Packen Sie das Geld in einen Koffer und bringen Sie es in den *Fancy-Free*-Club in Soho!«

»Was denn, jetzt?« Danny klang überrascht. »Heute Abend noch?«

»Ja, heute Abend noch. Irgendwann nach elf Uhr. Geben Sie den Koffer bei der Garderobenfrau ab. Geben Sie dem Mädchen ein Pfund und sagen Sie ihr, dass jemand namens Lesley ihn später abholen wird.«

Danny tat so, als sei er schwer von Begriff, damit so viel wie möglich von der Stimme des Mannes auf Band aufgezeichnet werden konnte. »Jemand namens Lesley?«, wiederholte er.

»Richtig. *Fancy-Free*-Club, Old Compton Street, nach elf Uhr. Haben Sie das verstanden?«

»Ja, ich habe verstanden.«

»Okay, das ist alles, Mr. Clayton. Gute Nacht.« Der Polizist schaltete das Tonbandgerät aus.

»Ich kenne diese Stimme«, sagte Steve aufgeregt. »Das ist der Mann, der das Auto gebracht hat – du erinnerst dich doch, Paul, er sagte, sein Name sei Stone und dass du ihm aufgetragen hättest, das Auto vorbeizubringen ...«

»Das stimmt, Mrs. Temple«, sagte Inspektor Vosper. »Nachdem er die Telefonzellen verlassen hatte, ließen wir ihn bis Notting Hill Gate verfolgen. Er hat dort eine Wohnung.«

»Sie haben ihn doch hoffentlich nicht festgenommen, oder?«, fragte Paul.

»So dumm sind wir nicht, Temple. Wir sind doch nicht hinter Stone her. Wir wollen diesen Mr. Lesley ...«

Paul brummte. »Lesley! Das ist doch nur ein Tarnname für ...«

»He, Moment mal!« Tully war entsetzt aufgesprungen. »Ich dachte, Mickey Stone ist aus dem Verkehr gezogen worden?«

Vosper begann zunächst zu erklären, dass er humpelte und ziemlich gebrechlich aussah, aber dann verstand er. »Ach, jetzt begreife ich. Es war also Stone, der Dolly Brazier so zugerichtet hat, was? Kein Wunder, dass er humpelt. Aber er ist ein harter Bursche. Eine Weile im Gefängnis ist das einzige, das ...«

Die Moralpredigt wurde durch einen Piepton aus der Innentasche des Inspektors unterbrochen. Er holte ein kleines Funkgerät heraus. »Entschuldigen Sie bitte«, murmelte er. »Ja?«

»Es ist elf Uhr, Sir. Mr. Clayton betritt gerade den Club.«

Tully ging zum Fenster und spähte auf die Straße hinunter. Er grinste und wies Paul auf die drei geparkten Autos und die beiden Bummler hin, die das Lokal unter Beobachtung hielten. Einem alten Hasen wie Tully konnte man nichts vormachen.

»Gut erkannt«, sagte Paul. »Aber unser Erpresser ist kein Profi wie Sie, Tully. Er ist ein Amateur.«

»Trotzdem«, sagte Tully, »halte ich es für besser, wenn der Inspektor und seine beiden Ja-Sager hier oben bleiben. Sie und ich können nach unten gehen und darauf warten, dass der Koffer abgeholt wird. Falls es Ärger gibt, sind ja immer noch meine Jungs da.«

Vosper war skeptisch, aber Paul stimmte zu, bevor er Einspruch erheben konnte. Es war eine gute Idee.

»Und machen Sie sich gar nicht erst die Mühe, das Büro zu durchsuchen«, sagte Tully zynisch. »Ich wusste, dass Sie kommen, also ist es sauber.«

Die drei Polizisten lachten herzhaft über den Scherz.

»Ich komme mit«, sagte Steve. »Ich wollte immer schon wissen, wie diese Clubs so sind, aber Paul hat sich stets geweigert, mich mitzunehmen. Ich glaube, es könnte mir sogar Spaß machen …«

»Keine Sorge«, brummte Tully, »sie zeigen gerade die Nummer »Teeparty im Pfarrhaus«. Da gibt es nichts zu sehen, was ein Ehemann seiner Frau nicht zeigen wollte.«

Der Club war voller Menschen, Rauch und Lärm. Es gab Tische, an denen Männer im Halbdunkel teure Mahlzeiten zu sich nahmen, im hinteren Teil befand sich eine Bar, an der noch mehr Männer standen und allein tranken. Die Einrichtung war aus rotem Plüsch mit vergoldeten Verzierungen, was angemessen schien. Oben auf der Bühne zogen sich zwei junge Damen vor einem Vikar aus, der rasend vor Wut war, während das Spiel einer Klarinette und einer Gitarre für erotische Stimmung sorgten.«

»Ist das nicht ziemlich langweilig?«, fragte Steve, als die Mädchen nur noch in der Unterwäsche dastanden. »Kein einziger Mann im Publikum ist ins Schwitzen geraten.«

»Als Nächstes kommt das getoastete Teegebäck«, sagte Tully, »dann fängt der Spaß erst richtig an.«

Dolly Brazier befand sich in der Garderobe, gekleidet in

aufreizende Pelze und Netzstrümpfe. Ihre nackte Taille kam durch ein großes Pflaster allerdings nicht ganz zur Geltung. Sie sah aus wie das fröhliche Hausmädchen, das die Blumen arrangiert, wenn sich der Vorhang für den ersten Akt hebt. Sie winkte Paul gerade energisch zu, als Danny Clayton mit seinem Koffer eintraf.

»Guten Abend, Sir«, sagte Dolly.

»Hallo. Ich möchte diesen Koffer bei Ihnen abgeben. Jemand namens Lesley wird ihn heute später abholen.«

»Ein Gentleman?«, fragte Dolly.

Danny sah verwirrt aus. »Nun … Ich nehme es an.« Er klatschte einen Pfundschein auf den Tresen. »Hier, das ist für Ihre Mühe.«

»Vielen Dank«, sagte Dolly. »Ich sorge dafür, dass Lesley den Koffer bekommt, egal ob es sich dabei um einen Er oder eine Sie handelt.« Sie kicherte, als Danny den Club betrat.

»Wir warten besser hier drüben«, sagte Tully zu Paul. »Wir können dort alles beobachten, was vor sich geht, aber niemand kann uns sehen.«

Es war eine dunkle Nische neben der Treppe, die in mondänen Zeiten, als kleine, exquisite Revuen die Gäste bei Laune hielten, eine Souffleurloge gewesen war. Paul und Steve saßen in bequemen Sesseln und beobachteten die Tänzerinnen, die mit ihren vogelähnlichen Federn in den Kulissen warteten.

»Darling«, sagte Steve plötzlich, »schau mal, wer da an der Bar steht!«

Danny war zur Bar hinübergegangen, um sich einen Drink zu holen, und stand jetzt neben einem Mann mit zerzaustem Haar in einer Fliegerjacke. Von den beiden sah Danny verlegener aus, so, als ob er nicht wollte, dass Vince Langham dachte, er besuche regelmäßig Stripclubs.

»Das ist ein Filmregisseur«, erklärte Tully.

»Was macht er hier?«

Tully lachte fröhlich. »Er will das *Fancy Free* in einem

167

neuen Film verwenden, den er gerade dreht. Es geht um ein Mädchen, das in so einem Laden anfängt, ein paar nützliche Kontakte knüpft, zur Bühne und zum Film kommt, um dann als Alkoholikerin in Hollywood zu enden. Für mich klingt das nach altem Schwachsinn – meine Mädchen heiraten und bekommen fünf Kinder, aber Vince Langham ist ein Romantiker. Außerdem ist so ein Film gut für mein Geschäft.«

»Ich hätte gedacht«, sagte Paul nachdenklich, »dass er eher einen der Clubs in New York für die Dreharbeiten nutzen würde.«

»Die sind doch alle gleich. London, New York, Hamburg. Vor ein paar Monaten hatten wir Leute vom Fernsehen hier, weil sie etwas drehten, das im Berlin der zwanziger Jahre spielte.«

Das Gespräch endete, als Danny einen schnellen Whisky trank und den Club verließ. Es lief alles nach Plan, auch wenn Vince offensichtlich dachte, dass er ihm die kalte Schulter zeigte. Er blickte dem hinausgehenden Danny hinterher und setzte sich dann zu einer niedlichen blonden Stripperin.

»Ist er wegen des Geldes oder wegen des Mädchens hier?«, fragte Steve.

»Zusehen und abwarten.«

Sie brauchten nicht lange zuzusehen. Der Erpresser hatte offensichtlich draußen gewartet, bis Danny gegangen war, und kam nun die Treppe herunter. Er hielt inne und ging hinüber zur Garderobe.

»Das ist er!«, sagte Paul. »Bleib hier, Steve.«

Paul schlüpfte aus der Souffleurloge und eilte durch den abgedunkelten Zuschauerraum. Er erreichte die Garderobe einen Augenblick nachdem Dolly den Koffer ausgehändigt hatte. Sie rief ihm im Vorbeilaufen ein fröhliches »Hallo, mein Lieber, ich habe Ihnen schon ein paar Mal das Zeichen gegeben!« zu.

»Einen Moment, Lonsdale!«, rief Paul. »Ich denke, Sie schulden mir eine Erklärung!«

Lonsdale drehte sich mit dem Koffer in der Hand herum. »Temple!« Er blickte zurück die Treppe hinauf und hinein in den Club. »Was machen Sie denn hier?« Aber die herannahenden Polizisten und Tully mit seinen Türstehern gaben die Antwort.

»Ich dachte, Sie wären in der Schweiz«, sagte Lonsdale. »Ich habe heute Morgen in Ihrem Hotel angerufen ...«

Paul lächelte. »Tatsächlich haben Sie nicht mit dem Direktor gesprochen, sondern mit einem Mann namens Neider. Wir dachten schon, dass Sie sich vergewissern würden. Geben Sie mir den Koffer!«

Lonsdale hatte gewartet, bis ihn die beiden Polizisten erreicht hatten. Er packte beide an ihren Uniformen und schleuderte sie gegen Paul. Dann rannte er los.

Ein Chor von Polizeipfeifen ertönte. Als Paul das obere Ende der Treppe erreichte, fand er ein Gewirr von Personen vor. Die Türsteher kämpften sich ihren Weg durch einen panischen Schwarm von Gästen, die dachten, es handle sich um eine Polizeirazzia. Streifenwagen hielten mit quietschenden Bremsen, als Lonsdale seine Flucht fortsetzte. Er schlug mit dem Koffer auf Charlie Vosper ein, knallte eine Autotür zu, als der Fahrer sie gerade öffnete, und flüchtete auf die Straße.

»Passen Sie auf!«, schrie Paul. Er versuchte noch, nach Lonsdales Hand zu greifen, aber es war schon zu spät. Ein Polizeiauto mit heulender Sirene hatte Lonsdale erfasst und ihn überrollt.

Die Verwirrung auf dem Bürgersteig nahm zu, die Menschen schrien und eine Frau begann hysterisch zu weinen. Die Menge drängte nach vorne, um das Blut zu sehen, das unter dem Auto hervorquoll.

»Er ist direkt in uns hineingelaufen«, sagt der Fahrer hilflos. »Wir wollten Sie nur unterstützen ...«

»Ich weiß, ich weiß«, sagte Vosper.

Paul kniete neben dem zusammengekrümmten Körper nieder. Lonsdale war tot und hielt den Koffer immer noch umklammert. Er nahm den Koffer und reichte ihn Vosper. »Machen Sie sich nicht die Mühe, ihn zu öffnen«, murmelte er. »Ein halbes Dutzend Bücher, sonst ist nichts darin.«

Jemand hinter ihnen sagte, dass ein Krankenwagen auf dem Weg sei. Paul zuckte mit den Schultern und machte sich auf die Suche nach Steve. Ein Krankenwagen brachte nichts mehr, außer dass er die Leiche mitnehmen konnte. Paul fand Steve im hinteren Teil der Menge, wo sie Dolly Brazier tröstete.

»Armer Lonsdale«, sagte sie mit einem Schaudern zu Paul. »Ich mochte ihn nicht, aber …«

Paul führte die beiden Frauen in den Club. »Das ist wie im Roman, würde ich sagen: Die Affäre begann mit einem Verkehrsunfall in Genf und endet mit einem in Soho. Wir brauchen jetzt dringend etwas von Tullys Brandy.«

»Einen Moment noch, Miss Brazier!« Es war Inspektor Vosper in seiner offiziellsten Form. »Ich muss Sie bitten, mich zu New Scotland Yard zu begleiten. Es gibt da noch ein paar Fragen …«

Paul sah schnell zu Dolly. Sie weinte so, dass das Makeup aus ihrem Gesicht rann und ihre zwei Narben zum Vorschein brachten. Natürlich! Paul verfluchte sich dafür, dass er Blondinen gegenüber immer so gutgläubig war. Dolly hatte Maurice Lonsdale gekannt!

»Sie braucht einen Drink«, sagte Paul. »Kommen Sie mit nach oben und stellen Sie Ihre Fragen in aller Ruhe dort.«

Eigentlich waren es das Blut und die plötzliche Gewalt gewesen, die Dolly in Tränen ausbrechen ließen. All das hatte sie schockiert. »Ich habe ihn gehasst«, sagte sie leise nach dem großen Brandy. »Ich habe ein paar Wochen bei ihm gelebt, weil er Millionär war und sagte, er würde mir bei meiner Karriere behilflich sein. Aber er hat mir immer Angst gemacht.«

Vosper murmelte etwas von leichtsinnigen Showgirls.

»Ich war kein Showgirl, als ich Mr. Lonsdale kennenlernte. Ich war Schreibkraft in Freda Sands' Agentur, doch dort wurde ich bald entlassen.« Sie fing wieder an zu schluchzen. »Ich kann nichts, außer hübsch aussehen. Und jetzt, mit diesen Narben, …«

Paul legte ihr einen Arm um die Schultern. »Ist schon gut, Dolly, regen Sie sich nicht auf. Sie haben einfach ein Talent dafür, sich die falschen Freunde auszusuchen. Wir werden uns um Sie kümmern.« Er lächelte. »Immerhin haben Sie mich gewarnt, nicht wahr?«

»Ich habe mitbekommen, wie Mr. Lonsdale dafür gesorgt hat, dass man sich um Sie »kümmern« sollte. Er wusste, dass ich Sie warnen würde, aber es schien ihn nicht zu stören. Und dann hat Mickey Stone … Es war schrecklich. Ich bin froh, dass er tot ist!«

Inspektor Vosper stand vor ihr und sah sie streng an. »Da ist nur noch eine Frage, Miss Brazier. Wussten Sie, was sich in dem Koffer befand, als er heute Abend hier abgegeben wurde?«

Dolly schüttelte den Kopf und sah ihn mit unschuldigem Blick an. »Erst als Mr. Lonsdale hereinkam und mir sagte, er heiße Lesley, wurde mir klar, dass ich wieder in Schwierigkeiten steckte. Ich wollte es Paul sagen, aber dann sind Sie alle aufgetaucht und die Pfeifen ertönten …«

Paul seufzte und schenkte sich noch einen Brandy ein. Vielleicht sagte sie die Wahrheit – mehr oder weniger –, vielleicht hatte sie aber auch gehofft, Lonsdale würde sich als nett und großzügig ihr gegenüber erweisen. Die arme Dolly hatte nie ein besonderes Talent dafür gehabt, zu erkennen, was wahr war.

»Diese leichtsinnigen Showgirls«, murmelte Vosper.

Kapitel vierzehn

Die Frau war schrecklich. Sie rauchte Kette und hustete unterbrochen in das Mikrophon ihres Tonbandgeräts. Sie sah ihn durch ihr wirres Haar an und stellte ihm eine Frage, in der die Phrasen *comme il faut* und *fortior quam prudentior erat* vorkamen, und die mit *philosophischer Ideologie* endete.[10]

»Wie bitte?«, fragte Paul.

»Worauf strebt ihr Roman hin?«, fragte sie und streifte die Asche von ihrem alten Minirock.

»Solche Fragen überlasse ich Scott Reed«, sagte Paul. »Er liegt nachts wach und fragt sich, ob der Roman tot ist.« Das Mädchen schaute verwirrt. »Scott Reed ist mein Verleger.«

»Ich weiß.« Sie seufzte und begann mit einer Theorie über die Kunst des Sachbuchs, die von Truman Capote und der Würde des »Faktischen« abgeleitet war. »Haben Sie keine Ambitionen, Ihr Schaffen in diese neue Form zu gießen?«

»Nein.« Paul schaute auf seine Uhr. Die Frau hatte von Kate Balfour eineinhalb Stunden Zeit bekommen. Nur noch fünfundsiebzig Minuten. »Möchten Sie etwas trinken?«

»Ein Bier, bitte, Mr. Temple.«

Paul rief die Treppe zu Kate hinunter, dass sie eine Dose aus dem Kühlschrank bringen sollte. Was ist nur aus den altmodischen Journalistinnen geworden, die nach dem Geld fragten, das man verdiente, und danach, ob die eigene Frau eifersüchtig auf die Heldinnen war, die man erfand? Er schenkte sich einen Whisky ein.

---

[10] Französisch *comme il faut* bedeutet »wie es sein soll«, lateinisch *fortior quam prudentior erat* in etwa »es war mutiger als klüger«; im Originaltext wird als dritter fremdsprachiger Ausdruck das auch im Englischen gebräuchliche deutsche Wort *Weltanschauung* verwendet.

»Natürlich würde F. R. Leavis[11] die ganze moralische Grundlage in Frage stellen ...«

Sie wurden von einem Tumult von unten unterbrochen. Kate Balfour sagte »Nein, nein, Sie müssen warten, er wird gerade für eine der Sonntagszeitungen interviewt«, jemand anderes zeigte sich jedoch unbeeindruckt. Gott sei Dank. Paul wusste jetzt, wie sie sich bei der Befreiung von Mafeking[12] gefühlt hatten. Erleichtert.

»Keine Sorge, meine Liebe, ich kann furchtbar gut mit Reportern umgehen.« Es klang wie die abgehackte, selbstbewusste Stimme von Margaret Milbourne.

»Und – ja, ich meine, ich habe der Presse doch auch etwas mitzuteilen, nicht wahr?« Es war der Bronx-Akzent von Danny Clayton.

Die Frau schaltete ihr Tonbandgerät aus, als die Tür aufsprang und Danny mit einer Dose Bier in jeder Hand hereinkam. Ihm folgten Margaret Milbourne und eine protestierende Kate. Glücklicherweise hatte die Frau früher Artikel mit dem Titel *Worauf strebt das Theater hin?* für *Isis*[13] geschrieben, so dass sie von Margaret beeindruckt war.

»Trinken Sie direkt aus der Dose? Oder soll ich Ihnen ein Glas holen?«, fragte Danny.

»Vielleicht sollte ich besser ein anderes Mal wiederkommen?«, fragte sie.

»Nein«, sagte Steve, als sie sich hinzugesellte, »hier geht es immer so zu. Gestern hatten wir das ganze Haus voller Polizisten. Diese Erpressungsgeschichte hat uns ganz schön auf Trab gehalten.«

»Gott sei Dank ist es vorbei«, sagte Margaret. »Die ganze

---

[11] Frank Raymond Leavis (1895–1978) war ein bedeutender britischer Literaturkritiker und -wissenschaftler.
[12] Die Befreiung von Mafeking (*The Relief of Mafeking*) ist das Ende der Belagerung von Mafeking während des Zweiten Burenkriegs (1899–1902).
[13] *Isis* war eine Theaterzeitschrift, die in den 1950er-Jahren in Großbritannien erschien.

Sache war ein Albtraum. Auch jetzt blicke ich immer noch nicht durch.« Sie saß mit tragischem Blick in dem eiförmigen Stuhl vor Pauls Schreibtisch. »Wie um alles in der Welt kam es dazu, Mr. Temple?«

Paul wartete, während Steve Getränke für alle einschenkte.

»Es begann, als Vince Langham von dem Brand in Santa Barbara hörte. Damals führte er bei einem Film mit Julia Regie. Einige Jahre später beschloss er, ein Buch darüber zu schreiben. – Danke, Steve! – Als das Buch fertig war, schickte Vince es an Freda Sands zum Abtippen, und die Frau, die es abtippte, war Dolly Brazier. Sie hatte damals nur einen stark befristeten Vertrag bei der Agentur.«

»Aha«, sagte Steve, »ich hatte mich schon gefragt, wie Dolly da hineingeraten ist.«

»Vince zeigte das Buch Carl Milbourne, der es sofort kaufte und Vince überredete, als Autor ein Pseudonym zu verwenden – Richard Randolph.«

»Das weiß ich doch schon«, sagte Margaret ungeduldig. »Aber wie ist mein Bruder da hineingeraten?«

»Maurice Lonsdale hatte Ihrem Mann eine große Summe Geld geliehen und er wollte eine umgehende Rückzahlung. Sie sprachen gerade darüber, als Carl das Buch *Zu jung zum Sterben* erwähnte. Nun, Lonsdale hatte bereits mehrere Gaunereien betrieben und ihm klar war, dass Julia Carrington eine äußerst reiche Frau war. Er beschloss, das Buch als Instrument der Erpressung zu verwenden.«

Danny Clayton setzte sich auf den Boden und murmelte: »Verdammt richtig.«

»Carl Milbourne fuhr nach Genf, weil Lonsdale es ihm aufgetragen hatte. Er traf sich dort mit Julia und sie kamen »geschäftlich« überein, aber auf dem Rückweg kam er unter ein Auto und wurde dabei getötet. Ja, er war tot, aber Lonsdale war fest entschlossen, die Sache weiterzuführen. Also rief Lonsdale Julia an, gab sich als Carl aus und sagte ihr, der Unfall sei bloß vorgetäuscht gewesen. Und später«, sagte Paul und wandte sich an Margaret Milbourne, »hat er dann bei Ihnen Zweifel an dem Unfall geweckt.«

»Das war, als er mir den Hut geschickt hat?«

Paul nickte. »Die Nachricht trug die Handschrift Ihres Mannes, allerdings war es eine frühere, undatierte Notiz, die Carl zuvor an Ihren Bruder geschickt hatte. Lonsdale fügte lediglich das Datum hinzu.«

»Okay«, sagte Danny, »aber was war der Grund dafür? Warum wollte Lonsdale Mrs. Milbourne davon überzeugen, dass ihr Mann noch lebt?«

»Es war Julia, die er überzeugen wollte«, sagte Paul. »Aber er wusste: Wenn Margaret Milbourne glauben würde, dass ihr Mann noch lebte, dann würde sie damit nicht hinter dem Berg halten – und Julia würde dann irgendwie davon erfahren.« Paul lächelte selbstgefällig. »Womit Lonsdale nicht gerechnet hatte, war der Umstand, dass Margaret mich konsultierte. Er wurde ganz nervös wegen mir und heuerte sogar diesen Stone an, mich abzuschrecken und Dolly Brazier eine böse Abreibung zu verpassen.«

Paul schenkte sich noch einen Drink ein und vergewisserte sich im Vorbeigehen, dass die Frau das Tonbandgerät nicht eingeschaltet hatte. Das hatte sie auch nicht. Sie war schließlich Feuilletonistin.

»Es tut mir leid, aber Ihr Bruder war ein ziemlich skrupelloser Mensch, Mrs. Milbourne. Er ließ Dolly zusammenschlagen, um zu zeigen, dass er es ernst meint, und er hat auch Danny im Zug in die Schweiz angegriffen. Ich glaube, er hat sogar Ihnen Angst eingejagt, nicht wahr? Er hat Sie doch dazu gebracht, mir die Geschichte zu erzählen, dass Danny Sie erpresste?«

Sie nickte. »Aber ich wusste nicht, dass er jemanden ermorden würde. Der arme Mann auf dem Hausboot ...«

»... starb an meiner Stelle«, warf Paul ein. »Wann haben Sie zum ersten Mal gemerkt, dass Ihr Bruder Sie angelogen hatte?«

»Als ich in St. Moritz ankam. In der Nacht nach unserer Ankunft dort erschien mein Bruder in meinem Zimmer. Er war wütend und er hatte getrunken. Er sagte die schrecklichsten Dinge über Carl und diese elende Freda Sands. Er sagte, dass Carl Julia Carrington erpresst hatte und dass die Erpressung weitergehen musste.« Sie war den Tränen nahe, aber sie schaffte es, zu lächeln. »Ich bin froh, dass Freda Sands sich das Bein gebrochen hat. Ich wünschte, es wäre ihr Hals gewesen! Carl wäre mir nie untreu geworden, wenn sie ihn nicht dazu animiert hätte.«

Paul seufzte vor Erleichterung. Es hatte ihm schon Bauchweh bereitet, Margaret beibringen zu müssen, wie Freda Sands in den ganzen Fall passte. »Sie waren gerade dabei, zu erzählen«, murmelte er, »dass Lonsdale in jener Nacht in Ihr Zimmer kam …«

»Maurice drohte mir, dass er allen Verdacht auf mich lenken wollte, wenn ich ihm nicht helfen würde. Er war schrecklich, genau wie früher, als wir Kinder waren.«

»Nun, er hat den Verdacht auch auf Sie gelenkt«, sagte Steve, »und zwar, als Sie aus St. Moritz abreisten.«

Margaret sah überrascht auf. »Tatsächlich?«

»Er gab vor, Selbstmord begehen zu wollen, und hinterließ einen Brief, in dem er Ihnen die Schuld an allem gab.«

Margaret begann leise vor sich hin zu weinen.

»Es wurde alles noch komplizierter«, fuhr Paul fort, »weil Vince Langham planlos herumtappte, sich einmischte und sich selbst an ein bisschen Erpressung versuchte. Er wollte unbedingt, dass Julia einen weiteren Film mit ihm dreht, und es machte ihm nichts aus, den Inhalt des Buchs dazu zu benutzen, sie dazu zu »überreden«. Wenn Julia ja gesagt hätte, hätte Vince sicherlich den Verlag verklagt und alles getan, um die Rechte an dem Buch wieder zurückzubekommen.«

»Mein Bruder«, sagte Margaret unter Tränen, »war wegen Vince Langham sehr beunruhigt. Er sagte, er werde etwas gegen ihn unternehmen …«

»Das hat er auch. Zuerst hat er Vinces Zigarettenetui in den Schnee fallen lassen, dann hat er ihn mit einem Messer angegriffen. Ich bezweifle, dass Vince es jemals wieder wagen wird, ein Buch zu schreiben.«

Steve lächelte und fragte, was nun mit *Zu jung zum Sterben* geschehen würde. Lag die Entscheidung darüber bei Wallace und Sainsbury?

»Das spielt keine Rolle mehr«, unterbrach Danny Clayton. »Ich habe heute Morgen mit Julia telefoniert und ihr alles erzählt, was passiert ist. Sie hat beschlossen, die Wahrheit über sich selbst, über Hollywood, das Feuer und alles andere zu erzählen.«

Paul war überrascht. »Soll das heißen, dass sie tatsächlich ihre Autobiographie schreiben wird?«

»Nein.« Danny lachte. »Julia kann nicht einmal einen Brief an ihren Börsenmakler schreiben. Aber sie hat mit dem *World Magazine* in New York verhandelt – und die wollen, dass *Sie* Julia Carringtons Geschichte schreiben.«

»Ich?« Paul lachte verlegen. »Nein, nein, das ist völlig unmöglich. Ich bin Romanautor – und außerdem …« Er ertappte die Frau mit dem Tonbandgerät dabei, wie sie plötzlich respektvoll dreinschaute. »Nein, es tut mir leid. Ich halte nicht viel von Fakten. Diese Dinge überlasse ich Charlie Vosper.«

Das Tonbandgerät lief wieder und unten begann das Telefon zu klingeln.

»Würde das bedeuten«, fragte Steve Danny Clayton, »dass wir nach St. Moritz zurückkehren müssen?«

Danny nickte. »Ich fürchte, das würde es. Aber Sie können bei uns wohnen. Es ist gar nicht so schlimm mit Julia unter einem Dach …«

»Er wird die Geschichte schreiben!«

Paul wollte gerade widersprechen, als Kate Balfour ihren Kopf durch die Tür steckte. »Das *World Magazine* ist am Telefon, Mr. Temple.«

»Ich weigere mich, mit ihnen zu sprechen!«

»Aber der Anruf kommt aus New York.«

»Überlass das mir«, sagte Steve. »Keine Sorge, Darling, Danny und ich werden uns um alles kümmern. Mach du nur weiter mit deinem qualitätsvollen Interview.«

Paul wandte sich verzweifelt an die Feuilletonistin. »Also gut, Sie hatten mich nach Dr. Leavis gefragt …«

ENDE

Siebenmal Genf: Die Hörspielversionen
Eine Übersicht

PAUL TEMPLE AND THE GENEVA MYSTERY
Großbritannien 1965, 6 Folgen à 25 Minuten, BBC

EPISODENTITEL

1. *Too Young to Die*	11.04.1965
2. *Concerning Mrs Milbourne*	18.04.1965
3. *A Note for Danny*	25.04.1965
4. *A Change of Mind*	02.05.1965
5. *A Surprise for Mrs Milbourne*	09.05.1965
6. *See You in London*	16.05.1965

Paul Temple . . . . PETER COKE
Steve Temple . . . . . MARJORIE WESTBURY
Charlie . . . . JOHN BADDELY
Maurice Lonsdale . . . . PATRICK BARR
Margaret Milbourne . . . . ISABEL DEAN
Dolly Brazer . . . . ISABEL RENNIE
Danny Clayton . . . . NIGEL GRAHAM
Vince Langham . . . . SIMON LACK
Julia Carrington . . . . POLLY MURCH
Inspektor Lloyd . . . . WILFRID CARTER
Inspektor Jenkins . . . . . . HAMLYN BENSON
Walter Neider . . . . NOEL HOWLETT
Bill / Kellner (Genf) . . . . . PETER BARTLETT
Lucas . . . . PAT CONNELL
Den Roberts . . . . ALAN HAINES
Mrs. Langham . . . . BARBARA BARNETT
Stone / Wachtmeister . . . FREDERICK TREVES
Green . . . . ANTHONY HALL
Norman Wallace . . . . REX GRAHAM

Tony / Mann Telefon . . MICHAEL MCCLAIN
Charles Gadd . . . . FRASER KERR
Kellner/Taxifahrer/Ferdy . . . BRUCE BEEBY
George / Constable / White / Kroner / Arzt 3 /
Diener . . . . MALCOLM TERRIS
Arzt . . . . JAMES THOMASON
Kellner 2 / Taxifahrer 2 . . . PETER MARINKER
Beamter / Steward / Kellner 3 . . . . . .
. . . . LEROY LINGWOOD
Gustav . . . . GARARD GREEN
Concierge . . . . HAMLYN BENSON
Arzt 2 / Hans Schmidt . . . . . GORDON FAITH
Telefonist . . . . HAMLYN BENSON
Arzt (St. Moritz) . . . . ANTONY VICCARS
Fahrer (Mietwagen) . . . GORDON GARDNER
Luigi . . . . BRYAN COLVIN
Sergeant . . . . ALAIN HAINES

Buch . . . . FRANCIS DURBRIDGE
Titelmusik *Coronation Scot* . . VIVIAN ELLIS
Produktion und Regie . MARTYN C. WEBSTER
Eine Produktion der . . . . BBC

CLIFFHANGER
Episode 1: Dolly sagt zu Paul Temple, sie sei »zu jung
zum Sterben«.
Episode 2: Temple kommt zurück nach Hause. Danny
Clayton, den er bisher nicht kennengelernt hat, ist
nicht wie vereinbart erschienen. Nun teilt ihm Diener
Charlie mit, dass der Besucher, der auf ihn warte,
Danny Clayton sei.
Episode 3: Temple findet im Papierkorb auf der Fähre
eine Nachricht an Danny Clayton. Darin steht: »Seien
Sie vorsichtig – Sie sind zu jung zum Sterben, Mr.
Clayton.«
Episode 4: Steve stellt Margaret Milbourne die Frage,
wie sie wissen könne, dass ihr Mann noch lebt. Sie
antwortet: »Ich habe mit ihm gesprochen«.

Episode 5: Der verletzte Vince Langham erzählt Temple, dass die ganze Sache mit Carl Milbourne begann – und mit »Zu jung zum Sterben«.

Paul Vlaanderen en het Milbourne-Mysterie
Niederlande 1966, 6 Folgen à 31–39 Minuten, AVRO

Paul Vlaanderen . . . . JAN VAN EES
Ina Vlaanderen . . . . EVA JANSSEN
Charlie . . . . DONALD DE MARCAS
Maurice Lonsdale . . . . HUIB ORIZAND
Llyod . . . . FRANS KOKSHOORN
Margaret Milbourne . . . . FÉ SCIARONE
Danny Clayton . . . . JAN BORKUS
Vince Langham . . . . ROB GERAERDS
Julia Carrington . . . . WIESJE BOUWMEESTER
Dolly Brazier . . . . . CORRY VAN DER LINDEN
Walter Neider . . . . WILLEM FAASSEN
Lucas . . . . PIET EKEL
Stone / Chauffeur . . . . JAN VERKOREN
Den Roberts / George . . . . .WILLY RUYS
Bill Watford . . . . CEES VAN OOYEN
Green / Tony / Polizist / Hotelportier / Fahrer .
. . . . JOS VAN TURENHOUT
Jenkins / Mann am Telefon . HANS VEERMAN
Gadd / Ferdy . . . . TONNY FOLETTA
Mrs. Langham . . . . DOGI RUGANI
Norman Wallace . . . . FRANS SOMERS
Mrs. Rhodes . . . . JOKE HAGELEN

Steward . . . . MAARTEN KAPTEIJN
Gustav / Luigi . . . . HANS KARSENBARG
Hans Schmidt . . . . PAUL VAN DER LEK
Kroner . . . . WIM BARY
Garderobiere . . . . NEL SNEL

Buch . . . . FRANCIS DURBRIDGE
Übersetzung JAN VAN EES als JOHAN BENNIK
Regie . . . . DICK VAN PUTTEN
Eine Produktion der . . . . AVRO

PAUL TEMPLE UND DER FALL GENF
BR Deutschland 1966, 6 Folgen à ca. 35 Minuten, WDR

EPISODENTITEL
1. *Zu jung, um zu sterben*   25.02.1966
2. *Betrifft: Mrs. Milbourne*   04.03.1966
3. *Eine Nachricht für Danny*   11.03.1966
4. *Julia Carrington besinnt sich anders* 18.03.1966
5. *Eine Überraschung für Mrs. Milbourne* 25.03.1966
6. *Wiedersehen in London*   01.04.1966

Paul Temple . . . . RENÉ DELTGEN
Steve Temple . . . . IRMGARD FÖRST
Charlie . . . . ERIC SCHULDKRAUT
Maurice Lonsdale . . . . PAUL KLINGER
Danny Clayton . . . . . GÜNTHER UNGEHEUER
Margaret Milbourne . . . . . . LOLA MÜTHEL
Vince Langham . . . . . HANNS ERNST JÄGER
Inspektor Lloyd . . . . . . WOLFGANG ENGELS
Julia Carrington . . . . GISELA TROWE
Dolly Brazier . . . . ELKE TWIESSELMANN
Inspektor Walter Neider . . . . . KURT LIECK
Lucas . . . . LUDWIG THIESEN
Ben Roebrts . . . . . . FRANZ-JOSEF STEFFENS
Charles Gadd . . . . WALTER JOKISCH
Inspektor Jenkins . . ALWIN JOACHIM MEYER

Mr. Stone . . . . ALF MARHOLM
Dr. Chautier . . . . WILHELM PILGRAM
Arzt 1 . . . . WILHELM GRIMM
Arzt 2 . . . . HEINZ VON CLEVE
Norman Wallace . RUDOLF JÜRGEN BARTSCH
Mrs. Langham . . . . ANNELIE JANSEN
Bill Watford . . . . . . WOLF SCHLAMMINGER
Taxifahrer . . . . FRANK BARUFSKI
Luigi . . . . NORBERT KAPPEN
Portier . . . . FRITZ LEO LIERTZ
Speisewagenkellner . . . KLAUS MEHRLÄNDER
Polizist . . . . ANTON IPPEN
Telefonistin . . . . EVA CURTIS
ferner mit . . . . HARALD MEISTER
. . . . MATTHIAS DELTGEN
. . . . HEINZ SCHACHT
. . . . FRITZ LICHTENHAHN
. . . . ARNO GÖRKE
. . . . GERHARD BECKER
. . . . INGEBORG SCHLEGEL
. . . . WILHELM GRIMM
. . . . GUNTER SEEHAUS
. . . . HANS NEUBERT
. . . . WERNER SEMPER
. . . . JOSEF MEINERTZHAGEN
. . . . GÜNTER KIRCHHOFF
. . . . FERDINAND MUTH
. . . . KURT POSTEL
. . . . ROLF VON DER LAAGE
. . . . OLAF QUAISER
. . . . ALFRED ABEL-ADERMANN
. . . . HEINZ FREITAG
. . . . HERBERT F. MÜLLER

Buch . . . . FRANCIS DURBRIDGE
Übersetzung . . . . MARIANNE DE BARDE
. . . . HUBERT VON BECHTOLSHEIM
. . . . HANS UND RUTH HAMMELMANN

Musik . . . . HANS JÖNSSON
Technische Realisierung . . . .
. . . . KARL-WILHELM SIEBEN, HARRO BEUTH
Regie . . . . OTTO DÜBEN
Eine Produktion des . . . . WDR

PAUL TEMPLE UND DER FALL IN GENF
BR Deutschland 1966, 4 Folgen à ca. 45 Minuten, SR

KEINE EPISODENTITEL

Der Saarländische Rundfunk machte aus der Produktion einen
Vierteiler, was zu Folge hatte, dass die Cliffhanger bei Teil 1
und Teil 3 andere waren, als im Original. Cliffhanger 2 war
jener von Folge 3 der BBC-Produktion. Außerdem war die
SR-Fassung insgesamt um ca. eine halbe Stunde kürzer als die
WDR-Version. Leider konnten die Sendedaten sowie die Rol-
lenverteilung dieses Mehrteilers nicht ermittelt werden.

Paul Temple . . . . SIEGFRIED DORNBUSCH
Steve Temple . . . . . . RICARDA BENNDORF
. . . . FRANZ SCHAFHEITLIN
. . . . JOSEF FLÖTH
. . . . GÜNTHER BEYER
. . . . PETER ARTHUR STIEGE
. . . . MANFRED KOTHE
. . . . DEMETRIUS GALBIERZ
. . . . ENNO SPIELHAGEN
. . . . PETER BÖHLKE
. . . . HANS DILG
. . . . GEORG LAURAN
. . . . PETER MARONDE
. . . . GÜNTER KIND
. . . . GERD GRELLMANN
. . . . GERDA-MARIA KLEIN
. . . . DIRK MARTZ
. . . . EVA KÖHRER
. . . . GERD BERGER
. . . . HANS JAGER

Buch . . . . FRANCIS DURBRIDGE
Übersetzung . . . . MARIANNE DE BARDE
. . . . HUBERT VON BECHTOLSHEIM
. . . . HANS UND RUTH HAMMELMANN
Technische Realisierung . . . .
. . . . EDUARD KRAMER, U. KOWALSKY
Regieassistenz . . . . FRED BRAUN
Regie . . . . WILM TEN HAAF
Eine Produktion des . . . . SR

פול טמפל ופרשת ז'נבה
(POL TEMPEL VE-PARASHAT GENEVAH)
Israel 1966, 6 Folgen à ca. 30 Minuten

Über die israelische Produktion konnte nicht viel in Erfahrung gebracht werden. Sie war die zehnte von insgesamt
zwölf Paul-Temple-Serien, die zwischen 1964 und 1968
immer montags um 21 Uhr ausgestrahlt wurden.

Paul Temple . . . . BEZALEL LEVI
Steve Temple . . . . NILI KEYNAN

Buch . . . . FRANCIS DURBRIDGE
Übersetzung . . . . RACHEL BAR-DOR
. . . . DANIELLA ETGAR
. . . . ITAMAR SHOR
Technik . . . ARIE PIADA, DANIEL HÄUSLICH
Regie . . . . REUBEN MORGAN
Eine Produktion des . . ISRAELISCHEN RADIOS

PAUL TEMPLE JA MILBOURNEN TAPAUS
Finnland 1971, 6 Folgen à ca. 30 Minuten

Zu dieser Produktion des finnischen Rundfunks YLE ist nichts
bekannt. Möglicherweise waren Besetzung und Stab ähnlich
wie in anderen Temple-Produktionen des Senders: Joel Rinne
als Paul, Rauha Rentola als Steve, Übersetzung: Albin Aho-

nen, Regie: Eero Leväluoma. Aber dies ist Spekulation.

PAUL TEMPLE OG MILBOURNE-SAKEN
Norwegen 1973, 6 Folgen à ca. 33-39 Minuten

EPISODENTITEL
1. *For ung til å dø*   22.06.1973
2. *Mrs Milbournes bekymringer*   29.06.1973
3. *Advarsel til Danny*   06.07.1973
4. *Ombestemmelse*   13.07.1973
5. *En overraskelse for Mrs Milbourne*   20.07.1973
6. *Vi sees i London*   27.07.1973

Paul Temple . . . . KNUT RISAN
Steve Temple . . . . ANNE-LISE TANGSTAD
Maurice Lonsdale . . WILFRED BREISTRAND
Margaret Milbourne . . . MONNA TANDBERG
Vince Langham . . . . OLE-JØRGEN NILSEN
Danny Clayton . . . . TOM TELLEFSEN
. . . . ALF MALLAND
. . . . ARNE BANG HANSEN
. . . . ARNE LINDTNER NÆSS
. . . . ESPEN SKJØNBERG
. . . . FRIMANN FALCK CLAUSEN
. . . . GERHARD BJELLAND
. . . . HELGE REISS
. . . . INGER TEIEN
. . . . JAN HÅRSTAD, LILJAN LYDERSEN
. . . . MAGNUS TVEIT, MONA HOFLAND
. . . . . . OLE ANDREAS SIMENSEN, PER TOFTE
. . . . SVERRE HOLM, SVERRE WILBERG

Buch . . . . FRANCIS DURBRIDGE
Übersetzung . . . . PAUL SKOE
Tontechnik . . . . . ODD JOHAN NILSEN
Regie . . . . PAUL SKOE
Eine Produktion von . . . . NRK

Das Originalmanuskript
Einige Ausschnitte

Die Titelseite des Originalmanuskripts enthielt auch die Zeiten der Probe und der Aufnahme der jeweiligen Folge.

- Episode One -

"Too Young To Die...."

(OPENING MUSIC....)

(FADE MUSIC .....)

1. ANNOUNCER: We present the new Francis Durbridge radio serial, "Paul Temple and the Geneva Mystery". Episode One - "Too Young to Die..."

(FADE UP MUSIC...)

(CROSS FADE TO BACKGROUND NOISES OF RESTAURANT.)

2. TEMPLE: I don't really care for this restaurant, do you, Steve?

3. STEVE: No. I much prefer that little place we usually go to. (Temple sips coffee) You know, you're drinking far too much coffee, Paul!

4. TEMPLE: It's a sign I've been working hard.

5. STEVE: Have you really finished the novel?

6. TEMPLE: Yes, I finished it last night.

7. STEVE: Well? Are you please with it?

8. TEMPLE: Am I ever really pleased with anything I write? (Suddenly) Steve, how would you like a holiday?

9. STEVE: Switzerland?

10. TEMPLE: Wherever you like.

11. STEVE: I'll think about it. (Quickly) Yes.

12. TEMPLE: (Amused) I know the next line. "If we go to Switzerland I'll need an awful lot of new clothes, darling."

13. STEVE: (Laughing) Well - that's true, I shall! Those ski trousers I wore last year won't go anywhere near me.

14. TEMPLE: You can always diet.

15. STEVE: No thank you very much. I'd sooner stay at home. (Seriously) Paul, that man over there near the service table keeps staring at us.

16. TEMPLE: Yes, I saw him. His name's Maurice Lonsdale. He's a financier. Owns a great deal of property in the West End. As a matter of fact, I think he owns this place.

17. STEVE: Do you know him?

Die erste Seite des Manuskripts. Es handelt sich um jene Szene, in der Paul und Steve in Lonsdales Restaurant sind und ihn kennenlernen. Die Nummerierung diente der besseren Orientierung.

1. TEMPLE: Only by sight.

2. STEVE: Maurice Lonsdale? I've seen his name in the
               gossip columns.

3. TEMPLE: Yes, you probably have.

4. STEVE: Well, I must say he looks like a financier - even
               to the carnation in his buttonhole. (Suddenly)
               Hello, he's leaving!

5. TEMPLE: He probably heard you saying rude things about
               him.

6. STEVE: He can't possibly have heard ....

7. TEMPLE: (Laughing) No, of course not!

8. STEVE: To get back to Switzerland ... When would you
               want to go?

9. TEMPLE: Whenever you feel like it. We could leave on
               Friday -

10. STEVE: That's pretty short notice. You've got to book
               the hotel and I've got to arrange for Charlie to ..

11. WAITER: Excuse me, sir, Mr. Lonsdale asked me to give you
               this note.

12. TEMPLE: (Taking note) Oh, thank you. And you might
               get my bill, Waiter.

13. WAITER: Yes, sir.

                       (UNFOLDS THE NOTE)

14. STEVE: (After a moment) What is it, Paul?

15. TEMPLE: He says he'd like to see me in his office.

16. STEVE: What about, I wonder?

17. TEMPLE: Your guess is as good as mine darling.

                       (FADE UP BACKGROUND NOISE
                        OF RESTAURANT.)

                       (FADE DOWN NOISE AND RESTAURANT
                        MUSIC.)

                       (FADE IN VOICE OF MAURICE
                        LONSDALE.)

18. LONSDALE: Do sit down. this chair is more comfortable...
               Mrs. Temple.

- 3 -

1. STEVE: Thank you.

2. LONSDALE: There we are. Now, what can I get you to drink?

3. STEVE: Nothing for me, thank you.

4. LONSDALE: Mr. Temple?

5. TEMPLE: May I have a brandy?

6. LONSDALE: Yes, of course.

(LONSDALE POURS THE BRANDY)

I hope you'll forgive me for staring at you just now, but when I saw you sitting at that table I could hardly believe my eyes.

7. TEMPLE: (Drily) We have been here before, you know.

8. LONSDALE: Yes, of course. What I meant was, it seemed such a remarkable coincidence. I picked up the phone twice this morning with the intention of speaking to you, and then at the last moment I changed my mind.

9. TEMPLE: What is it you wanted to speak to me about, Mr. Lonsdale?

10. LONSDALE: It was about my sister, Margaret. Margaret Milbourne. You probably remember her as Margaret Beverley, the actress. About six years ago she married Carl Milbourne, the book publisher.

11. TEMPLE: (Surprised) Carl Milbourne?

12. LONSDALE: Yes.

13. TEMPLE: He was killed in a car accident about a fortnight ago, wasn't he?

14. LONSDALE: Yes. You knew Carl?

15. TEMPLE: I'd met him, but I didn't know him well. Being a writer, I know most of the publishers.

16. LONSDALE: Yes, of course.

17. STEVE: Where did this accident happen?

18. LONSDALE: In Geneva. Dreadful business. Margaret, poor darling, has been in a terrible state ever since it happened. The last two weeks have been pure hell.

19. STEVE: It must have been a dreadful shock for her. Was she with her husband when it happened?

190

1. LONSDALE: No, he was in Switzerland, on business. One afternoon he was knocked down crossing the road. I had to take Margaret out to Geneva to identify the body. Believe me, that was quite an ordeal. Carl was so badly smashed up; his face disfigured.

2. TEMPLE: It must have been an ordeal for both of you.

3. LONSDALE: Margaret has always been highly strung, and I'm afraid this has quite unbalanced her. That's why I was going to phone you, Temple.

4. TEMPLE: Oh?

5. LONSDALE: Yes, you see - she's got this extraordinary idea - that - well, that Carl isn't dead.

6. TEMPLE: But surely you were satisfied - you saw the body?

7. LONSDALE: Yes, of course. As I said the face was very disfigured, but I'm positive it was Carl. Apart from anything else I recognised the suit he was wearing.

8. STEVE: Then why should your sister think it wasn't her husband who was killed?

9. LONSDALE: Well - for one thing she consulted a Medium. A very well known one, I believe. She asked the Medium to get in touch with Carl and she failed, and Margaret seems to think this proves that Carl is still alive. It's ridiculous - but you know what women are when they get ideas into their heads. Also, Margaret's very depressed because - they had a quarrel of some kind, just before he left for Geneva.

10. STEVE: Can't her doctor help her?

11. LONSDALE: He prescribes sedatives, Mrs. Temple, but she refuses to take them. I'm afraid my sister's completely dominated by this obsession of hers - so much so, that she's made up her mind to consult you, Mr. Temple.

12. TEMPLE: But why should she consult me?

13. LONSDALE: Can't you guess why? (A moment) She wants you to find her husband for her.

14. /TEMPLE: I see.

15. LONSDALE: I hope you'll just humour her, Temple. Listen to everything she's got to say - but for her own sake, don't take her too seriously. The poor darling isn't quite herself these days.

16. STEVE: It's not really very surprising, is it, Mr. Lonsdale. You know what we women are, we do take things very much to heart sometimes.

(START FADE)

Die letzte Szene der ersten Folge mit dem Cliffhanger:

1. DOCTOR: Ah, yes.   Good evening.

2. TEMPLE: Good evening.

3. DOCTOR: I've given her an injection, Mr. Temple, so I can't allow you more than a few minutes.

4. TEMPLE: Yes, of course.

5. DOCTOR: All right, Nurse, move the screen.

     (THE SCREEN IS MOVED)

6. TEMPLE: (Softly) Dolly, this is Paul Temple.... can you hear me, Dolly?

7. DOLLY: (Weakly) Yes ... Yes, I can hear. But come a little closer, dear....

8. TEMPLE: There - is that better?

9. DOLLY: Yes, that's better.

10. TEMPLE: Who was it, Dolly?   Who did it?

11. DOLLY: I - I don't know who did it .... Honestly, I don't know.

12. TEMPLE: Dolly, you can talk to me - you've no need to worry if you talk to me....

13. DOLLY: (A shade frightened) Mr. Temple, I'm going to get better, aren't I?

14. TEMPLE: Yes, of course you are !

15. DOLLY: You're sure?

16. TEMPLE: Yes, of course I'm sure!   Dolly, don't be silly, of course you're going to get better!

17. DOLLY: (After a moment) I'm - I'm too young to die ... Remember that, Mr. Temple .... Too young to die..

     (FADE IN OF MUSIC)

Der Text für den Abspann:

ANNOUNCER:

In the first episode of "PAUL TEMPLE AND THE GENEVA MYSTERY" a serial in six episodes by Francis Durbridge, the part of Paul Temple was played by

Peter Coke,

Steve by Marjorie Westbury,

Margaret Milbourne - Isabel Dean,

Maurice Lonsdale - Patrick Barr

Dolly Brazer - Isabel Rennie,

Inspector Lloyd - Wilfrid Carter,

Charlie - John Baddeley,

Stone - Frederick Treves,

Lucas - Pat Connell,

Dan Roberts - Alan Haines,

Bill - Peter Bartlett,

Green - Anthony Hall,

the Doctor - James Thomason,

Taxi Driver - Bruce Beeby,

and the Police Constable - Malcolm Terris.

The programme, which was recorded, was produced by

Martyn C. Webster.

193

Der Beginn der zweiten Folge:

"PAUL TEMPLE AND THE GENEVA MYSTERY"

A serial in Six Episodes

by

Francis Durbridge.

Produced by Martyn C. Webster.

Episode 2 - "Concerning Mrs. Milbourne"

TRANSMISSION: Sunday, 18th April, 1965 : 7.0 - 7.30.p.m.   LIGHT PROGRAMME

REHEARSALS: Wednesday, 3rd March, 1965 : 10.30.a.m.

RECORDING: Wednesday, 3rd March, 1965 : 6.30 - 7.15.p.m.

STUDIO: GRAFTON

R.P.REF.NO: TLO 60808

CAST:

Paul Temple............	Peter Coke
Steve..................	Marjorie Westbury
Charlie...............	John Baddeley
Inspector Lloyd........	Wilfrid Carter
Maurice Lonsdale.......	Patrick Barr
Margaret Milbourne.....	Isabel Dean
Dolly Brazer...........	Isabel Rennie
Green.................	Anthony Hall
P.C.White/George..	Malcolm Terris
Doctor.................	James Thomason
Danny Clayton..........	Nigel Graham
Vince Langham..........	Simon Lack
Inspector Jenkins......	Hamlyn Benson
Mr. Gadd..............	Fraser Kerr
Mrs. Langham..........	Barbara Barnett
Tony/Man on Phone......	Michael McClain

PAUL TEMPLE AND THE GENEVA MYSTERY

- EPISODE TWO -

"Concerning Mrs Milbourne"

(OPENING MUSIC)

1. ANNOUNCER: We present the new Francis Durbridge Radio Serial,

                "Paul Temple and the Geneva Mystery".   Episode

                Two - "Concerning Mrs Milbourne".

                (FADE UP MUSIC.

2. TEMPLE: .... Dolly, don't be silly, of course you're going
                to get better.

3. DOLLY: (After a moment)   I'm - I'm too young to die ....
                Remember that, Mr. Temple ..... Too young to die ....

4. TEMPLE: Now don't worry, - you're in very good hands and
                you'll soon be feeling better.   If there's anything
                you want I'll see you get it, Dolly.

5. DOLLY: Thank you.

6. TEMPLE: Now tell me: Were you beaten up because - you
                warned me about the Milbourne case?

7. DOLLY: Yes.   I - I think so ....

8. TEMPLE: Who did it?

9. DOLLY: I don't know.   I honestly don't know.

10. TEMPLE: But, Dolly, you must have some idea who did it?

11. DOLLY: Look, I told you this morning.   You mustn't
                get mixed up in this affair ....   You mustn't.

12. TEMPLE: All right, Dolly.

13. DOCTOR: I'm afraid that will have to be all this time,
                Mr. Temple.   Nurse, the screen ....

                (THE SCREEN IS REPLACED AT THE FOOT
                OF THE BED.   A PAUSE)

14. TEMPLE: (Quietly)   What are her chances, Doctor?

15. DOCTOR: She's got a very bad head wound and we've got to
                take every precaution.

16. TEMPLE: Yes, of course.   Do everything you can for her,
                please.

Das Ende der zweiten Folge:

1. GADD: Yes ... Oh, he offered to pay for the room. Naturally, I wouldn't hear of it.

2. STEVE: Would you have said he was a good looking man, Mr. Gadd?

3. GADD: Good looking? Good Lord, not by any standards, Mrs. Temple!

4. STEVE: Paul, this doesn't sound like the man Mrs. Melbourne saw.

5. TEMPLE: (<u>Quietly</u>) No. No, it doesn't, Steve ...

> (FADE IN OF MUSIC. FADE DOWN
> OF MUSIC FRONT DOOR BELL IS
> RINGING)

6. STEVE: ... You know your really are the limit, Paul. You never have your front door key with you!

7. TEMPLE: Well, what about you?

8. STEVE: There's no point in my carrying a key if you've got yours.

9. TEMPLE: But I haven't got mine! Come along, Charlie! Come along!

9A. STEVE: He's probably taken the day off......
> (THE DOOR OPENS)

0. CHARLIE: Oh, it's you!

1. TEMPLE: Who did you think it was, Charlie - the man from the football pools?

2. CHARLIE: No such luck.

3. STEVE: Everything all right Charlie?

4. CHARLIE: Yes, everything's fine. I'll take your coat.

5. STEVE: Thank you.

6. CHARLIE: (<u>Suddenly</u>) Oh - there's a gentleman to see you, Mr. T. He's in the drawing room. He called about half an hour ago. Insisted on waiting, I just couldn't got rid of him.

7. TEMPLE: Did he give you his name, Charlie?

8. CHARLIE: Yes; he's an American gentleman, sir. A Mr. Danny Clayton.

> (FADE IN OF MUSIC)

9. ANNOUNCER:

Der Beginn der dritten Folge:

"PAUL TEMPLE AND THE GENEVA MYSTERY"

A serial in Six episodes

by

Francis Durbridge.

Produced by Martyn C. Webster.

Episode 3 - "A Note for Danny"

TRANSMISSION: Sunday, 25th April, 1965 : 7.0 - 7.30.p.m. LIGHT PROGRAMME

REHEARSALS   Friday, 5th March, 1965 : 10.30.a.m.

RECORDING: Friday, 5th March, 1965 : 6.30 - 7.15.p.m.

STUDIO: PICCADILLY 2.

R.P.REF.NO: TLO 60888

CAST:

Paul Temple	Peter Coke
Steve	Marjorie Westbury
Charlie	John Baddeley
Maurice Lonsdale	Patrick Barr
Margaret Milbourne	Isabel Dean
Danny Clayton	Nigel Graham
Vince Langham	Simon Lack
Norman Wallace	Rex Graham
Waiter/Taxi Driver	Peter Marinker
Edith/Mrs. Rhodes	Madi Hedd
Official/Steward	LeRoy Lingwood
Office	Frederick Treves
Gustav	Gerard Green

PAUL TEMPLE AND THE GENEVA MYSTERY

EPISODE THREE

"A Note For Danny"

(OPENING MUSIC.   FADE MUSIC)

1. ANNOUNCER: We present the new Francis Durbridge radio serial,
"Paul Temple and the Geneva Mystery".   Episode
Three - "A Note For Danny".

(FADE UP MUSIC.   FADE MUSIC.
FADE IN OF CHARLIE'S VOICE)

2. CHARLIE: ... There's a gentleman to see you, Mr. T.   He's
in the drawing room.   He called about half an
hour ago.   Insisted on waiting, I just couldn't
get rid of him.

3. TEMPLE: Did he give you his name, Charlie?

4. CHARLIE: Yes;   he's an American gentleman, sir.   A
Mr. Danny Clayton.

5. STEVE: Paul, stand here.   You can see him in the mirror.

6. TEMPLE: Yes.   (Quietly) That's the man Mrs. Milbourne saw -
not the man Mr. Gadd described / gave him the note.

7. STEVE: Yes, this man's quite good looking.

8. TEMPLE: Come on - we'd better go in ....

(FADE.   FADE IN)

9. TEMPLE: Mr. Clayton?

10. DANNY: Oh, good afternoon, Mr. Temple.

(DANNY CLAYTON SOUNDS A PLEASANTER
PERSON THAN INDICATED IN THE
FLASHBACK WITH MRS MILBOURNE)

11. TEMPLE: This is my wife.

12. DANNY: Nice to know you, Mrs. Temple.

13. TEMPLE: Do sit down.

14. DANNY: I do apologise for intruding like this, but I just
had to see you.   In fact I've come all the way
from Geneva for that very purpose -

15. STEVE: (Surprised)   Just to see my husband?

16. DANNY: That's right, Mrs. Temple.   I'm Julia Carrington's
secretary.   (Smiling) I guess you've heard of
Miss Carrington?

198

Das Ende der dritten Folge:

1. STEVE: What do you mean?

2. TEMPLE: You know when we were getting off the boat and I went back to the cabin ....

3. STEVE: Yes, you'd left your gloves behind.

4. TEMPLE: I hadn't. I wanted to have a word with the steward. I wanted to find out if anyone had visited Danny while we were taking a stroll.

5. STEVE: Well?

6. TEMPLE: The steward said he hadn't seen anyone but just as I was leaving the cabin I spotted a piece of paper in the waste paper basket. It was a note. Someone had obviously sent it to Clayton and he'd thrown it away.

7. STEVE: What did the note say?

8. TEMPLE: Read it for yourself. You won't have any difficulty, it's written in block capitals.

(STEVE TAKES THE NOTE)

9. STEVE: (Reading) "Be careful - you're too young to die, Mr. Clayton."

(FADE IN OF MUSIC)

ANNOUNCER: In episode Three of "PAUL TEMPLE AND THE GENEVA MYSTERY" a serial in six episodes by Francis Durbridge, the part of Paul Temple was played by Peter Coke,

Steve by Marjorie Westbury,

Margaret Wilbourne by Isabel Dean,

Danny Clayton - Nigel Graham,

Vince Langham - Simon Lack,

Maurice Lonsdale - Patrick Barr,

Charlie - John Beddeley,

Norman Wallace - Rex Graham,

and Edith - Madi Hedd.

JP/CSG.

Other parts were played by Members of the BBC Drama Repertory Company, and the programme, which was recorded, was produced

by Martyn C. Webster.

Hinweis: Das komplette englische Originalmanuskript zum Hörspiel *Paul Temple and the Geneva Mystery* ist als Band 58 der englischen Durbridge-Edition von Williams & Whiting erschienen.

Das Paul-Temple-Universum
von Dr. Georg Pagitz

Paul Temple, erfolgreicher Kriminalschriftsteller und Detektiv, begegnet uns seit seinem ersten Auftreten im Jahr 1938 als Held von Hörspielen, Kinoproduktionen, Romanen, Comics sowie als Protagonist eines Theaterstücks und einer zweiundfünfzigteiligen Fernsehserie.

Im deutschen Sprachraum werden die meisten René Deltgen mit dieser Figur verbinden, der ihr fast zwanzig Jahre lang seine sonore Stimme lieh. Der beliebte Schauspieler sagte dazu in den 70ern: »Ich habe diese Rolle damals wirklich gerne gesprochen. Der Krimi machte deshalb allen so viel Spaß, weil er logisch geschrieben war. Wenn man genau hinhörte, hatte man tatsächlich die Chance, den Täter zu identifizieren.«

Das Fehlen dieser gewohnten Stimme störte die Zuseher anfangs, als Francis Matthews den Helden in einer vier Staffeln umfassenden BBC-ZDF-Koproduktion spielte und Gert Günther Hoffmann ihn synchronisierte. Das Gesicht von Francis Matthews ist dennoch für die meisten untrennbar mit Francis Durbridges Helden verbunden, blieb sein Auftritt als smarter Detektiv doch vielen am stärksten in Erinnerung. Als die TV-Serie produziert wurde, erhielt selbst der gezeichnete Temple in den Comicstrips Matthews' Aussehen.

Weitere Darsteller, die Paul Temple spielten, waren John Bentley und Anthony Hulme (in den Kinofilmen), in den deutschen Hörspielen auch Paul Klinger oder Karl John, in den britischen unter anderem Hugh Morton, Carl Bernard, Peter Coke und Crawford Logan. Matthias Kiel ist in der von Pidax und HNYWOOD 2022 gestarteten Neuauflage der Abenteuer die Stimme des smarten Ermittlers.

Wer aber ist nun aber dieser Paul Temple? Was erfahren wir über ihn und die anderen wiederkehrenden Figuren in den Werken von Francis Durbridge? Die folgenden Seiten versuchen, darauf eine Antwort zu geben.

PAUL TEMPLE, KRIMINALSCHRIFTSTELLER

Paul Temple, Sohn des Offiziers Ian Temple, ist 1938 bei seinem ersten Fall bereits 40 Jahre alt. 1898 in Ontario geboren, kommt er im Alter von zehn Jahren nach Großbritannien, wo er in Rugby in Warwickshire zur Schule geht und später das Magdalen College in Oxford besucht. Mitte der 1920er-Jahre heuert er bei einer Londoner Zeitung an, für die er die verschiedensten Artikel schreibt. Allmählich spezialisiert er sich auf Kriminalberichterstattung. Nebenbei verfasst er auch sein erstes Theaterstück. *Dance, Little Lady* hat 1929 nur mäßigen Erfolg, allerdings schlägt sein 1930 verfasster erster Kriminalroman *Death in the Theatre!* wie eine Bombe ein. Temple, der sechs Jahre brauchte, um sich zu einem der gefragtesten Schriftsteller hochzuarbeiten, verlässt die Zeitung und ist fortan nur mehr als Autor tätig (all dies erfahren wir in Francis Durbridges erstem Kriminalroman, *Send for Paul Temple* (dt.: *Paul Temple und der Fall Max Lorraine*). In dem Zeitungsartikel *This Man Temple*, erschienen in der *Evening Post* am 27. November 1950, widerspricht sich Durbridge allerdings und gibt an, dass Temple bereits im Alter von 22 Jahren seinen ersten von mehr als dreißig Kriminalromanen verfasste, was also bereits 1920 gewesen sein muss.

Im Jahr 1936 hilft Paul erstmals Scotland Yard in einem Kriminalfall. Dabei überführt er, wie wir aus einem Gespräch im ersten Hörspiel *Send for Paul Temple* (1938) erfahren, einen Mörder, der seine Frau über eine Klippe in Cornwall gestoßen hatte.

1938 ist ein entscheidendes Jahr für den charismatischen Schriftsteller, denn er wird in einen geheimnisvollen Kriminalfall hineingezogen. Die kriminellen Aktivitäten einer mysteriösen Juwelenbande lassen Scotland Yard nicht ruhen. Als Superintendent Harvey von Scotland Yard von dem geheimnisvollen Hintermann Max Lorraine, dessen Identität niemand kennt, ermordet wird, bittet dessen Schwester Louise Paul Temple um Hilfe: Er soll den Mörder ihres Bruders finden. Louise Harvey ist Journalistin und arbeitet unter dem Pseudonym Steve Trent, einem Männernamen. Ihr Spitzname »Steve« bleibt ihr jedoch und Temple löst nicht nur diesen ersten Fall für sie, sondern erobert auch noch ihr Herz. Im gleichen Jahr heiratet Paul seine Steve in der Londoner *St. Mary Abbots Church*, wie wir aus dem Artikel *This Man Temple* von Francis Durbridge erfahren. Im gleichen Beitrag erwähnt der geistige Vater des Detektivs auch die Vorlieben seines Helden: Er geht gerne zum Angeln, sammelt Erstausgaben, mag die Komponisten Claude Debussy, Ludwig van Beethoven, Jerome Kern, Rodgers und Hart, Cole Porter und die Bilder des französischen Malers Raoul Dufy.

Anfangs bewohnt Temple ein schönes Landhaus in Bramley Lodge namens Berkely Grange (Telefonnummer: Evesham 9898), während er sich gemeinsam mit Steve später vor allem in einem Appartement im ersten Stock der Eastwood Mansions 49 aufhält, das sich im Londoner Nobelviertel Mayfair befindet (in späteren Geschichten ist es der vierte Stock). Telefonisch erreichbar sind die Temples dort unter Mayfair 7864. Später bewohnen sie ein Appartement in der Half Moon Street in der *City of Westminster*.

Temples Eigenart ist es, als Ausdruck der Verwunderung (oder manchmal auch der Verärgerung) »By Timothy!« zu verwenden, was in manchen Romanübersetzungen auch als »Bei Timothy!« wiedergegeben wird, in den bekannten deutschen Radiohörspielen mit René Deltgen – wohl aus phoentischen Gründen – jedoch zu »Bei Morpheus!« wurde. Durbridge verwendete diesen Ausdruck, da in den Entstehungsjahren seiner Geschichten Schimpfwörter absolut verpönt waren.

Heute würde man für Paul Temple wohl den Ausdruck »Promi« oder »Celebrity« verwenden, er ist nämlich überall bekannt (und bei Ganoven gefürchtet). Die meisten Personen, mit denen er zu tun bekommt, erkennen ihn sofort und in fast jedem Fall gibt es einen Verdächtigen, der sich als ausgesprochener Temple-Fan deklariert und vorgibt, all seine Romane gelesen zu haben.

Paul genehmigt sich gerne trockene Martinis, in den frühen Fällen raucht er gerne Pfeife, während er später auch mal Zigaretten oder Zigarren konsumiert. Wie wir in *A Case for Paul Temple* (dt. Hörspiel: *Paul Temple und der Fall Valentine*, Band 8) erfahren, mixt Temple Drinks stets zu stark, so dass Gäste diese gerne mit Dynamit vergleichen.

Paul legt Wert auf gepflogene Wortwahl und versucht ständig, seinem Diener Charlie den Ausdruck »Okay« abzugewöhnen. Seine bevorzugten Reiseziele sind neben Schottland verschiedene Orte in Frankreich, vor allem die Côte d'Azur hat es ihm (und seiner Frau) angetan, aber auch die Schweiz.

In *Paul Temple und die Schlagzeilenmänner* erfahren wir, dass Paul nach seiner Heirat seine eingefleischten Junggesellengewohnheiten ablegt: Er macht mehr Sport, verliert überflüssiges Fett, lässt sich die Haare öfter schneiden, rasiert sich regelmäßig, raucht weniger und isst nicht mehr so viel von seinem Lieblingsgebäck (Muffins), das er früher geradezu verschlungen hatte.

Paul geht liebevoll mit seiner Frau Steve um und versucht als perfekter Gentleman der alten Schule jegliche Gefahr von ihr fernzuhalten, was ihm jedoch nicht immer gelingt. Wenn es brenzlig wird, schickt er sie schon mal ins Theater (*Paul Temple Intervenes*, Roman: *Paul Temple und die Marquis-Morde* (Band 11)) oder gibt ihr sogar Schlaftabletten (*Paul Temple and Steve* (Band 10: *Paul Temple und der Fall Dr. Belasco*), damit sie sich nicht in Gefahr begibt. Dies geschieht jedoch mit wenig Erfolg, denn Steve lässt sich keine gefährliche Situation entgehen. In späteren Fällen kommt es häufig vor, dass ein Telefonanruf Pauls Steve in eine Falle locken soll. Einige Gangsterorganisationen verfügen nämlich, so scheint es, über einen eigenen Paul-Temple-Stimmenimitator, der nur dazu »beschäftigt« wird, um die Frau des Detektivs aus der Wohnung zu locken. Wie dem auch sei, ab dem Fall Gilbert wiederholt sich in den Temple-Hörspielen ein Ritual: Paul und Steve machen sich ein Erkennungszeichen aus, damit Steve am Telefon erkennen kann, ob tatsächlich ihr Ehemann am Apparat ist. Auf die Frage »Wo fischt Tommy?« muss der Anrufer »In der Themse!« antworten. Tut er das nicht, handelt es sich um eine Falle.

Paul führt seine Steve gerne zum Tanzen aus, auch wenn er schon mal Walzer mit Foxtrott verwechselt. Er schenkt ihr regelmäßig Schmuck und muss häufig ein neues Kleid kaufen, wenn Steve wieder mal verdeckt in einem Modesalon ermittelt. Zwischen den beiden kommt es manchmal zu sympathischen Neckereien, so mokiert sich Temple immer wieder über die Fahrkünste seiner Frau (Kurzgeschichte *Paul Temple und der Langfinger*) oder auch über ihr Alter. So gibt er in ihrer Anwesenheit Sir Graham gegenüber an, seine Frau feiere bereits den 45. Geburtstag, während sie in Wirklichkeit wesentlich jünger ist. Bei einem am Abend stattfindenden Gespräch zwischen ihm und dem hohen Beamten von Scotland Yard macht er sich außerdem auch schon mal darüber lustig, dass Steve sich bereits seit fünf Uhr nachmittags im Bad für das Dinner zurecht macht (*Paul Temple und der Fall Valentine*).

Was seine Kriminalfälle betrifft, so kann Temple durch seine langjährige Tätigkeit als Autor und Kriminologe auf viele nützliche Kontakte in der Londoner Unterwelt zurückgreifen und erhält dadurch immer topaktuelle und nützliche Informationen. Bei seinen Ermittlungen, die ihn nicht selten in dubiose Londoner Nachtclubs führen, geht er höchst diskret vor und verrät nicht einmal Steve, wer der große Drahtzieher ist. Auf direkte Fragen seiner Gattin diesbezüglich, gibt er keine konkreten Antworten, sondern bevorzugt es, sämtliche in den Fall verwickelten Personen zu einer Cocktailparty einzuladen, um dann in Anwesenheit und zur Verblüffung aller den Mörder zu überführen.

In jedem Fall wird er mit Warnungen konfrontiert, sich nicht weiter um die Ermittlungen zu kümmern, denn sämtliche Ganoven erstarren vor Angst, wenn sich Temple auf die Jagd nach ihnen begibt. Telefonische Warnungen ignoriert er gänzlich und die üblichen Anschläge auf sein Leben während einer Autofahrt sind für ihn schon mehr als Routine.

Bleibt zu erwähnen, dass Paul vor allem in den frühen Fällen am Ende schwört: »Das war mein letzter Fall!« und sich fortan nur mehr dafür interessieren will, welche Temperatur das Bier hat (dies ist am Anfang ein Running Gag in den Hörspielen). Temple wird allerdings trotzdem – ob er es will, oder nicht – immer wieder in neue Kriminalfälle verwickelt.

Abschließend sei erwähnt, dass die Figur Paul Temple in den Niederlanden zu Paul Vlaanderen wurde und der belgische Radiodetektiv Nick Holland sich ganz stark an ihm orientierte. Francis Durbridge selbst entschied sich für den Namen Paul Temple, nachdem er kurzzeitig auch für Mark Conway optiert hatte.

STEVE TEMPLE, GEBORENE LOUISE HARVEY

Über Steves Geburtsjahr wissen wir nichts Genaues. Ihr Bruder Superintendent Harvey war jedenfalls ein angesehener Polizist, der Opfer des berüchtigten Juwelenbandenchefs Max Lorraine wurde. Steve ist Journalistin und 1938, im Jahr, als sie Paul Temple kennen lernt, seit 18 Monaten bei der *Evening Post* beschäftigt, wo sie Artikel über Liebe und Liebesprobleme schreibt. Dort arbeitet die gebürtige Louise Harvey unter dem Pseudonym eines Mannes: Steve Trent. Dies hat mehrere Gründe. Einerseits ist es in jenen Jahren recht schwierig, sich als Frau bei einer Zeitung zu profilieren, andererseits bevorzugt sie diesen Namen in der Öffentlichkeit, damit sie vor Max Lorraine sicher ist. Es gibt nämlich die Befürchtung, dass sich dieser auch an der Schwester jenes Polizeibeamten rächt, der ihm so knapp auf die Fersen gekommen ist. Steve, die in der allerersten Paul-Temple-Hörspiel-Episode noch gar nicht vorkam, bittet Paul, sich des Mordes an ihrem Bruder anzunehmen. Sie war es auch, die die Zeitungskampagne, die dem ersten Hörspiel den Titel gab, ins Rollen brachte (*Send for Paul Temple!*), um endlich in den mysteriösen Diamantenraub- und Mordfällen, die der geheimnisvolle Drahtzieher Max Lorraine verursacht, weiterzukommen. Der Schriftsteller akzeptiert Steves Bitte und rettet seiner zukünftigen Ehefrau, die bei einer Hauswirtin namens Mrs. Neddy wohnt, schon bei seinem ersten Besuch das Leben, indem er ein Schussattentat auf sie vereitelt. Im Laufe des allerersten Falls kommen sich die beiden näher, allerdings erweist sich Steve als eine sehr emanzipierte Frau, denn was die Beziehung zu Paul angeht, ergreift sie mehrfach die Initiative. In der fünften Episode des ersten Falls sagt sie zu ihm erstmals »You're very sweet!« (»Sie sind sehr süß!«). Sogar den Heiratsantrag übernimmt sie. Paul versucht am Ende des ersten Falls, sich mit Steve zu verabreden. Er lädt sie zunächst zum Abendessen ein, schlägt dann vor, dass man sich eigentlich schon zum Tee oder gar zum Mittagessen treffen könnte und wagt dann, sie bereits zum Frühstück einzuladen. Steve meint daraufhin, dass sie ausschließlich im Bett frühstücke. Paul schaut verdutzt, ehe Steve ergänzt: »Natürlich könnten wir heiraten!«. Die Hochzeit findet noch im selben Jahr in London statt. Wenige Jahre später, am Ende des Falls *Send for Paul Temple Again!* (als Roman: *Paul Temple jagt »Rex«*), dem fünften in der Reihenfolge, fragt Paul seine Steve verwundert, warum sie einen hellblauen Pullover stricke. Der sonst so blitzschnell kombinierende Detektiv braucht einige Zeit, bis er versteht, dass er Vater wird. Von Paul Temple junior erfahren wir später nur noch, dass er Timothy heißt und bei einem Kindermädchen ist (*A Case for Paul Temple*). In allen weiteren Temple-Geschichten ist das Ehepaar kinderlos.

Steve hat in Paul Temples zweitem Fall *Paul Temple and the Front Page Men* (als Roman: *Paul Temple und die Schlagzeilenmänner* bzw. *Paul Temple und der Klavierstimmer*) außerdem einen phänomenalen Erfolg mit einem Kriminalroman, den sie unter dem Pseudonym Andrea Fortune schreibt. Im Roman *Paul Temple und die Marquis-Morde* darf sie sogar in die USA reisen, um dort vor Frauen Vorträge über Großbritannien (und die Kriminalität) zu halten.

Zu Steves negativen Eigenschaften zählt, dass sie unpünktlich ist (Kurzgeschichte *Paul Temple und die Nachtigall*) und dass sie hinter dem Steuer eines Wagens immer etwas verkrampft (Kurzgeschichte *Paul Temple und der Langfinger*). Sie liebt neue Kleider. Diesbezüglich ist es von Vorteil, dass die Ermittlungen Pauls sie oft in exquisite Boutiquen führen, in denen sie als Vorwand einkaufen »muss«.

Die Ehefrau des berühmten Kriminalschriftstellers ist bekannt für ihre »Eingebungen«, das heißt, sie hat oft das richtige Gespür in den Fällen ihres Mannes und schöpft häufig gegen unverdächtige Figuren Verdacht. Ihr Schicksal ist es jedoch, dass sie in fast jedem Fall entführt wird, meist als Warnung, damit Temple seine Nachforschungen einstellt. Sie schafft es jedoch auch immer wieder, in brenzlige Situationen zu kommen, wenn Temple sie zu Hause und in Sicherheit glaubt. Eine gewisse Sturheit wie auch ein gewisser Leichtsinn sind ihr manchmal nicht abzusprechen. In jedem Falle kann man über sie sagen, dass sie eines nicht hat: Angst. Unbehagen verspürt sie jedoch, wenn Sir Graham, ein führender Beamter von Scotland Yard, ihren Mann aufsucht. Dies bedeutet nämlich immer, dass er ihn um Mithilfe in einem schwierigen Fall bitten möchte. Steve würde das gerne vermeiden, auch deshalb, weil Sir Graham immer dann auf der Bildfläche erscheint, wenn ihr Mann gerade einen neuen Roman verfasst oder – was noch schlimmer ist – mit ihr gerade in den Urlaub fahren will. Wenn es irgendwie geht, versucht sie deshalb, dass Sir Graham ihr Heim gar nicht betritt.

Bleibt zu erwähnen, dass der männlich anmutende Vorname Steve in manchen Versionen zu einem weiblicheren geändert wurde: So hieß Temples Ehefrau in der deutschen Synchronfassung des Spielfilms *Paul Temple – Jagd auf »Z«* Eva, in den niederländischen Hörspielen Ina, in den deutschen Paul-Temple-Comics Steffi, ähnlich mutete die Aussprache in einigen italienischen Hörspielen an, wo aus Steve gesprochen [stiwi] wurde. Im allerersten Paul Temple-Hörspiel der RAI, *Paul Temple, il romanziere poliziotto,* hieß die Gattin des Detektivs Betty, während in der Version, die im I+H-Verlag von *Paul Temple jagt »Rex«* gedruckt wurde, eine gewisse Stella Temple als Pauls Ehefrau erscheint. Nicht zu vergessen ist natürlich, dass Paul in der deutschen Synchronisation der zweiundfünfzigteiligen TV-Serie Paul Temple seine Gattin liebevoll »Stiefelchen« nannte. Die belgische Hörspielreihe Nick Holland war eine Antwort auf die niederländische Temple-Version Paul Vlaanderen und hatte ebenso einen Kriminalschriftsteller, der mit seiner Ehefrau in Kriminalfällen ermittelt, zum Protagonisten. Steves Äquivalent hieß dort Ellie.

Sir Graham Forbes,
Leitender Beamter bei Scotland Yard

Über Sir Grahams Privatleben erfahren wir wenig, er hat jedoch eine Tochter namens Carol (*Paul Temple und die Schlagzeilenmänner*). Er ist kein Einzelkind, denn er hat einen Neffen und eine Nichte, mit der er sogar vorgibt, zu verreisen (*News of Paul Temple*). Er ist schon über sechzig Jahre alt und steht knapp vor der Pension, taucht aber bis zum Ende von Paul Temples Radiokarriere auf. Anfänglich hält er nicht viel von dem erfolgreichen Kriminalschriftsteller Temple und vertritt gar die Meinung, dass dieser nur ein Amateurdetektiv sei, dem nichts außer Publicity wichtig ist (*Send for Paul Temple*). Auch Temple ist anfangs eher skeptisch gegenüber seinem späteren guten Bekannten (oder soll man sagen: Freund?) eingestellt und verdächtigt ihn sogar in seinem ersten Fall, an der Spitze einer großen kriminellen Organisation zu stehen. Wie dem auch sei, das Eis bricht, und Temple wird im Laufe der Jahre zum zuverlässigsten »Mitarbeiter« Sir Grahams, der ihn immer dann aufsucht, wenn die Kriminalpolizei nicht mehr weiter weiß und unorthodoxe Methoden notwendig werden, um in einem schwierigen Fall voranzukommen. Dazu liefert er ihm auch alle notwendigen und exklusiven Informationen, die eigentlich Polizeiinterna sind. Temple genießt jedoch Sir Grahams uneingeschränktes Vertrauen und hat somit Zugang zum Archiv von Scotland Yard.

CHARLIE VOSPER, KRIMINALINSPEKTOR

Die Inspektoren, die an den jeweiligen Fällen arbeiten, in denen Sir Graham Paul Temple um Mithilfe bittet, sind meist wenig erfreut, dass ihnen jemand »ins Handwerk pfuscht«. Zudem macht Francis Durbridge die meisten Inspektoren auch immer schön verdächtig, so dass auch sie einer der Drahtzieher sein könnten. In den frühen Fällen wechseln die Ermittler, einzig Superintendent Bradley kommt mehrfach vor. Erst Inspektor Vosper, der erstmals in Paul Temples siebten Fall *Paul Temple and the Gregory Affair* (*Paul Temple und die Affäre / der Fall Gregory*) vorkommt, begleitet Sir Graham und Paul über Jahrzehnte und weit über die Hörspielära hinaus in die in den 1970ern erschienen Temple-Romane. Vosper gibt Temple bereitwillig Auskunft, auch wenn er anfänglich, wie seine Vorgänger, Temples Mitmischen im Fall nicht sonderlich begrüßt. Ein wenig Neid auf die kriminalistischen Erfolge des Schriftstellers mögen da mitspielen. In den 1970ern erschienen vier Romanen ändert sich das Auftreten Vospers. Er ist ruppig und hat etwas gegen Temples Einmischung in die Fälle, außerdem goutiert er dessen gute Beziehung zu Sir Graham nicht.

PRYCE, RICKY, MARY, CHARLIE, ERIC, KATE: DIE DIENER

Das deutsche Hörspielpublikum wird mit Temples Diener vor allem Charlie assoziieren. Faktum ist jedoch, dass dieser in einer ganzen Reihe von Mitarbeitern im Temple'schen Haushalt steht. Am Beginn schmeißt diesen der vornehme, ältliche Bilderbuchbutler Pryce, der seinen Herren vier Fälle lange begleitet, ehe er in *Send for Paul Temple Again!* durch Ricky (in den Spielfilmen: Rikki) ersetzt wird. Dieser ist ein sympathischer Mann aus Rangun in Myanmar (damals: Burma), der stets lächelt und immer bereit ist, Temples Bitten und Anweisungen – mögen sie auch noch so seltsam sein – zu erfüllen und befolgen. Sein Bruder Sakki taucht nur in dem Spielfilm *Paul Temple und der Fall Marquis* auf. Ehe im Gregory-Fall der kultige Charlie bei den Temples einzieht, kümmert sich im Fall Valentine eine Frau um den Haushalt und um die Temples: Mary.

Charlie ist ein etwas vorlauter junger Mann, der den Temples treu ergeben ist. Er nervt Paul stets mit seinem »Okay, Sir!«, das Temple ihm erfolglos abzugewöhnen versucht. Im englischen Original nennt der begeisterte Tänzer, der oft mit einer Bekannten Mable zum Tanz aus geht, seine Arbeitgeber »Mister T« und »Misses T«. Schließlich war in der ersten Staffel der Fernsehserie ein gewisser Eric Temples Butler, später wurde er durch die korpulente Kate – eine ehemalige Polizistin – ersetzt, die auch schon mal in Auftrag gegebene Nachforschungen in den Fällen ihres Arbeitgebers anstellte.

Die Durbridge-Edition
– Williams & Whiting –

Bei Williams & Whiting sind bisher achtunddreißig Bände von Francis Durbridge erschienen. Sämtliche Bücher enthalten eine umfassende Einleitung und ein Nachwort mit vielen Hintergrundinformationen zu Francis Durbridge, den jeweiligen Geschichten und den Produktionsumständen der Verfilmungen bzw. Vertonungen.

Band 1   FRANCIS DURBRIDGE

Stichtag für Harry
Paul Temple und der vorausgesagte Mord
Kriminalroman

Vorwort, Nachwort und Übersetzung: Dr. Georg Pagitz

Ein junger Mann namens Peter Gibson sucht Superintendent Max Christian in Scotland Yard auf. Er berichtet, dass er in einem Café in Hampstead arbeitet und ungewollt bei der Arbeit zwei Frauen belauscht hat. Diese sagten, dass ein gewisser Harry Sherwood den Sechzehnten des kommenden Monats nicht überleben würde. Christian geht der Sache nach, muss aber feststellen, dass nichts von dem, was Gibson erzählt hatte, stimmt. Es gibt weder das Café noch einen Mann dieses Namens. Am Sechzehnten des darauffolgenden Monats wird jedoch in einem Wohnwagen eine Leiche gefunden. Der Täter hat sein Opfer erstochen. Als Superintendent Christian den Toten sieht, glaubt er seinen Augen nicht: Es handelt sich dabei um den angeblichen Peter Gibson, der in Wirklichkeit Harry Sherwood hieß ...

Durbridge schrieb diese Geschichte als Fortsetzungsroman im Jahr 1960. Sie blieb jedoch unveröffentlicht und erscheint nun erstmals posthum.

Der Autor versuchte die Story auch als Filmtreatment deutschen Produzenten anzubieten und schrieb sie später zur Episode für eine *Paul-Temple*-TV-Folge um. Dieses Szenarium ist in dem Buch als *Paul Temple und der vorausgesagte Mord* enthalten, den Abschluss bildet eine Abhandlung über Durbridge und die Temple-TV-Serie.

Band 2   FRANCIS DURBRIDGE

Schritt ins Dunkel
Drehbuch für einen deutschen Spielfilm

Vorwort, Nachwort und Übersetzung: Dr. Georg Pagitz

In Soho geht ein gefährlicher Mörder um, der Barmädchen mit einem Messer tötet. Scotland Yard steht vor einem Rätsel. Zur gleichen Zeit befindet sich der wohlhabende Immobilienmakler Mike Hilton in einer existentiellen Krise: Nach dem Tod seiner Tochter und schwierigen Phasen in seiner Ehe verlässt ihn seine Ehefrau Ruth. Nach einer Reifenpanne nahe einem berüchtigten Pub in Soho lernt er die attraktive Selby Brooks kennen und verliebt sich in sie. Als er die junge Dame wenig später auf einem Hausboot besuchen will, findet er ihre Leiche. Mike Hilton gerät unter Mordverdacht. Zur Tatzeit half er einem kleinen Jungen dabei, dessen Papierdrachen aus einem Baum zu befreien. Doch dieses Alibi ist nichts wert, denn der Junge scheint spurlos verschwunden zu sein und gar nicht zu existieren. Gleichzeitig erfährt Mike von Scotland Yard, dass nichts von dem, was Selby ihm erzählt hatte, stimmte. Kann er sich aus dem Teufelskreis, in dem er sich befindet, befreien und den wahren Täter finden?

Die Hintergrundgeschichte zu diesem verschollenen Drehbuch ist ebenso spannend wie die Kriminalgeschichte selbst. Francis Durbridge verfasste das Skript 1961 und verkaufte es 1962 an einen deutschen Filmproduzenten. Letztlich wurde daraus der Spielfilm *Piccadilly null Uhr zwölf*, der bis auf vier Namen nichts mehr mit der Originalstory zu tun hatte. Im Vor- und Nachwort werden die Hintergründe analysiert und dank erst kürzlich aufgefundener Originalkorrespondenz von Francis Durbridge auch die Umstände und Gründe der Änderungen rekonstruiert.

Band 3   FRANCIS DURBRIDGE
Paul Temple muss her!
Ein Kriminalstück
Vorwort, Nachwort und Übersetzung: Dr. Georg Pagitz

Scotland Yard steht vor einem Rätsel. Eine gefährliche Verbrecherbande verunsichert London durch Kindesentführungen, Lösegelderpressungen und andererseits durch spektakuläre Juwelenraube. Die Ganoven operieren unter dem Namen »Die Schlagzeilenmänner«. Dies ist gleichzeitig der Titel des Romans einer unbekannten Autorin, deren Identität niemand kennt. Nachdem Sir Graham und seine Ermittler nicht weiterkommen, fordern die Zeitungen nach Unterstützung und titeln: »Paul Temple muss her!« Der erfolgreiche Kriminalschriftsteller und Privatermittler schaltet sich daraufhin ein und weiß bald, dass der große Hintermann ein Superverbrecher namens Max Lorraine ist. Aber wer der Verdächtigen versteckt sich hinter diesem Namen? Wer ist der gefährliche Schlagzeilenmann Nummer 1?

Dieses im Jahr 1943 in Birmingham uraufgeführte Theaterstück wurde seither nie mehr gespielt. Der Autor zeigt darin sein ganzes Können und liefert Drehungen, Wendungen und Cliffhanger im Minutentakt. Vier Personen sterben auf der Bühne, ebenso viele Leichen gibt es aus Erzählungen. Die *Birmingham Post* schrieb damals zur Uraufführung:»Leichen fallen aus Aufzügen, Schreie hallen durch die Nacht, aus einem unverdächtig aussehenden Grammophon kommen Schüsse und Blausäure findet ihren Weg in harmlose Whiskyfläschchen. Eigentlich haben wir A oder B als Täter verdächtigt, aber dann war es plötzlich X.« Bei dem Stück handelt es sich um eine geschickte Mischung aus Paul Temples ersten beiden Hörspielabenteuern.

Band 4   FRANCIS DURBRIDGE
Schöne Grüße von Mister Brix
Kriminalroman
Vorwort und Nachwort: Dr. Georg Pagitz

Geheimnisvolle und höchst mysteriöse Umstände haben den Ex-Inspektor Richard Grant und seine Frau Margret dazu veranlasst, vorübergehend wieder in den Dienst von Scotland Yard zu treten. In einem Fischerdorf namens Shorecombe war zuvor die Leiche einer gewissen Barbara Willis, Tochter eines feinen Londoner Hauses, aus dem Meer gezogen worden. Kurz darauf bekam ihr Verlobter Robert Brown eine Diamantenbrosche zugeschickt. Darauf stand: »Schöne Grüße von Mister Brix«. Wenig später finden die Grants in ihrer Garage eine weitere Leiche. Peggy Gillow, die in dem Fall undercover ermittelte, wurde erdrosselt. Auch ihr Vater bekam eine mysteriöse Karte von Mister Brix mit der gleichen sarkastischen Botschaft. Steckt hinter diesem Pseudonym jener gefährliche Ariman, dessen Fall Grant einst bearbeitete? Und wenn ja, wer von den zahllosen Verdächtigen ist dieser Verbrecher?

Durbridge schrieb diesen Kriminalroman 1962 für den deutschen Markt. Er basiert auf dem legendären Hörspiel *Paul Temple und die Affäre Gregory* und erzählt dieses sehr werkgetreu nach, allerdings wurden die Charaktere umbenannt. Wer schon immer wissen wollte, worum es in diesem Fall geht und ihn in voller Länge erleben wollte, kann dies nun endlich tun.

Band 5   FRANCIS DURBRIDGE
Die gelbe Windmühle
Kriminalroman
Vorwort und Nachwort: Dr. Georg Pagitz

Susan Kelford, die vierjährige Tochter des reichen Sir Cedric Kelford, dem Präsiden-
ten der Londoner Central Bank, wird entführt. Das Mädchen war gerade in einem
Londoner Park, als eine kleine gelbe Spielzeugwindmühle ihre Aufmerksamkeit
erregte und sie in die Hand ihres Entführers lockte. Dieser zerrte das Kind in seinen
Wagen und suchte daraufhin rasch mit seinem Komplizen das Weite. Man fordert
10.000 Pfund Lösegeld von dem Multimillionär Kelford. Inspektor Houston von
Scotland Yard macht drei Tage später eine grausige Entdeckung: Sein Sohn Dennis,
der in Sir Cedrics Bank arbeitet, sitzt erschossen vor dem Fernsehgerät. In den Bild-
schirm ist eine gelbe Windmühle eingeritzt ...

Die gelbe Windmühle erschien 1954 als Fortsetzungsroman in England. Im Jahr
1965 verfasste Francis Durbridge eine eigene Fassung für den deutschen Markt, die
hier erstmals als Buch vorliegt.

Band 6   FRANCIS DURBRIDGE
Mitten ins Herz
Der Mann, der das Quiz gewann
Paul Temple und die flüchtige Miss Helvin
Kriminalromane
Vorwort und Nachwort: Dr. Georg Pagitz

Gary Mason, der berühmteste und beliebteste Schauspieler Englands, wird auf dem
Gelände eines Londoner Filmstudios erschossen. Wer ist der Täter? Und hatte er
tatsächlich Mason als Ziel auserkoren oder war dieser Mord ein Versehen und er galt
eigentlich der überaus attraktiven schwedischen Nachwuchsschauspielerin Karin
Lund? Diese legt ein seltsames Verhalten an den Tag, vor allem als sie zwei Tage
später dem Journalisten Michael Collins begegnet, der Augenzeuge der Tat wurde
und sich danach um die junge Frau gekümmert hatte. Diesmal ignoriert Karin den
Reporter und ist in Begleitung eines mysteriösen Fremden. Als Journalist Collins in
der darauffolgenden Nacht von einem weiteren Mord berichten soll, ist er schockiert,
als er in der Leiche Karin Lund wieder erkennt. Sie wurde erstochen ...

Mitten ins Herz wurde 1955 als *The Man Who Beat the Panel* in Großbritannien
als Fortsetzungsroman veröffentlicht. Durbridge überarbeitete diese Fassung für den
deutschen Markt im Jahr 1962, erweiterte und verbesserte sie um viele Handlungsstränge und machte aus einem Nicht-whodunit einen Whodunit. Später entwickelte er
daraus auch ein Skript für die *Paul-Temple*-Fernsehserie namens *The Elusive Miss
Helvin*, das aber nie Verwendung fand. In dieser Ausgabe sind neben der deutschen
Romanfassung auch erstmals die Übersetzungen der britischen Fortsetzungsgeschich-
te und des Szenariums enthalten. Titel: *Der Mann, der das Quiz gewann* und *Paul
Temple und die vorsichtige Miss Helvin*, beide übersetzt von Dr. Georg Pagitz.

Band 7   FRANCIS DURBRIDGE
Sie wussten zu viel & Das Gesicht der Carol West
Kriminalromane
Vorwort und Nachwort: Dr. Georg Pagitz

Victor Merton, der Geschäftsführer der Absteige *High Dive* in Belhampton, zieht
beim morgendlichen Schwimmsport die Leiche eines jungen Mädchens aus dem

Hotelpool. Julia Nagy, eine aus Ungarn stammende Angestellte und Mister Cooper, ein Privatgelehrter, werden Augenzeugen des Vorgangs. Ein Notizbuch der Toten führt zu einer gewissen Carol West. Außerdem findet sich darin die Telefonnummer von Scotland-Yard-Superintendent Christian Stiller, der die Tote allerdings nicht kannte. Stiller übernimmt die Ermittlungen. Immer wieder wird er in deren Verlauf von einem Anrufer mit sanfter Stimme gewarnt. Wenig später wird auf den Superintendent ein Überfall verübt, kurz darauf ein Anschlag in Scotland Yard. Alle Spuren führen erneut in die zwielichtige Absteige *High Dive* ...

Francis Durbridge hatte diesen Roman 1959 als Fortsetzungsroman für die Zeitschrift *News of the World* geschrieben. 1963 überarbeitete er diesen für den deutschen Markt unter dem Titel *Sie wussten zu viel*, führte viele neue Handlungsstränge und Figuren ein und baute die Geschichte erheblich aus. Diese Ausgabe enthält erstmals beide Fassungen, die deutsche erweiterte Version und die davon erheblich abweichende Originalfassung, die von Dr. Georg Pagitz erstmals unter dem Titel *Das Gesicht der Carol West* ins Deutsche übertragen wurde. In einem Vor- und Nachwort des Übersetzers wird auf die Hintergründe eingegangen sowie auf Durbridges meisterliche Fähigkeiten, alte Stoffe wiederzuverwerten.

Band **8**   FRANCIS DURBRIDGE

Paul Temple und der Fall Valentine
Skript für ein achtteiliges Hörspiel
Vorwort, Nachwort, Übersetzung: Dr. Georg Pagitz

London, 1946: Seit einigen Wochen wird das Westend von einer geheimnisvollen Selbstmordserie junger Frauen erschüttert. Scotland Yard ist ratlos und kann nur herausfinden, dass es wohl um Drogen und einen geheimnisvollen Hintermann namens »Valentine« geht. Für Sir Graham Forbes ist eines klar: Das ist ein Fall für Paul Temple! Der bekannte Detektiv und Schriftsteller ist zunächst jedoch gar nicht daran interessiert. Erst als eine junge Frau spurlos aus seinem Wagen verschwindet, lässt er sich doch überreden. Dann geht alles blitzschnell: Auf die Temples wird im eigenen Schlafzimmer ein Mordanschlag verübt, eine geheimnisvolle Botschaft führt Paul und Steve zu einem mysteriösen Kapitän in eine Kneipe am Fluss und schließlich findet sich eine deutliche Warnung von Valentine bei einer Leiche in einer Zahnarztpraxis. Es gibt zahllose Verdächtige und undurchsichtige Gestalten und der gefährliche Unbekannte schlägt immer wieder zu.

Dieses Buch beinhaltet das vom englischen Originalmanuskript übersetzte Temple-Abenteuer, das 2021/22 Grundlage für die neue Pidax-Hörspielproduktion Paul Temple und der Fall Valentine war. In einem Vor- und Nachwort des Übersetzers werden interessante Hintergrundinfos geliefert. Außerdem wird auf die unterschiedlichen Versionen, die im Laufe der Jahre von diesem Stoff entstanden sind, eingegangen.

Band **9**   FRANCIS DURBRIDGE

Zwei Fälle für Paul Temple: McRoy/Westfield
Zwei einteilige Hörspiele
Vorwort, Nachwort, Übersetzung: Dr. Georg Pagitz

Der Fall McRoy: Paul Temple und Steve sind in Italien und befinden sich gerade auf der Weiterreise in die Schweiz, als sie auf dem Mailänder Bahnhof zufällig den Ex-Ermittler Harry McRoy treffen. Gemeinsam tritt man die Weiterfahrt an. Im Zug erzählt Harry von einem rätselhaften Auftrag und bittet Paul, einen Koffer mit geheimnisvollem Inhalt an Sir Graham Forbes zu überbringen, wenn ihm etwas zustoßen sollte. Ehe man Basel erreicht, überschlagen sich die Ereignisse und es gibt Tote.

Der Fall Westfield: Vor Jahren wurde aus dem Hause des Herzogs von Westfield Schmuck im Wert einer Dreiviertelmillion Pfund gestohlen. Es gab keine Spuren und Scotland Yard legte den Fall damals auf Eis. Paul Temple interessiert sich für die Sache, zumal es bald auch eine neue Spur zu geben scheint, als man in einem Londoner Hotel eine Leiche findet. Bei den Sachen des Toten werden ein Fahrschein für eine Fähre und ein Rezept eines gewissen Dr. Schumann gefunden. Temple geht der Sache nach ...

Dieses Buch enthält die beiden Originalmanuskripte zu den 2021/22 neu produzierten Temple-Hörspielen von Pidax und HNYWOOD. In einem umfangreichen Vorwort werden die Hintergründe beleuchtet, zudem enthält dieser Band vollständige Stab- und Besetzungslisten sämtlicher Adaptionen und einige exemplarische Beispiele, wie im Fall McRoy dramaturgische Anpassungen vorgenommen wurden.

Band **10**   FRANCIS DURBRIDGE

Paul Temple und der Fall Dr. Belasco
Skript für ein achtteiliges Hörspiel
Vorwort, Nachwort, Übersetzung: Dr. Georg Pagitz

Als Paul und Steve nach einem Tanzabend anlässlich Steves Geburtstag nach Hause kommen, werden sie schon von Sir Graham erwartet. Dieser hat Philip Kaufman von der Kopenhagener Polizei mitgebracht. Sie erklären, dass der berüchtigte Dr. Belasco seine Aktivitäten vom Kontinent nach England verlegt hat. Niemand kennt das Gesicht dieses gefährlichen Mannes, der das Verbrechen organisiert und für Schutzgelderpressungen aber auch Mord verantwortlich ist. Sir Graham und Kaufman bitten Temple um Hilfe. Bald schon soll der Kanadier Ross Morgan in England ankommen. Er ist ein Handlanger Dr. Belascos. Temple soll ihn im Auge behalten, doch dann gibt es einen unerwarteten Zwischenfall: Bei der Zugfahrt nach London kommt es zu einem Unfall und Morgan stirbt. Der Kanadier kann Temple jedoch noch einen wichtigen Hinweis geben. Bei seinen Sachen findet Temple ein Feuerzeug. Dieses ähnelt jenem, das Steve an ihrem Geburtstag irrtümlich von einem Mr. Nelson eingesteckt hat ...

Francis Durbridge verfasste *Paul Temple and Steve*, so der Originaltitel dieses in der Chronologie gesehenen achten Falls, im Jahr 1947. Dieser band enthält ein informatives Vorwort, einen Artikel über die Paul-Temple-Comic-Serie und Francis Durbridges für die Radio Times geschriebene Einleitung zu dem Fall.

Band **11**   FRANCIS DURBRIDGE

Paul Temple und die Marquis-Morde
Kriminalroman
Vorwort, Nachwort, Übersetzung: Dr. Georg Pagitz

In London sorgt ein skrupelloser Mörder, der sich »Der Marquis« nennt, für Angst und Schrecken. Ein halbes Dutzend Personen – lauter renommierte Damen und Herren – musste schon ins Gras beißen und kein Ende ist in Sicht. Scotland Yard in Form von Sir Graham Forbes ist ratlos. Doch diesmal ist es nicht der Chefkommissar, der Paul Temple um Hilfe bittet, sondern das Innenministerium. Ein anonymer Brief des Marquis an Temple sorgt schließlich dafür, dass sich der schreibende Detektiv in die Ermittlungen einschaltet. Er trifft eine Privatdetektivin, die dem großen Unbekannten auf der Spur ist. Doch auch sie wird wenig später tot aus der Themse gezogen. Alle Spuren führen zu einem Ägyptologen namens Sir Felix Reybourn. Ist er der Marquis? Und wenn nicht, wer von den zahlreichen Verdächtigen ist es dann? Temple und seine Frau Steve setzen sich zahllosen Gefahren aus, ehe Paul den gefährlichen Mörder endlich überführen kann ...

Dieser Krimi ist der letzte nicht übersetzte Paul-Temple-Roman und erscheint nun erstmals in deutscher Sprache – fast 80 Jahre nach seinem Entstehen! Ein packender, typischer Temple voller Cliffhanger, Drehungen und Wendungen, verdächtiger Figuren und natürlich mit der obligatorischen Cocktailparty. Das Buch enthält eine informative Einleitung und ein umfassendes Nachwort, in dem die multimediale Auswertung des Stoffs, der auf einem Durbridge-Hörspiel von 1942 beruht, beleuchtet wird. 1952 entstand auch eine Verfilmung mit John Bentley und Christopher Lee.

Band 12   FRANCIS DURBRIDGE

Die Anhalterin
Kriminalroman

Vorwort, Nachwort, Übersetzung: Dr. Georg Pagitz

Der Spielwarenfabrikant David Walker nimmt in seinem eleganten Wagen eine hübsche junge Anhalterin namens Judy Clayton mit. Als das Benzin ausgeht, macht sich Walker zu Fuss auf den Weg zu einer Tankstelle. Als er zurückkommt, ist die junge Frau spurlos verschwunden. Einige Tage später taucht Kriminalinspektor Denson bei Walker auf und teilt ihm mit, dass Judy nur wenige Meter von der Stelle, an der David die Panne hatte, ermordet aufgefunden wurde. Zahlreiche Indizien deuten darauf hin, dass Walker die Frau schon länger kannte, obwohl dieser das bestreitet. Im Laufe der Ermittlungen gibt es weitere Tote und neben einem Lippenstift spielen auch ein Schlüsselbund und eine Sofortbildkamera eine wichtige Rolle ...

Dieser Kriminalroman aus dem Jahr 1977 liegt erstmals in einer deutschen Übersetzung vor. Er basiert auf Francis Durbridges Originaldrehbuch zu dem 1971 gedrehten BBC-Dreiteiler *The Passenger*, der synchronisiert unter dem Titel *Die Spur mit dem Lippenstift* ausgestrahlt wurde. Im ausführlichen Vor- und Nachwort des Übersetzers wird auf die Entstehungsgeschichte eingegangen und auch erklärt, wieso 1971 in der BRD keine deutsche Verfilmung dieses Stoffs entstand. Auszüge aus Durbridge-Interviews, Hintergründe über die Miniserie und deren französische Adaption sowie ein 2015 geführtes, exklusives Interview mit dem Regisseur Michael Ferguson, der *The Passenger* inszenierte, runden diesen Band ab.

Band 13   FRANCIS DURBRIDGE

Die Frau im Hintergrund
Kriminalroman

Vorwort, Nachwort, Übersetzung: Dr. Georg Pagitz

Torcombe, an der Küste von Cornwall. Der ehemals als Kriminalreporter in der Fleetstreet tätige Roy Burton hat sich hierher zurückgezogen, um an einem Buch zu arbeiten. Er lebt in einer einfachen Hütte an der Küste. Eines Tages nähert er sich bei einem Spaziergang einer verlassenen Zinnmine und wird niedergeschlagen. Als er wenig später erwacht, erzählt ihm eine gewisse Karen Silvers, dass er sich in der Mine befinde. Sie leitet dort ein geheimes wissenschaftliches Projekt der Regierung. Es geht um den Bau einer Atomrakete, die so stark ist, dass sie ganz London oder New York zerstören könnte. Die Wissenschaftlerin erklärt, dass die Arbeiter in der Mine allerdings nichts davon wissen oder nur so viel als nötig. In der Umgebung scheint sich der gefährliche Kriminelle Fabian Delouris zu befinden, der schon einen Mitarbeiter entführt hat. Gemeinsam mit gefährlichen deutschen Ex-Nazis will er die Rakete stehlen und damit die Weltherrschaft erlangen. Karen und ihr Vorgesetzter Leyland, bitten Roy daraufhin um seine Mithilfe bei der Bekämpfung der Organisation. Bald darauf werden auf Roy mehrere Mordversuche verübt und die Ehefrau und Tochter eines Pubbesitzers verschwinden spurlos. Alles deutet daraufhin, dass die kriminelle Organisation ihr Hauptquartier in einer verlassenen Abtei aufgebaut hat, zu der mehrere unterirdische Tunnel führen.

Die Frau im Hintergrund stellt unter mehreren Gesichtspunkten eine Besonderheit dar und liegt erstmals in deutscher Übersetzung vor. So ist es der einzige Kriminalroman von Francis Durbridge, der nicht nach dem Whodunit-Muster gestrickt und in dem der Täter von Anfang an bekannt ist. Eine spannende Abenteuergeschichte, in der die beiden Protagonisten gegen eine gefährliche, aus brutalen Nazis bestehende Organisation kämpfen, die die Weltherrschaft mit einer Atomrakete erzwingen will. Weltherrschaftsphantasien bewegten damals die Welt. Eine für den Autor untypische, aber spannende Geschichte mit interessanten und überraschenden Wendungen. Das Buch enthält ein interessantes Vorwort mit Hintergrundinformationen. Im Anhang werden sämtliche Bücher und Kurzgeschichten von Francis Durbridge aufgelistet und dessen Wirken als Romanautor beleuchtet. Inhaltsangaben und weitere Infos zu allen Romanen und Kurzgeschichten runden diese Ausgabe ab.

Band **14**   FRANCIS DURBRIDGE
Vorsicht vor Johnny Washington!
Kriminalroman
Vorwort, Nachwort, Übersetzung: Dr. Georg Pagitz

Johnny Washington ist ein junger amerikanischer Gentleman, der nach Kent gezogen ist, um das Leben zu genießen. Eigentlich will er nur dem süßen Nichtstun nachgehen und seine Zeit mit Fischen verbringen, doch eine Serie von Verbrechen ruft ihn auf den Plan. Eine Bande Krimineller verübt diese nämlich unter seinem Namen und lässt am Tatort Visitenkarten mit dem Aufdruck »Mit besten Grüßen von Johnny Washington« zurück. Das kann der Amerikaner nicht auf sich sitzen lassen. Die Zeitungsreporterin Verity Glyn ermutigt Johnny dazu, sich auf den Fall zu stürzen. Gemeinsam mit dem geheimnisvollen Horatio Quince, einem pensionierten Lehrer, jagt er den mysteriösen Hintermann, der die Morde und Verbrechen organisiert und der sich hinter dem Decknamen »Grauer Elch« versteckt.

Die Geschichte dieses Romans hat Francis Durbridge von seinem ersten Temple-Abenteuer entlehnt und sie überarbeitet. Neuer Protagonist ist Johnny Washington, der Held einer seiner Radioserien.

Band **15**   FRANCIS DURBRIDGE
Zwanzig Minuten von Rom
Drehbuch für einen Fernsehkriminalfilm
Vorwort, Nachwort, Übersetzung: Dr. Georg Pagitz

Zwanzig Minuten von Rom entfernt liegt der Ort Tolero. Welche Rolle spielt er in einem mysteriösen Fall, in den der Wissenschaftler Geoffrey Ryder verwickelt ist? Der Mann steht unter Mordverdacht und besteht darauf, Alan Quinton vom MI5 zu sprechen. Nur ihm will er seine ganze Geschichte erzählen. Den Mann, den er ermordet haben soll, Walter Smedley, lernte er in einem teuren Pariser Nachtclub kennen. Er half ihm dort aus der Bredouille, woraufhin Smedley ihm anbot, während seiner eigenen Abwesenheit in seiner Londoner Wohnung unterzukommen. Ryder nimmt dankend an. Das ist der Beginn einiger mysteriöser Ereignisse. Welche Rolle spielt das goldene Zigarettenetui, das Smedley unbedingt wiederhaben will? Und warum befanden sich auf einem Mikrofilm Fotos von einer Fahrkarte für den Schlafwagen nach Rom und eine Aufnahme einer Landkarte, auf der der Ort Tolero eingezeichnet ist und auf der oberhalb handschriftlich die Notiz »Zwanzig Minuten von Rom« gemacht wurde?

Dieses unverfilmte Drehbuch stammt aus dem Jahr 1954. Es handelt sich dabei um eine ganz typische Francis-Durbridge-Geschichte mit jeder Menge Verwirrungen.

Der Autor beweist hier, dass er nicht nur serielles Erzählen beherrscht, sondern auch innerhalb eines 90-Minuten-Films sein Publikum ganz schön raffiniert verwirren kann. Als übliche Zutaten gibt es einige überraschende Wendungen und die üblichen mysteriösen Gegenstände, wie ein goldenes Zigarettenetui und einen Mikrofilm, auf dem sich unerklärliche Fotografien befinden.

Band **16**   FRANCIS DURBRIDGE
Das zerbrochene Hufeisen
Drehbuch für einen sechsteiligen Kriminalfilm
Vorwort, Nachwort, Übersetzung: Dr. Georg Pagitz

Dr. Mark Fenton behandelt im Londoner St.-Matthews'-Krankenhaus einen Mann namens Charles Constance. Er wurde bei einem Autounfall schwer verletzt, der Lenker beging Fahrerflucht. Constance liegt noch im Koma, als plötzlich eine gewisse Miss Freeman bei Fenton auftaucht, die sich für den Gesundheitszustand des Opfers interessiert. Als Constance erwacht, behauptet er, diese Frau nicht zu kennen. Noch erstaunter ist er über das zerbrochene Hufeisen, das sich auf einem Blumengesteck befindet, das sie ihm mitgebracht hat. Als der Mann wenig später entlassen wird und nicht zur Kontrolluntersuchung erscheint, stellt Fenton einen Brief zu, den Constance bei ihm hinterlassen hat. Dabei entdeckt er in einem Appartement die Leiche von Mr. Constance. Auf dem Spiegel befindet sich ein gemaltes zerbrochenes Hufeisen.

Mit dem Drehbuch zu diesem Sechsteiler legte Francis Durbridge 1952 den Grundstein als erfolgreicher Fernsehkrimiautor. Es war die erste von insgesamt zwanzig mehrteiligen Serien für die BBC, elf davon wurden auch in Deutschland verfilmt. *Das zerbrochene Hufeisen* war nicht darunter und erlebt somit seine deutschsprachige Premiere.

Band **17**   FRANCIS DURBRIDGE
Operation Diplomat
Drehbuch für einen sechsteiligen Kriminalfilm
Vorwort, Nachwort, Übersetzung: Dr. Georg Pagitz

Der renommierte Arzt Dr. Mark Fenton wird von einer Unbekannten gebeten, einen Patienten zu behandeln. Fenton steigt in einen Krankenwagen ein und stellt fest, dass der Wagen leer ist. Ein weiterer Mann mit Pistole sitzt darin und erklärt, es handle sich um eine wichtige Operation. Die Reise, die Fenton in dem verdunkelten Wagen absolviert, dauert mehrere Stunden. Er wird in eine mysteriöse Villa gebracht wird. Dort ist in einem Raum ein Operationssaal aufgebaut worden und ein Deutscher namens Schröder erklärt, dass ein kranker Mann dringend operiert werden müsse. Es handelt sich dabei um den bekannten Diplomaten Sir Oliver Peters, der seit einiger Zeit spurlos verschwunden ist. Der Patient spricht im Fieber von einem »Goldenen Tal«. Assistiert wird Fenton von einer bildhübschen Krankenschwester. Nach der erfolgreichen Operation verliert er das Bewusstsein.

Operation Diplomat hat Durbridges ersten TV-Serienhelden zum Protagonisten, den Mediziner Dr. Mark Fenton, der bereits in *Das zerbrochene Hufeisen* ermittelte. Das Drehbuch entstand 1952 für einen Sechsteiler der BBC, der wie alle anderen Krimis von Francis Durbridge zum Straßenfeger avancierte.

Band **18**   FRANCIS DURBRIDGE
Die Teckman-Biographie
Drehbuch für einen sechsteiligen Kriminalfilm
Vorwort, Nachwort, Übersetzung: Dr. Georg Pagitz

218

Philip Chance, ein junger Schriftsteller erhält einen interessanten Auftrag: Er soll eine Story über Martin Teckman schreiben. Dieser junge Testpilot ist angeblich bei der Erprobung eines neuen Flugzeugmodells verunglückt. Bei seinen Nachforschungen lernt Philip die Schwester Teckmans kennen, die junge und besonders attraktive Helen. Von da an ereignen sich seltsame Dinge, die darauf schließen lassen, dass sich irgendjemand von Teckmans Nachforschungen enorm gestört fühlt. Nicht nur, dass Gangster in seine Wohnung einbrechen, wenig später wird dort auch ein Mann ermordet aufgefunden. Es handelt sich dabei um den Konstrukteur des Versuchsflugzeugs, Mr. Garvin. Wenig später kommt es zu einem weiteren Mord: Ein Informant, der wichtige Informationen beschaffen wollte, wird ebenso von dem großen Unbekannten beseitigt ...

Die Teckman-Biographie erscheint erstmals auf Deutsch und ist die Übersetzung des gleichnamigen Drehbuchs von Francis Durbridge zu dessen dritten Fernsehmehrteiler. Neben einem interessanten Vor- und Nachwort, in dem auch auf den Kinofilm eingegangen wird, enthält das Buch außerdem ein exklusives Interview mit Alvin Rakoff, der den Mehrteiler 1953/54 im Alter von nur 26 Jahren inszenierte.

Band **19**   FRANCIS DURBRIDGE
Paul Temple und der Fall Z.4
Skript für ein sechsteiliges Hörspiel
Vorwort, Nachwort, Übersetzung: Dr. Georg Pagitz

Paul Temple schreibt für die bekannte Schriftstellerin Iris Archer ein Theaterstück. Wenige Tage vor der Aufführung des Stücks tritt Iris von der Rolle zurück. Als sich Paul und Steve nach Schottland begeben, um dort Urlaub zu machen, sind beide überrascht, dort auch Iris anzutreffen. Hat ihr plötzliches Auftauchen etwas mit dem geheimnisvollen Brief zu tun, den ein aufgeregter junger Mann Paul Temple übergeben hat, mit der ausdrücklichen Anweisung, ihn John Richmond zu übergeben? Was hat der rätselhafte Dr. Steiner mit den Ereignissen zu tun? Und wer verbirgt sich hinter dem Codenamen Z.4? Auch im Urlaub ist Temple auf der Spur einer geheimnisvollen Spionageorganisation, die vor Mord nicht zurückschreckt.

News of Paul Temple, so der Originaltitel dieses Hörspiels, wurde 1939 ausgestrahlt. Das Manuskript dazu galt lange als verschollen, kann nun jedoch erstmals mit vielen Hintergrundinformationen auf Deutsch veröffentlicht werden.

Band **20**   FRANCIS DURBRIDGE
Paul Temple und der Fall Sullivan
Skript für ein achtteiliges Hörspiel
Vorwort, Nachwort, Übersetzung: Dr. Georg Pagitz

Joyce Raymond wendet sich mit einer Bitte an Paul Temple, der gerade nach Kairo reisen will. Er möchte doch einem Mann namens Richard Sullivan, der dort bei einer Ölgesellschaft arbeitet, seine Brille mitzunehmen, die er bei ihr vergessen hat. Temple will der jungen hübschen Dame diesen Gefallen gerne tun und akzeptiert. In Plymouth, wo die Temples am nächsten Tag übernachten, erfährt der Kriminalschriftsteller schließlich, dass Miss Raymond ermordet wurde. Nicht genug damit, auch im Nebenzimmer der Temples findet sich eine Leiche. Von da an bemühen sich alle Personen, die den Temples auf der Reise nach Kairo über Süditalien begegnen um die mysteriöse Brille, an der allerdings von der Polizei nichts Seltsames festgestellt werden kann ...

Dieses spannende Originalmanuskript erscheint erstmals auf Deutsch und stammt aus dem Jahr 1947. Die BBC-Aufnahmen aus den Jahren 1947/48 existieren nicht mehr, weshalb der britische Sender 2006 ein Remake produzierte. *Paul Temple und der Fall Sullivan* führt die Temple-Fangemeinde weit weg von der Themse: Durbridge beweist, dass seine Storys auch in Süditalien und Ägypten bestens funktionieren.

Band **21**   FRANCIS DURBRIDGE

Das Messer

Drehbuch für einen dreiteiligen Kriminalfilm

Vorwort und Nachwort: Dr. Georg Pagitz

Spezialagent Jim Ellis soll den Mord an einer Mitarbeiterin des Secret Service aus Hongkong klären, deren Leiche in einem walisischen Ort aufgefunden wurde. Alle Spuren führen in das Hotel Ivanhoe, das einer gewissen Mrs. Corby gehört. Dort hat die Ermordete zuletzt gelebt. Ellis bekommt es mit einer Vielzahl von Verdächtigen und einem Mörder zu tun, der für seine Taten einen chinesischen Dolch verwendet...

Diese Ausgabe gibt das Originaldrehbuch zu dem legendären deutschen Krimimehrteiler *Das Messer* von 1971 wieder, den Rolf von Sydow mit Hardy Krüger in der Titelrolle inszenierte. Die Edition enthält außerdem ein umfangreiches Vor- und Nachwort, in dem erstmals die Produktionsgeschichte dieses Straßenfegers erzählt wird.

Band **22**   FRANCIS DURBRIDGE

Tim Frazer und das Rätsel von Melynfforest

Drehbuch für einen sechsteiligen Kriminalfilm

Vorwort, Nachwort, Übersetzung: Dr. Georg Pagitz

Tim Frazer erhält einen neuen Auftrag. Dieser führt ihn in das beschauliche Melynfforest in Wales, wo die Polizei den Mord an Elaine Bradford untersucht. Charles Ross informiert seinen Mitarbeiter zunächst darüber, dass die Ermordete eigentlich Thackeray hieß und für seine Auslandsabteilung in Hongkong arbeitete. Aber was tat sie in Wales und warum wurde sie ermordet? Die Spuren führen in ein Hotel namens St. Bride. Elaine Bradford (oder besser gesagt: Miss Thackery) verbrachte dort die letzten Tage ihres Urlaubs. Im Verlauf der Ermittlungen spielen ein Brieföffner, ein walisisches Volkslied und ein verschwundener deutscher Wissenschafter namens Kurt Lander eine wesentliche Rolle. Die meisten Verdächtigen sind außerdem im Umkreis von Mrs. Chrichtons Hotel zu finden.

Dieses Buch enthält erstmals in deutscher Übersetzung das Drehbuch zum dritten Tim-Frazer-Abenteuer, das zwar in England, aber nicht in der BRD produziert wurde. Francis Durbridge überarbeitete den Stoff erheblich, änderte Figuren und Ende und machte daraus den 1971 gedrehten Krimiklassiker *Das Messer*. Dank der vorliegenden Ausgabe können Fans erstmals die Urfassung mit der deutschen Variante vergleichen. Das Buch enthält ein informatives Vor- und Nachwort sowie als Bonus das von Durbridge für das Kino geschriebene, unverfilmte Treatment *Tim Frazer und die Melvin-Affäre.*

Band **23**   FRANCIS DURBRIDGE

Porträt von Alison

Kriminalroman

Vorwort, Nachwort, Übersetzung: Dr. Georg Pagitz

Der Bruder des renommierten Kunstmalers Greg Forrester verunglückt bei einem Autounfall in Italien tödlich. Auch seine Beifahrerin, die bildhübsche Schauspielerin Alison Ford überlebt das Unglück nicht. Wenig später erscheint ihr Vater in Gregs Atelier und bittet den Maler, ein Gemälde von Alison anzufertigen. Von da an überschlagen sich die Ereignisse: Das Modell Jill Stewart wird erwürgt im Kleid der verunglückten Alison in Gregs Wohnung aufgefunden. Der Maler gilt daraufhin als Hauptverdächtiger und befindet sich in einem Teufelskreis. Im Laufe des Falls spielen eine Postkarte, eine Weinflasche und ein Name eine wesentliche Rolle.

Dieser Kriminalroman aus dem Jahr 1962 basiert auf einem sechsteiligen Fernsehkrimi von Francis Durbridge aus dem Jahr 1955, der auch für das Kino verfilmt wurde. Erstmals erscheint das Buch, das zuletzt 1967 auf Deutsch aufgelegt wurde, in einer ungekürzten Neuübersetzung mit zahlreichen Hintergrundinformationen und einem Vergleich mit Fernsehspiel und Kinofilm.

Band 24   FRANCIS DURBRIDGE
Mein Freund Charles
Kriminalroman
Vorwort, Nachwort, Übersetzung: Dr. Georg Pagitz

Der renommierte Arzt Dr. Howard Latimer erhält einen Anruf von seinem Freund Charles Kaufmann. Der Filmproduzent bittet den Mediziner, eine deutsche Schauspielerin namens Frieda Veldon vom Flughafen abzuholen. Das ist der Beginn eines Teufelskreises, in den sich Latimer immer tiefer verstrickt. Wenig später wird die Darstellerin ermordet in seiner Wohnung aufgefunden. Erschlagen wurde sie mit einem bronzenen Kerzenhalter, der sich ausgerechnet in Latimers Wagen findet. Dann stellt sich heraus: Charles Kaufmann hat nie angerufen und der einzige Zeuge, der Latimer entlasten könnte, scheint nicht zu existieren ...

Dieser Kriminalroman aus dem Jahr 1963 basiert auf einem sechsteiligen Fernsehkrimi von Francis Durbridge aus dem Jahr 1956, der 1957 auch für das Kino unter dem Titel *Interpol ruft Berlin* verfilmt wurde. Erstmals erscheint das Buch, das zuletzt 1967 auf Deutsch aufgelegt wurde in einer ungekürzten Neuübersetzung mit zahlreichen Hintergrundinformationen. Wer die Kunstfertigkeit von Francis Durbridge kennenlernen oder verstehen will, dem sei die Lektüre dieses Krimis ans Herz gelegt. *Mein Freund Charles* ist der Inbegriff dessen, was den britischen Autor ausmacht: Überraschungen im Minutentakt, ständige Drehungen und Wendungen und ein Protagonist in einem Teufelskreis. Wahrscheinlich Durbridges bester Roman!

Band 25   FRANCIS DURBRIDGE
Dreimal Tod im Radio:
Mord in der Botschaft / Mr. Lucas / Die Caspary-Affäre
Originalhörspielmanuskripte
Vorwort, Nachwort, Übersetzung: Dr. Georg Pagitz

Mord in der Botschaft: In der Botschaft von Westovia geschieht in der Bibliothek während eines Balls ein Mord. Opfer ist General Rostard, der Premierminister und Dikator des mit Falkenstein verfeindeten Landes. Einige der Ballgäste hätten einen guten Grund gehabt, den Mann zu töten. Ein Mitarbeiter des Außenministeriums glaubt die Wahrheit zu kennen ...

Mr. Lucas: In England treibt ein berüchtigter Hehler sein Unwesen, dessen Gesicht niemand kennt. Die Polizei hat herausgefunden, dass ein Mittelsmann namens Sterne ihm eine wertvolle Kette überbringen sollte. Der Ganove wird geschnappt und Inspektor Crawley übernimmt dessen Part. Er weiß nur, dass er sich unter der Identität eines Mr. Lucas in einen Zug setzen und darauf warten soll, dass man ihn kontaktiert.

Die Caspary-Affäre: In einem Sanatorium in der Schweiz erzählt der Schauspieler Samuel Brent seinem Arzt die Geschichte von einer tödlichen Affäre. Darin involviert sind sein Freund Sir Edward, eine Schauspielerin und ein Pianist. Wer von den zahlreichen auftretenden Personen wird wen am Ende töten? Und warum?

Dieser 25. Band der Durbridge-Edition von Williams & Whiting enthält die Hörspielmanuskripte zu drei spannenden Whodunits aus den Jahren 1937, 1945 und 1946 erstmals in deutscher Übersetzung. *Mord in der Botschaft* ist der älteste erhaltene Durbridge-Krimi überhaupt, der Autor war beim Abfassen erst 24 Jahre alt.

Das Buch enthält neben einem ausführlichen Vorwort auch eine umfangreiche Übersicht über sämtliche Hörspielkrimis von Francis Durbridge.

Band **26**   FRANCIS DURBRIDGE
Ein Fall für Sexton Blake
Skript für ein sechsteiliges Hörspiel
Vorwort, Nachwort, Übersetzung: Dr. Georg Pagitz

Im abgelegenen Schloss Saint Marguerite auf einer einsamen Insel im See geht der Schrecken um: Der Mann mit der eisernen Maske, das Familiengespenst der Familie Marthioly, scheint wieder auferstanden zu sein. Ein Mitglied der Marthiolys wurde bereits getötet. Meisterdetektiv Sexton Blake wird vom Neffen des Ermordeten um Hilfe begeben. Blake und sein Assistent Tinker machen interessante Entdeckungen wie beispielsweise einen unterirdischen Geheimgang. Bald stehen sie auch dem gefährlichen Mann mit der eisernen Maske gegenüber ...

Sexton Blake war im englischsprachigen Raum einer der populärsten Detektive. Er entstand im Fahrwasser von Sherlock Holmes und erlebte über beinahe 100 Jahre seine Abenteuer, die von den verschiedensten Autoren verfasst wurden. 1940 schrieb Francis Durbridge diese sechsteilige Radioserie mit dem beliebten Protagonisten und vereinte dort seine typischen Drehungen und Wendungen mit einem gelungenen Whodunit, der in vielen Aspekten an sein großes Vorbild Edgar Wallace erinnert – wie beispielsweise an abgelegenes Schloss, unterirdische Geheimgänge, ein maskierter Mörder, eine geheimnisvolle Melodie und eine brennende Windmühle.

Das Buch enthält als Bonus das Manuskript zum Kurzkrimi *Der Knappe* und ein elfseitiges Interview mit Francis Durbridge.

Band **27**   FRANCIS DURBRIDGE
Der Tod kommt ins Hibiscus
Kriminalstück
Vorwort, Nachwort, Übersetzung: Dr. Georg Pagitz

Der Nachtclub *Hibiscus* im Londoner West End steht unter der neuen Leitung von Hugo Bismarck und Amanda Smith. Hugo beschließt als erstes, das Lokal von den bisherigen Schwarzmarktgeschäften zu befreien. Dies führt zu Morden und jeder Menge Chaos und der Erkenntnis, dass im Hibiscus nicht alles so ist, wie es auf den ersten Blick zu sein scheint.

Dieses Theaterstück aus dem Jahren 1942/43 wurde nie aufgeführt und war neben *Paul Temple muss her!* Durbridges frühestes Bühnenwerk. Der Brite wollte Zeit seines Lebens für die Bretter, die die Welt bedeuten, schreiben, avancierte aber erst in seiner späten Schaffensphase zum erfolgreichen Dramatiker.

Der Tod kommt ins Hibiscus basiert auf einem zwölfteiligen Radiokrimi der BBC, erfuhr jedoch zahlreiche Änderungen im Plot. Durbridge verfasste das Stück unter dem Pseudonym Nicholas Vane. Als Co-Autor agierte der vielseitige Regisseur, BBC-Produzent und Schriftsteller Val Gielgud.

Band **28**   FRANCIS DURBRIDGE
Paul Temple: Mord in Serie
Drehbücher und Manuskripte für die TV-Serie
Vorwort, Nachwort, Übersetzung: Dr. Georg Pagitz

Die BBC produzierte (später in Koproduktion mit Taunus-Film München) zwischen 1969 und 1971 52 Folgen der Fernsehserie *Paul Temple*, in der Francis Matthews die Titelrolle spielte. Keine der Geschichten (mit einer Ausnahme) stammte jedoch von Francis Durbridge, obwohl in der Anfangsphase geplant war, dass der Autor auch Drehbücher dazu abliefern sollte. Nachdem die von ihm vorgesehenen Pilotfolgen nicht verfilmt wurden, zog sich der Brite als Autor der Serie zurück.

Dieser Band enthält erstmals die beiden Drehbücher *Die Kelby-Affäre* und *Der Harkdale-Raub* sowie die drei Treatments *Die vorsichtige Miss Helvin, Der vorausgesagte Mord* und *Der Fall Calcary* inklusive umfassender Hintergrundinformationen.

Die Kelby-Affäre: Der Historiker Alfred Kelby verschwindet spurlos, mit ihm das Tagebuch von Lord Delamore, das offensichtlich nicht veröffentlicht werden darf. Bald findet man Kelbys Leiche. *Der Harkdale-Raub:* In einem Ort in den Midlands kommt es zu einem spektakulären Banküberfall. Wenig später wird Temple in den Fall involviert und findet in seiner Garage die Leiche eines Komplizen. *Die vorsichtige Miss Helvin:* Inspektor Vosper ermittelt im Mordfall einer jungen Frau, deren Gesicht unkenntlich gemacht wurde. Temple schaltet sich ein. *Der vorausgesagte Mord:* Ein Mann berichtet Temple, dass er einen Mordplan belauscht hat. Wenig später ist er selbst tot. *Der Fall Calcary:* Ein siebenjähriger Junge verschwindet auf einem Rummelplatz spurlos. Die Schauspielerin Calcary bittet Paul um Hilfe ...

Band **29**   FRANCIS DURBRIDGE
Das Halstuch
Kriminalroman – ungekürzt & neu übersetzt
Vorwort, Nachwort, Übersetzung: Dr. Georg Pagitz
In Littleshaw, einem Ort in der Nähe von London, wird auf einem Ackerwagen die Leiche des Fotomodells Fay Collins gefunden. Die junge Frau wurde mit einem Halstuch erwürgt. Der ermittelnde Kriminalinspektor Harry Yates stellt fest, dass Fay in ihren Taschen ein Telegramm hatte, in dem sich ein gewisser Terry für das Halstuch bedankt. Dieser Terry hat, wie der Bruder der Ermordeten, der Musiklehrer Edward Collins, aussagt, Fay außerdem ein teures Armband geschenkt. Aber wer verbirgt sich hinter dem Namen Terry? Marian Hastings, die Braut des Gutsbesitzers Alistair Goodman, erkennt auf einem Foto in der Zeitung jenen Mann wieder, der mit Fay Collins am Tatabend verabredet war: Es handelt sich um Clifton Morris, einen erfolgreichen Zeitungsverleger.

Kein anderes Werk ist bekannter als Francis Durbridges *Das Halstuch.* Der Roman basiert auf dem Originalmanuskript zu *The Scarf* und wurde neu übersetzt und erscheint erstmals ungekürzt.

Im Vor- und Nachwort gibt es umfassende Hintergrundinformationen zu allen europäischen Verfilmungen des Drehbuchs mit besonderem Augenmerk auf die Produktionsgeschichte des legendären deutschen Mehrteilers von 1961. Kritiken, Ausschnitte aus dem Originaldrehbuch und weitere Hintergrundinfos runden diese umfassende Ausgabe ab.

Band **30**   FRANCIS DURBRIDGE
Julian
Drehbuch für einen Fernsehkrimi
Vorwort, Nachwort, Übersetzung: Dr. Georg Pagitz
Julian Kane ist ein erfolgreicher Pianist und Frauenheld, der schon für das Ende so mancher Ehe verantwortlich war. Weitere Umstände führen dazu, dass es an jenem Nachmittag im Hause des renommierten Psychiaters Sir John Mallion niemanden

mehr gibt, der nicht einen Grund hätte, ihm aus Hass oder Eifersucht eines der vermeintlich sicher weggesperrten Giftfläschchen ins Getränk zu schütten. Wer wird zuschlagen? Und warum?

Julian wurde unter dem Arbeitstitel *Prelude to Murder* von Francis Durbridge als neunzigminütiges Fernsehspiel verfasst. In der BRD war seitens des WDR kurz nach dem *Halstuch*-Erfolg im Jahr 1962 eine Verfilmung geplant, die immer wieder verschoben und letztlich nie realisiert wurde. Die Story basiert auf dem Hörspiel *The Caspary Affair* von 1946, wurde aber ausgebaut und verändert (inklusive Täterwechsel), in Italien als Hörspiel produziert und schließlich von Durbridge zum Theaterstück – mit vielen Entwicklungsstadien und Veränderungen – umgearbeitet. Im umfangreichen Vorwort wird darauf eingegangen.

Band **31**   FRANCIS DURBRIDGE

Ein Mann namens Harry Brent
Kriminalroman – ungekürzt & neu übersetzt

Vorwort, Nachwort, Übersetzung: Dr. Georg Pagitz

Tom Fielding betreibt in der Nähe von London eine Firma, die elektronische Geräte herstellt. Alles läuft bestens, aber er hat mit seiner Sekretärin Pech: Diese will ihn wegen einer bevorstehenden Heirat bald verlassen. Fielding sucht eine neue Sekretärin und glaubt diese in der hübschen Barbara Smith gefunden zu haben. Doch während des Vorstellungsgesprächs zieht die junge Frau eine Waffe und erschießt Fielding. Sie wird verhaftet und kann sich in ihrer Zelle vergiften. Bevor sie stirbt, verlangt sie nach einem gewissen Harry Brent. Dieser Mann ist ausgerechnet der Verlobte von Fieldings alter Sekretärin Carol Vyner und taucht fortan bei den Ermittlungen von Inspektor Alan Milton, dem Exfreund von Carol, immer wieder als Hauptverdächtiger auf. So findet er heraus, dass Barbara Smith Blumen am Grab von Brents Eltern niedergelegt hat und dass sich Harry Brent und Tom Fielding schon sehr viel länger kannten, als dieser zugibt ...

Dieser Kriminalroman erscheint neu übersetzt und ungekürzt. Durbridge-Fans werden überrascht sein, denn abgesehen von Umbenennungen der Orte und Figuren ist auch das Ende anders als im legendären deutschen TV-Krimidreiteiler *Ein Mann namens Harry Brent* von 1968. Der WDR bat Durbridge damals darum. Darauf und auf die Produktionsumstände der englischen, deutschen, italienischen, französischen und polnischen Verfilmung des Stoffs wird in einem umfangreichen, hundertseitigen Nachwort eingegangen. Besonderes Highlight: Unveröffentlichte Exklusivinterviews mit den Darstellern von damals (Brigitte Grothum, Peter Ehrlich und Wolfgang Preiss).

Band **32**   FRANCIS DURBRIDGE

Wie ein Blitz
Kriminalroman – ungekürzt & neu übersetzt

Vorwort, Nachwort, Übersetzung: Dr. Georg Pagitz

Der reiche Geoffrey Stewart wird in einem abgelegenen Haus ermordet. Die Täter sind sein Angestellter Mark Paxton und seine Ehefrau Diana Stewart, die mit Mark ein Verhältnis hat. Als man die Leiche beseitigen will, ist diese verschwunden. Dafür meldet sich der Ermordete mehrmals bei seiner Ehefrau per Telefon und treibt diese fast in den Wahnsinn. Ganz nebenbei geschehen weitere Morde. Inspektor Clay ist mit den Ermittlungen beauftragt und hat nicht nur das Mörderpärchen Diana und Mark unter Beobachtung, sondern verdächtigt auch das Ehepaar Thelma und Walter Bowen sowie den Tankstellenbesitzer Ned Tallboy ...

Wie ein Blitz basiert auf dem 16. mehrteiligen Krimi, den Durbridge für die

BBC schrieb. 1966 in England ausgestrahlt, folgten bald weitere europäische Adaptionen, darunter die 1970 gezeigte deutsche Version mit Ingmar Zeisberg, Peter Eschberg, Albert Lieven, Paul Hubschmid und Horst Bollmann. Für die BRD schrieb Durbridge sein Drehbuch etwas um und ergänzte es um zahlreiche Szenen. Darauf, auf die weiteren Verfilmungen und auf viele andere spannenden Fakten wird im umfangreichen Nachwort auf über 100 Seiten eingegangen. Besonderes Highlight sind zwei exklusive, bisher nie veröffentlichte Interviews mit Regisseur Rolf von Sydow und Darstellerin Eva Pflug.

Band 33   FRANCIS DURBRIDGE
Ein Reisepass voller Gefahr
Manuskript für ein sechsteiliges Hörspiel
Vorwort, Nachwort, Übersetzung: Dr. Georg Pagitz

Der Journalist Roger Knight verschwindet in Afrika spurlos. Zuvor lässt er dem Britischen Geheimdienst noch eine Nachricht auf dem Armband seiner Uhr zukommen. Seine Schwester Linda West, eine bekannte Schauspielerin, erhält eines Tages den Anruf von Major Hadley, der sie bittet, für den Geheimdienst Ihren Bruder zu suchen. Linda wurde in London bereits Opfer eines Mordanschlags, den sie nur knapp überlebte. Zudem landete eine junge Frau, die ihr ähnlichsah, tot in der Themse. Wer will ihr Böses? Und warum? Hat es etwas mit der Nachricht zu tun, die Linda vor Wochen als letztes Lebenszeichen von Roger erhielt? Linda nimmt den Auftrag des Geheimdiensts an und sucht gemeinsam mit dem Journalisten Tim, einem Berufskollegen ihres Bruders, in Casablanca nach einer ersten heißen Spur.

Dieses sechsteilige Hörspiel von Francis Durbridge stammt aus dem Jahr 1945 und wurde nie auf Deutsch vertont. Es enthält alle typischen Zutaten eines typischen Krimis des britischen Autors. Zudem ähneln die Titelfiguren stark den bekannten Krimihelden Paul und Steve Temple. Der Autor schrieb die Story in den 1960ern zu einem Filmtreatment für einen geplanten Tim-Frazer-Kinofilm in Deutschland um, der nie realisiert wurde. Dazu und zu den Hintergründen des Hörspiels gibt es umfassende Infos im Begleittext. Außerdem enthält das Buch einen Artikel über die für Durbridge so spezifischen mysteriösen Gegenstände in seinen Kriminalgeschichten.

Band 34   FRANCIS DURBRIDGE
Die Kette
Kriminalroman – ungekürzt & neu übersetzt
Vorwort, Nachwort, Übersetzung: Dr. Georg Pagitz

Der Vater von Scotland-Yard-Inspektor Harry Dawson stirbt auf dem Golfplatz. Scheinbar war es ein Unfall, denn Tom wurde von einem Golfball so unglücklich getroffen, dass er seinen Verletzungen erlag. Harry glaubt nicht an die Geschichte und recherchiert auf eigene Faust. Als Peter Newton, der den tödlichen Golfball abschlug, ermordet aufgefunden wird, ist klar, dass auch Tom Dawsons Tod kein Unfall war. Im weiteren Verlauf der Ermittlungen spielen ein Hundehalsband, eine gestohlene Perlenkette, ein Mann im Rollstuhl und ein geheimnisvoller Hintermann, dessen Gesicht niemand kennt, eine entscheidende Rolle ...

Francis Durbridges Roman beruht auf seinem 1966 für die BBC geschriebenen Mehrteiler, der erfolgreich in verschiedenen Ländern verfilmt wurde. In der BRD war seit 1966 eine Adaption in Gespräch, die aber aus verschiedenen Gründen nie zustande kam. Durbridge überarbeitete das Originaldrehbuch, gab ihm den neuen Titel *The Circle* und änderte sämtliche Personennamen. Daraus wurde schließlich 1977 der TV-Zweiteiler *Die Kette* mit Harald Leipnitz und Uschi Glas. Auf die Produktionsgeschichte wird im umfangreichen Nachwort auf über 130 Seiten eingegangen.

Band **35**   FRANCIS DURBRIDGE

Zakary
Szenarium für einen Kinothriller

Vorwort, Nachwort, Übersetzung: Dr. Georg Pagitz

Großbritannien, Sommer 1914: Der Oxford-Absolvent Oliver Sheldon wird von seinem Onkel einem Mann vom Secret Service vorgestellt. Dieser möchte, dass Sheldon nach Japan geht und unter dem Vorwand, ein Buch zu schreiben, vor Ort Informationen sammelt. Sein Deckname lautet Zakary. Oliver erhält den Auftrag, Daten über ein geheimes U-Boot zu beschaffen. Bald bricht der Erste Weltkrieg aus und im Laufe der Jahre ändert sich auch die Einstellung der Japaner gegenüber Großbritannien, aber auch jene Olivers zu seinem Vaterland. Er arbeitet zwar noch als Spion, befindet sich jedoch immer mehr in einem großen Gewissenskonflikt ...

Francis Durbridge schrieb dieses Szenarium für den renommierten italienischen Filmproduzenten Dino de Laurentiis. Was anfangs wie eine typische Durbridge-Kriminalgeschichte beginnt und über Strecken sogar die so typischen Wendungen enthält, wird allmählich zu einem Film über Spionage und Krieg, geht hin bis zu den Ereignissen in Pearl Harbour und zieht sich schließlich in der Handlung über 30 Jahre hinweg. Die wohl ungewöhnlichste Geschichte von Francis Durbridge zu einem Kinofilm, der nie realisiert wurde, aber mit Sicherheit ein internationaler Blockbuster geworden wäre.

Band **36**   FRANCIS DURBRIDGE

Paul Temple und der Curzon-Fall
Kriminalroman – ungekürzt & neu übersetzt

Vorwort, Nachwort, Übersetzung: Dr. Georg Pagitz

Paul Temple hört auf der Party seines Verlegers von Sir Graham Forbes und Inspektor Charlie Vosper vom mysteriösen Verschwinden zweier Schuljungen in Dulworth Bay in Yorkshire. Von Roger und Michael Baxter fehlt jede Spur. Vospers Ermittlungen ergaben, dass auf dem Cricketschläger von Roger neben Unterschriften einiger Spieler ein Name zu finden ist, der nicht zugeordnet werden kann: Curzon. Niemand kennt diese Person. Als in Gegenwart von Temple in London eine Frau erschossen wird, die ihm wichtige Hinweise geben wollte, nimmt der Kriminalschriftsteller die Ermittlungen auf und fährt in das Fischerdorf, in dem alle Stricke zusammenlaufen ...

Dieser Kriminalroman basiert auf dem Hörspiel *Paul Temple and the Curzon Case* von 1949, das 1951 auch mit René Deltgen in der Hauptrolle unter dem Titel *Paul Temple und der Fall Curzon* vertont wurde. Das Buch erschien 1971 im Fahrwasser der von der BBC ausgestrahlten zweiundfünfzigteiligen TV-Serie *Paul Temple* und wurde handlungsmäßig in die 1970er-Jahre verlegt, was zu einigen Änderungen führte. Neben einer Auflistung sämtlicher Hörspieladaptionen mit Hintergrundinfos enthält dieser Band auch einen Artikel über die typischen Paul-Temple-Zutaten.

Band **37**   FRANCIS DURBRIDGE

Mr. Hartington starb morgen
Manuskript für ein achtteiliges Hörspiel

Vorwort, Nachwort, Übersetzung: Dr. Georg Pagitz

Der Filmproduzent Oliver Hartington, der »Zar« von Hollywood, ist hinter den Rechten eines Romans her, den ein gewisser Peter London geschrieben hat. Doch wer ist Peter London? Eine wochenlange in den Medien hochgespielte Suchaktion verläuft im Nichts. Dann wird Hartington plötzlich bei einer Siesta in seinem Stammlokal ermordet – und auf einmal scheint es drei verschiedene Peter Londons zu geben. Es stellt sich nicht nur die Frage, wer von ihnen der echte Peter London ist, sondern auch, wer von allen Beteiligten ein Motiv hatte, den erfolgreichen Filmproduzenten zu töten. Verdächtig sind unter anderem ein junger Schriftsteller, die Gewinnerin eines Schönheitswettbewerbs, eine Sekretärin, ein Drehbuchautor, ein Filmregisseur und eine Schauspielerin. Inspektor O'Hara von der Polizei Los Angeles ermittelt und bekommt es bald mit weiteren Leichen zu tun …

Francis Durbridge schrieb dieses achtteilige Kriminalhörspiel, dessen Manuskript erstmals auf Deutsch übersetzt wurde, 1942 unter dem Pseudonym Lewis Middleton Harvey für die BBC. Er taucht dabei in die Welt von Hollywood ein und schildert in diesem Umfeld eine rätselhafte Mordgeschichte. Durbridge wäre nicht Durbridge, wenn in diesem Whodunit alles so wäre, wie es den Anschein hat.

Band **38**   FRANCIS DURBRIDGE
Paul Temple und das Genfer Rätsel
Kriminalroman – ungekürzt & neu übersetzt
Vorwort, Nachwort, Übersetzung: Dr. Georg Pagitz
Der Londoner Verleger Charles Milbourne soll bei einem Autounfall in der Schweiz ums Leben gekommen sein. Mehrere Indizien deuten jedoch darauf hin, dass der Mann noch lebt. Davon ist vor allem seine Ehefrau Margret überzeugt, während Maurice Lonsdale, der Schwager des Toten, daran zweifelt. Paul und Steve Temple nehmen sich des Falls nach anfänglichem Zögern an …

Dieser spannende Roman, früher gekürzt unter dem Titel *Zu jung zum Sterben* erhältlich, erscheint in einer ungekürzten Neuübersetzung mit Hintergründen zum zugrundeliegenden Hörspiel *Paul Temple and the Fall Genf* aus dem Jahr 1966 und einer ausführlichen Darstellung des Paul-Temple-Universums im Nachwort.

+ + + + + + + + + **DEMNÄCHST** + + + + + + + + +

Band **39**   FRANCIS DURBRIDGE
Die Nylonmorde
Kriminalroman – ungekürzt & neu übersetzt
Vorwort, Nachwort, Übersetzung: Dr. Georg Pagitz
Andrea Lake war eine junge, vielversprechende Schauspielerin. Doch die talentierte junge Frau wird eines Tages tot aus der Themse gezogen. Sie wurde mit einem Nylonstrumpf erwürgt. Dr. Leslie Sanders, ihre Schwester, will der Sache auf den Grund gehen und betreibt deshalb Nachforschungen auf eigene Faust. Sie begibt sich dabei auf gefährliches Terrain. Was weiß der Regisseur Peter Hamilton? Welche Rolle spielt die Schauspielerin Sylvia Graham? Und wer ist der anonyme Anrufer, der sich bei ihr meldet?

Diesen spannenden Kriminalroman verfasste Durbridge 1952/53 als zwölfteiligen Fortsetzungsroman für den *Sunday Dispatch*. Das Buch enthält auch eine Auflistung und Einteilung aller Durbridge-Romane und -Kurzgeschichten.

Band **40**   **Paul Temple und die Schlagzeilenmänner**
Kriminalroman – ungekürzt & neu übersetzt

+ + + **WEITERE TITEL IN VORBEREITUNG** + + +

Informationen zu allen englischen und deutschen Durbridge-Büchern von

Williams & Whiting: **www.williamsandwhiting.com**

Die offizielle Seite zu Francis Durbridge ist erreichbar unter

www.francisdurbridgepresents.com